DIE AUSTRALISCHE BRAUT

AVA LENNART

Zoch/Kapfhamer, Ava Lennart GbR
Liesl-Karlstadt-Str. 19
82152 Planegg
ava.lennart@gmail.com
www.avalennart.com
www.facebook.com/AvaLennart

Lektorat: Lena Navart

Korrektorat: Veronika Schlotmann-Thiessen

Kapitelbild „Süßer Koala“: Nicole Kapfhamer

Umschlaggestaltung durch Kim Leopold (ungecovert – Buchcover und mehr) unter Verwendung von Stockfotos von www.creativemarket.com (Creative Paper) und www.shutterstock.com (bmphotographer) und www.123rf.com (ammentorp)

ISBN: 9798668278732
Imprint: Independently published

„Wenn du mich zähmst,
wird mein Leben voll Sonne sein."

Antoine de Saint-Exupéry

PROLOG

Jackson

„Du bist es deiner Mutter schuldig, Jackson.“

Wie kann Henry es wagen, Mom ins Spiel zu bringen. Mein Vater hat schon viele Methoden gewählt, mich zu manipulieren. Aber das ist neu und selbst für ihn niederträchtig.

„Denk darüber nach, mein Sohn“, sagt er, als ich nicht reagiere. Obwohl seine Worte neutral sind, sagt mir die Schärfe in Henrys Tonfall, dass er Gehorsam erwartet.

Wie immer.

Ich hole tief Luft und bin über die Gelassenheit in meiner Stimme selbst erstaunt. „Danke. Das werde ich.“

„Ich sende dir die notwendigen Informationen.“

Er legt auf. Ohne ein weiteres Wort. Ein Henry Kingsley verabschiedet sich nicht.

„Arghmpf!“ Ich knalle das Handy mit Vehemenz auf den Küchentisch. Mein Atem kommt stoßweise und ich versuche, den roten Schleier wegzublinzeln, der mir die Sicht nimmt. *Danke?* Was ist los mit mir? Warum rede ich überhaupt noch mit ihm? Meine Fingerknöchel treten weiß hervor, so fest umgreife ich die Stuhllehne. Die Narbe an meiner Schläfe pocht. Mehr als sonst, so als wäre ich eine Figur aus einem Fantasy-Roman und er, dessen Name ich nicht einmal denken möchte, wäre dafür verantwortlich. Ein weiterer Fluch verlässt meine Lippen. Derber als zuvor. Eine kleine Hand legt sich auf meine Schulter. Warm und tröstend.

„Du solltest dir ein dickeres Fell zulegen, Jackson“, flüstert Trisha und betont ihre Worte mit dem Druck ihrer Hand. Ich stoße bitter die Luft aus, richte mich auf und beginne, die Küchenschranktüren nacheinander aufzureißen. *Irgendwo muss sie doch sein.* „Leichter gesagt, als getan. Ich habe gehofft, nach zwei Jahren könnten wir es schaffen, das alles hinter uns zu lassen. Ein familiäres Gespräch miteinander führen. Aber da habe ich mich getäuscht“, murmle ich vor mich hin. *Da ist sie ja!* Ich schraube die Ginflasche auf, die Trisha als eiserne Reserve für „alle Fälle“ im Küchenschrank aufbewahrt, setze sie ohne Umschweife an die Lippen und nehme einen großen Schluck. Trishas braune Augen verfolgen jede meiner Regungen. Als ich die Flasche wieder ansetze, greift sie ein und entwindet mir den Gin.

„Das reicht. Du wolltest heute nach Timber Creek fliegen.“ Sie verschraubt die Flasche und schiebt sie nach hinten in den Schrank. Erstmals fällt mir auf, wie viele silberne Fäden ihr schwarzes Haar durchziehen. Jähe Zärtlichkeit für die Frau, die schon seit der Kindheit in meinem Leben ist und auf mich achtgibt, wallt in mir auf. Was wäre ich nur ohne sie? Verflucht einsam jedenfalls.

„Wie schafft er es nur jedes Mal, mich so wütend zu machen? Dabei bin ich tausende von Kilometern fortgezogen, ans andere Ende des Landes, um einen Schlussstrich zu ziehen. Unfassbar, wie ich mich durch seine Bemerkungen so triggern lasse.“

Trisha lächelt schmal. „Henry hat es schon immer verstanden, Menschen nach seinem Willen zu lenken. Da bist du nicht der Einzige. Er meint es nicht so.“

Ich stoße die Luft aus. „Wirklich nicht? Du kannst dir nicht vorstellen, was er diesmal von mir verlangt.“

Trisha greift nach einem Küchentuch und beginnt, abzutrocknen. Die Art, wie sie den Kopf neigt, verrät mir, sie hört zu. „Ich soll …“ Allein der Gedanke bringt mich so aus der Fassung, dass ich die Fäuste balle.

„Du sollst …?“

„Heiraten.“ Meine Stimme klingt heiser. Ich

lache abfällig, so absurd ist dieser Vorschlag. Vor allem, wenn ich ihn laut ausspreche.

Trisha wendet sich mir zu. Ihre Augenbrauen sind so weit hochgezogen, dass sie unter ihrem dichten Pony verschwinden.

„Nun ja, du bist um die dreißig. Da kann man schon einmal darüber nachdenken, sich eine Frau zu suchen“, sagt sie und ihr Mundwinkel zuckt.

Ich rolle die Augen. „Nein, du verstehst nicht. Ich soll nicht *irgendwann irgendwen* heiraten. Ich soll eine bestimmte Person heiraten. Eine Frau, die *er* für mich ausgesucht hat. Und das so bald wie möglich.“

Jede Belustigung ist aus Trishas Miene verschwunden. Hinter ihrer Stirn arbeitet es offensichtlich, so ist sie gefurcht. Sie sucht nach Worten, öffnet den Mund und schließt ihn dann wieder.

„Und diese Frau. Weißt du etwas über sie?“, fragt sie schließlich.

Ich stöhne. „Nein. Und ich will nichts über sie wissen. Welche Frau kann das schon sein, die sich darauf einlässt, einen entstellten Typen im Nirgendwo zu heiraten, den sie nicht kennt?“ Trisha runzelt die Stirn. „Lass das! Du bist alles andere als entstellt, Jackson. Und das weißt du. Fischst du nach Komplimenten?“

Ich ignoriere ihren Einwand. „Wie dem auch sei. Es mag vor zweihundert Jahren für entehrte oder verarmte Waisen chic gewesen sein, sich als *Katalogbraut* in die Pampa zu verkaufen. Heute machen das doch nur Goldgräberinnen. Vermutlich ist sie eine Tussi ohne Hirn und mit operierten Brüsten."

Trishas Grinsen wird wölfisch. „Oh, hat der Herr etwa Vorurteile? Und das hier ist ja wohl etwas anderes als eine Braut aus dem Katalog." Ich könnte mir vor Wut die Haare ausreißen. Sie hat recht. Die Bemerkung war blöd. Also brumme ich nur und starre einen Moment aus dem Fenster. Im Sittichbaum ist reges Treiben und der Anblick der umherflatternden Vögel beruhigt mich etwas. „Angeblich ist das irgendein Patenkind von Mom, das in Not ist. Wo auch immer Henry die plötzlich ausgegraben hat. Ich habe noch nie von der gehört. Die Idee ist absurd. Wieso schickt er ihr nicht einfach Geld? Damit löst er doch sonst alle Probleme. In dem Punkt werde ich ihm sicher nicht nachgeben. Das ist *mein* Leben."

Das Handy auf dem Tisch piept. Trisha und ich starren gleichzeitig auf die Benachrichtigung im Display, dass eine E-Mail eingegangen ist. Henry verliert offenbar keine Zeit. Ob ich sie ungelesen löschen soll?

Trisha schnalzt missbilligend mit der Zunge, als ich nicht reagiere. Ohne mich zu fragen, zieht sie das Handy zu sich heran und wischt über den Bildschirm. Ich sollte mir ein Password zulegen.

Meine Kehle ist plötzlich ausgedörrt und ich mache absichtlich viele Geräusche, als ich ein Glas aus dem Küchenschrank auf die Anrichte knalle und die Glaskaraffe aus dem Kühlschrank nehme. Meine

Hand zittert, und ich gieße die Hälfte daneben, als Trisha einen überraschten Laut von sich gibt.

„Sie ist hübsch. Und sie kommt nicht allein." Ich schließe die Augen. *Dieses Miststück!* Sie weiß genau, wie sie mich fängt. Mein Plan, die Sache im Keim zu ersticken, scheitert an meiner Neugier. Ich reiße ihr das Handy aus der Hand und starre auf das etwas zu blasse Gesicht, das von wilden Locken umrahmt ist.

REGEN

Louisa

„Hey, wach auf!“

Ich blinzle und sehe in Zoes besorgtes Gesicht, das über meins gebeugt ist. Offenbar bin ich weggenickt. „Sind wir schon da?“ Verwirrt sehe ich mich um. Wie gelassen ich klinge. Dabei schreit alles in mir, die Autotür aufzureißen und eine Rückfahrt aufzutreiben. Zurück ins Vertraute.

„Nein, nur ein kurzer Stopp. Pinkelpause. Außerdem hab ich Kohldampf.“ Sie reibt sich demonstrativ über den Bauch, als würde ich ihr nicht glauben. Ich schüttle den letzten Schleier des Schlafs ab und nicke. Zoe ist immer hungrig. Wenigstens das bleibt gleich. Sie zeigt auf das Gebäude, vor dem wir gehalten haben.

„Das ist das erste Haus seit zwei Stunden“, sagt sie.

Zoe soll nicht denken, ihre Stichelei mache mir etwas aus, also meide ich ihren herausfordernden Blick. Als sie das erste Mal gehört hat, wohin wir auswandern, hat sie nur mit den Schultern gezuckt. „Gibt es dort WLan?“, war ihre einzige Frage. Ihre Gelassenheit hatte mich verblüfft und in meinem Entschluss bestärkt. Aber als unsere Abreise näher rückte, wurde sie unruhig. Und je weiter wir uns heute von der Zivilisation entfernten, desto sorgenvoller wurde ihr Blick. Ich fühle mit ihr. Das australische Outback ist für jemanden aus Downtown-Chicago wie ein anderer Planet.

Durch die verschmierten Autofenster des Jeeps erkenne ich das spärlich beleuchtete Neonschild über dem Eingang einer Bar. Leicht verwischt. Und da geht es mir auf: Es regnet tatsächlich! Als es hieß, wegen des nahenden Regens wäre unser Plan, die letzte Etappe mit dem Flieger zurückzulegen, buchstäblich ins Wasser gefallen, hatte ich das für einen Scherz gehalten. Die ersten Kilometer hatte ich den Eindruck, dieses Land bestehe nur aus trockenem rotem Staub.

„Ich komme mit. Mir ein bisschen die Beine zu vertreten, wird guttun. Wie lange habe ich geschlafen?“

„Etwa eine Stunde“, entgegnet Zoe und öffnet die Tür.

Ich ärgere mich, eingeschlafen zu sein. Erstaunlich, bei der Schlaglochpiste. Der Plan, mir jede Meile des Weges in unser neues Leben einzuprägen, ist an meiner Erschöpfung gescheitert. Ich blicke auf das Handy, das ich selbst im Schlaf umklammert gehalten habe. Nichts. Keine neuen Nachrichten. Das ist kein Wunder, denn es gibt hier draußen offenbar kein Netz. Seufzend stoße ich die Luft aus. Seit wir nach vierzig Stunden Reise mit Zwischenstopp in Brisbane in Alice Springs gelandet sind, haben mich die aufmunternden Textnachrichten meiner Freundinnen davon abgehalten, postwendend umzukehren. Unablässig habe ich meine ersten Eindrücke dieses fremden Landes geschildert. Jede Kleinigkeit war witzig. Selbst, dass McDonald's in Australien „*Macca's*“ heißt. Dann haben wir eine kleine Maschine weiter nach Darwin bestiegen und die Verbindung war gekappt. Aber ich war ohnehin abgelenkt von der Landschaft, über die wir flogen. Die großen Brände im letzten Jahr, bei denen eine Milliarde Tiere ums Leben gekommen sind, waren zwar weiter südlich. Doch die riesige Fläche unter uns ließ die Erinnerung an die Bilder im Fernsehen wiederaufleben. Dagegen sind meine eigenen Probleme für einen Moment verblasst.

Es ist neun Uhr abends. In Gedanken rechne ich nach, wie spät es in Chicago ist. Es versetzt mir einen Stich zwischen Herz und Bauch, als ich mir vorstelle, für meine Freundinnen hat der Tag noch nicht einmal begonnen, der mich schon erschöpft hat. In drei Stunden, wenn Susan den Coffee-Shop aufschließt, in dem sie zweimal die Woche jobbt und Cathy auf dem Weg in die erste Vorlesung ist, werde ich hoffentlich endlich am Ziel sein. Die Ungewissheit darüber, was mich dort erwartet, liegt mir trotz einer gewissen Vorfreude im Magen.

Ich begegne Micks prüfendem Blick im Rückspiegel. Der Fahrer, der uns am Airport von Darwin in Empfang genommen hat, behält mich seit dem ersten Augenblick im Auge. Nicht unangenehm, eher neugierig. Sein Lächeln, während er unsere Taschen im Wagen verstaute, hat für einen Moment die dunkeln Wolken meiner Gedanken vertrieben. Er ist genau so, wie ich mir einen Australier vorstelle. Selbstbewusst, ungestylt und braungebrannt. Allerdings könnte es sein, dass ich ihn mit dem Hauptdarsteller aus diesem Film mit dem Krokodilbändiger verwechsle. Dem Lieblingsfilm unserer Mom.

Zoe hingegen war Mick gegenüber zurückhaltend. Sie hat ihn im Auge behalten, als er sich auf der Fahrt eine selbstgedrehte Zigarette angezündet hat, deren Rauch er aus dem Seitenfenster paffte. Sein Witz, hier in *Down Under* würden zwar nicht alle auf dem Kopf stehen, doch die Autos auf der falschen Seite fahren, hat sie mit einem Schnauben quittiert. Auch die Bemerkung, dass hier die Frauen glühen und die Männer plündern – eine Anspielung auf einen Welthit – ließ sie kalt. Dabei lacht sie sonst gern.

„Zoe, sei nicht so unhöflich“, habe ich ihr zugezischt, nachdem ich ihre trotzige Art eine Weile beobachtet habe. Sie hat mit einem Schulterzucken reagiert. Ich muss zugeben: Nach ein paar Stunden hat sich auch für mich Micks anhaltend charmante Art ein wenig abgenutzt. Ich bin müde und mir ist nicht nach Flirten. Aber das ändert nichts daran, wie dankbar ich ihm für seine Freundlichkeit bin. Es gibt schlimmere Arten, in einem fremden Land begrüßt zu werden.

Auch jetzt schielt Zoe misstrauisch zu ihm. Wie es scheint, hat sich während meines Schläfchens nichts verändert. Mein Rücken ächzt, als ich mich aus dem Jeep pelle. Die Luft ist würzig und die sengende Hitze, die mir am Airport in Alice Springs entgegenschlug, ist einer erträglichen Temperatur gewichen. Wer hätte, als wir in Chicago bei Eiseskälte in den Flieger gestiegen sind, gedacht, dass ich mich über Kühle freuen würde? Zu Hause konnte ich mir nicht vorstellen, dass hier Sommer sein soll. Das neue Jahr hat gerade erst begonnen. Das Wetter und die Zeitverschiebung sind bestens geeignet, mir permanent vor Augen zu halten, dass in meinem Leben jetzt *alles* anders ist.

Die Raststätte ist nicht mehr als ein alter Schuppen. Aber sympathisch. Schlichte, in fröhlichen Farben gehaltene Sitzmöglichkeiten sind vor einer Bar gruppiert. Handbemalte Schilder deuten auf den Campingplatz nebenan hin. Es könnte sich auch um eine Beach-Bar in Kalifornien handeln. Nicht, dass ich jemals in einer war. Aber so sind sie immer in Fernsehserien ausgestattet. Mehr, als ich erwartet habe. Backpacker haben Unterschlupf vor dem Wetter gesucht. Als ich ein paar von ihnen wegen ihrer Unterhaltung als Amerikaner identifiziere, winke ich. Kurz gebe ich mich der Illusion hin, eine von ihnen zu sein. Ein Abenteurer am anderen Ende der Welt, der nur kurz hier hineindippt und schon in wenigen Monaten wieder auf dem Weg in die Heimat sein wird. Zoes Hand legt sich warm in meinen Rücken und schiebt mich weiter. Ich hatte nicht mitbekommen, auf dem Weg zur Bar stehen geblieben zu sein.

„Lou, du weißt, wir können umkehren. Noch ist es nicht zu spät." Sie hakt sich unter, hängt sich an mich und ihre großen Augen blicken mich an. Ich bleibe standhaft. „Zoe, das haben wir doch x-mal durchgekaut. Du wirst sehen, es wird toll. Ein großes Abenteuer", wiederhole ich den Satz, den ich mir innerlich schon gefühlt tausend Mal selbst vorgesagt habe. Zu gern würde ich ihr nachgeben. Aber die Erinnerung an Chicago schnürt mir die Luft ab. Zu bleischwer waren meine Sorgen, die mich zu diesem Schritt getrieben haben. Wenn ich jetzt kneife, wüsste ich nicht, wie ich die Kosten für einen Rückflug aufbringen soll. Und ich habe diesem Jackson Kingsley ein Versprechen gegeben.

Kingsley! Bald heiße ich auch so. *Ich werde einen wildfremden Mann heiraten, der am anderen Ende der Welt lebt.* Ich schlucke die Furcht hinunter. Lasse sie mit den dicken Regentropfen, die auf das Bambusdach prasseln, fortspülen.

„Meinst du, es gibt etwas Leckeres in diesem Beach-Bar-Verschnitt? Ich sterbe vor Hunger." Ihr Mund verkrampft sich und ich sehe ihr an, dass ihre Beherrschung am seidenen Faden hängt. *Wahrscheinlich ist er eine Bestie, wie in „Die Schöne und das Biest". Welcher Typ sollte sich sonst eine Braut nehmen, die er noch nie gesehen hat? Was, wenn wir in die Fänge eines Serienkillers geraten?*, war ihr krassester Versuch vor der Abreise, mich vom Vorhaben abzubringen, Jackson Kingsley zu heiraten. Ich wusste nie, ob sie mich ärgern wollte oder es ernst meinte. Wie nah sie dabei meiner eigenen Horrorvorstellung gekommen ist, sage ich ihr nicht. Aber via Videochat sah mein zukünftiger Ehemann nicht schlecht aus. Zugegeben, wir haben nur ein Mal gesprochen und die Verbindung war gestört. Ich habe eine sehr verpixelte Vorstellung von ihm. Außerdem hatte er die ganze Zeit die Haare im Gesicht. Also, wer weiß?

„Ted Bundy, der Serienmörder, sah auch sehr nett aus", war ihr Kommentar dazu. *Vielen Dank auch, Zoe!*

Wir verschlingen unsere Hände ineinander, während wir die kleine Speisekarte neben dem Tresen studieren, auf die die Bedienung, eine freundliche Aborigine-Frau, gezeigt hat. Zoe kichert und einen Augenblick später erkenne ich, warum. Ein Glucksen entfährt mir. „Du hast Glück, Zoe. Es gibt Straußensteak auf Barbie."

„Das ist das Wort für Barbecue", versucht uns

Mick, der hinter uns steht, aufzuklären. Aber es ist zu spät. Die Blase der Anspannung, die sich in den letzten Wochen stetig gefüllt hat, platzt. Vor Lachen laufen uns die Tränen hinab. Jedes Mal, wenn wir uns beruhigen, sagt eine von uns *‚auf Barbie'* und das Kichern beginnt von Neuem. Mick schmunzelt und schüttelt den Kopf, während Zoe und ich uns in den Armen liegen.

Und mit einem Mal weiß ich, alles wird gut werden.

TRISHA

Louisa

„Das ist es?“ Zoe rutscht vor Aufregung auf ihrem Sitz hin und her, während wir uns langsam dem Haus nähern, das wie ein hell erleuchtetes Ufo in der Dunkelheit auf uns wartet. Es ist nach Mitternacht und endlich hat der Regen nachgelassen. Ich bin nur noch erleichtert, gleich aus diesem Jeep zu kommen. „Das ist die Kingsley-Station“, entgegnet Mick.

„Ein Bahnhof? Müssen wir etwa noch Zug fahren?“ Leichte Panik schwingt in Zoes Frage mit.

Mick lacht kurz auf. „Nein, *Station* ist das Wort für die Farmen im Outback.“ Selbst er hatte in der letzten halben Stunde zum ersten Mal Zeichen von Müdigkeit gezeigt und mehrfach ein Gähnen unterdrückt. Mit wieder erwachtem Schwung parkt er den Wagen vor einer großen Veranda, die die Frontseite eines von mehreren Flachbauten ausmacht. Wow! Was ich in der Dunkelheit erkennen kann, haut mich um. Beleuchtete Palmen im Outback? Das erinnert mich an ein Hotel aus tausendundeiner Nacht und hat mit den Gebäuden, die ich bisher auf der Fahrt gesehen habe, nichts gemein.

Galant hält mir Mick die Hand hin und hilft mir beim Aussteigen. Ich blinzle gegen den Strahler, der den Vorplatz in Licht taucht. Aufgeregt suche ich den Eingangsbereich nach der Silhouette eines Mannes ab. Dem Mann, der mein Ehemann werden soll. Doch stattdessen läuft eine winzige, kugelrunde Frau, den Gesichtszügen nach Aborigine, die Stufen zu uns herab. Trisha! Ich kenne sie von den Videochats vor meiner Abreise. Allerdings hatte ich mir die resolute Frau, die mir das Leben im australischen Outback als das Glück schlechthin verkauft hat, größer vorgestellt. Auf meinen zukünftigen Ehemann bin ich total gespannt. Mit ihm habe ich ja nur einmal kurz gechattet. Merkwürdig, dass ich mit Trisha öfter geredet habe als mit ihm.

„Wie schön, dass ihr endlich da seid. Ich habe mir schon Sorgen gemacht! Und ihr habt Regen mitgebracht. Ein gutes Zeichen.“ Bevor ich es begreife, werde ich in eine heftige Umarmung gezogen. Von meiner Seite aus fällt sie etwas unbeholfen aus. Über die Schulter der Frau, die mir gerade bis zur Brust reicht, suche ich Zoes Blick. Sie beißt sich grinsend auf die Lippe und strahlt über das ganze

Gesicht. Nun hat die Frau sie ebenfalls entdeckt und lässt abrupt von mir ab.

„Da bist du ja, du Engel!“

Ich kann mir das Grinsen nicht verkneifen, als Zoe dieselbe Aufmerksamkeit wie mir zuvor zuteilwird. Ihre Miene ist geschockt, ob von der ungewohnten Umarmung oder dem Kosenamen, ist nicht klar.

„Ich heiße Zoe“, flüstert sie und schiebt die Frau leicht von sich.

„Das weiß ich doch. Und ich bin Trisha.“ Unzählige Lachfalten ziehen sich über das Gesicht der Frau, die sich an uns kaum sattsehen kann. Sie bemerkt meinen suchenden Blick und vertieft ihr Lächeln. Bevor ich fragen kann, wo Jackson ist, wendet sie sich Richtung Jeep. „Mick, bring das Gepäck der neuen Misses in das blaue Zimmer.“ Mick, der dem Schauspiel grinsend zugesehen hat, zuckt zusammen. Trishas autoritärer Ton steht im krassen Gegensatz zur Mütterlichkeit von zuvor. Und zu ihrer Größe.

„Wird gemacht, Misses Trisha.“ Mick greift meinen großen Koffer und Zoes kleineren und marschiert an uns vorbei einen überdachten Weg durch einen beleuchteten Garten entlang.

Die neue Misses.

Mein Herz beginnt wie wild zu schlagen. Ich räuspere den plötzlich auftretenden Kloß in meinem Hals fort. „Das blaue Zimmer? Ist das ...?“ Ich stocke und suche nach den richtigen Worten. Trisha scheint mich auch so zu verstehen. Sie wird ein wenig rot, soweit ich das aus den Schatten in ihrem Gesicht sehen kann.

„Nein, nein. Der Master-Bedroom ist im Bungalow auf der anderen Seite des Haupthauses. Ihr sollt euch erst einmal eingewöhnen." Ich stoße erleichtert die Luft aus. Die Vorstellung, schon heute die Nacht mit einem wildfremden Mann verbringen zu müssen, hatte mich eiskalt erwischt.

„Wo …?" Trisha unterbricht mich mit einer abwinkenden Geste.

„Jackson ist schon zu Bett gegangen. Er muss morgen früh raus. Wegen des Regens." Sie lächelt mich an, als würde das alles erklären.

„Okay. Das verstehe ich." Obwohl ich es nicht verstehe. Schließlich habe ich mich tausende von Meilen auf den Weg gemacht, um seine Frau zu werden. Und er schafft es nicht einmal, mich zu begrüßen. Die Erleichterung von eben verflüchtigt sich so schnell, wie sie gekommen ist. Aber vielleicht muss ich geduldiger sein, diese Kultur der Menschen hier erst verstehen lernen? Menschen, denen Regen mehr bedeutet als die Frau, die sie heiraten werden.

„Habt ihr Hunger? Durst?", lässt Trisha mir nicht viel Zeit zum Nachdenken. Ich für meinen Teil habe nur noch das Bedürfnis, die Augen zu schließen und nichts mehr zu denken. Doch ich muss an Zoe denken. Ich drehe mich zu ihr um. „Zoe, wie ist es mit dir?"

Sie schüttelt den Kopf und gähnt. Ich lasse mir

nicht anmerken, wie ungewöhnlich ich es finde, dass sie das Angebot von Essen ausschlägt. Sofort regt sich Sorge, dass sie das Ganze mehr mitnimmt, als sie durchscheinen lässt. Trisha führt uns in Richtung des mit polierten Steinen ausgelegten Weges, auf dem Mick zuvor verschwunden war. In meinem Nacken prickelt es und ich weiß, ich werde beobachtet. Gerade als ich mich suchend umdrehe, tritt aus dem Schatten neben einer Tür vor mir eine junge Frau. Ich habe sie nicht bemerkt und greife mir instinktiv ans Herz. Das Licht über der Tür taucht ihr Gesicht in Halbschatten. Trisha zischt die Frau an: „Kylie! Warum bist du noch wach?" Die Frau, die nicht viel älter ist als ich, hebt trotzig ihr Kinn. „Ich wollte die neue Misses begrüßen." Sie hält mir die Hand hin, die ich zögernd ergreife. „Hi, ich bin Kylie. Ich freue mich, eine Frau in meinem Alter auf der Station zu haben. Wir werden sicher gut miteinander auskommen!" Ihr Blick huscht zu Trisha, die leise seufzt. Kylies Lächeln wirkt so übertrieben, dass ich einen Moment lang nicht weiß, wie ich reagieren soll. Vielleicht bin ich nur übermüdet. Vermutlich sollte ich froh sein, jemand in ungefähr meinem Alter auf der Station zu haben. Viel Gelegenheiten, Freundschaften zu schließen, wird es nicht geben. Kylies Blick geht zu Zoe und sie klatscht vor Freude in die Hände. Ich fühle Zoes Hand auf meinem Kreuz, so als wolle sie sich absichern, dass ich bei ihr bleibe. Sie begrüßt Kylie artig. Doch ich merke ihrem

Tonfall an, wie zurückhaltend sie ist. Vermutlich ist sie ebenso müde wie ich.

„Du kannst deinem Bruder mit dem Gepäck helfen“, sagt Trisha mit überraschender Schärfe. Es ist klar, dass Trisha die Frau verscheuchen möchte.

„Wir sehen uns morgen!“, entgegnet Kylie. Mit einem demonstrativen Augenrollen zu mir verschwindet sie in der Dunkelheit. Trisha murmelt kopfschüttelnd vor sich hin und führt uns dann weiter. In meinem müden Kopf bin ich nicht in der Lage, viel anderes wahrzunehmen, als den Weg, der uns zu einem Nebengebäude mit einem großen Zimmer führt, vor dessen Tür und Fenstern Moskitonetze hängen. Warum es das „blaue Zimmer“ genannt wird, verstehe ich nicht. Ich sehe nichts Blaues, aber es ist wunderschön und gemütlich. Während Trisha unablässig auf uns einredet, blinzle ich nur sehnsüchtig das große Bett an, das den Raum dominiert. Wenigstens ist er klimatisiert und es gibt ein direkt angrenzendes Bad, wie ich erleichtert registriere. Als Trisha endlich fort ist, reißen Zoe und ich uns die Reisekleidung vom Leib und sinken nach einer Katzenwäsche in die Kissen.

Das Blöken von Schafen webt sich in meinen Schlaf und weckt mich langsam auf. Ich räkle mich genüsslich und zögere den Moment hinaus, die Augen aufzumachen und in der Wirklichkeit anzukommen. Ein Kichern lässt mich den Kopf drehen. Zoe steht am Fenster und amüsiert sich über etwas, das sie sieht.

„Hey, guten Morgen. Bist du schon lange wach?"

Sie lächelt mich an und nickt. „Es ist schon neun. Ich habe Hunger, gehen wir endlich frühstücken?" Ich grinse. Gott, bin ich froh, dass ich so eine tolle Schwester habe. Ich setze mich auf und freue mich, wie warm der Holzboden ist, auf den ich meine Füße setze. Ein heller Streifen zeichnet sich zwischen meinen rötlichen Zehen ab, wo der Flipflop dem Regenschlamm getrotzt hat.

„Ich geh kurz duschen." Zoe kräuselt die Nase. Aber ich verziehe mich ins Bad. Noch eine letzte, klitzekleine Gnadenfrist, bevor mein Abenteuer wirklich beginnt. Noch kann ich mir einbilden, in einem Urlaub zu sein. Selbst wenn ich noch nie zuvor aus Chicago rausgekommen bin.

Als ich wenig später mit feuchtem Haar aus dem Bad trete, sehe ich es: Der Raum ist in zartes blaues Licht getaucht. Es scheint, als ob das Fenster die Blautöne aus dem Sonnenlicht filtert. Ich wusste gar nicht, dass so etwas möglich ist. Wer kommt auf diese geniale Idee?

Zoe steht noch am Fenster und lächelt. „Warum bist du so fröhlich?", frage ich sie und trete neben sie, während ich den Reißverschluss des leichten Baumwollkleids schließe, das ich extra für diesen Tag gekauft habe. Es ist weiß und geht in einem Glockenrock bis kurz übers Knie. Das enge Oberteil zeigt einen dezenten, herzförmigen Ausschnitt.

Kein Brautkleid, aber so ähnlich. Zoe zieht die Brauen hoch und ich überlege, wann sie mich das letzte Mal in einem Kleid gesehen hat. Ich deute mit dem Kinn Richtung Fenster und erinnere sie an meine Frage.

„Nichts. Er ist schon weg."

„Wer?" Ich trete zum Fenster und spähe hinaus. Einen Augenblick verschlägt es mir die Sprache. Der Blick geht in die endlose Landschaft. Kein anderes Haus weit und breit. Keine Wolkenkratzer, kein Verkehr, keine Ampeln, keine Parks. Zum Glück gibt es hier nicht nur rötlichen Staub, wie lange Strecken auf der Hinfahrt. Pflanzen in verschiedensten Grüntönen durchbrechen die trockene Erde bis zum Horizont. Vorwiegend Büsche, aber auch der ein oder andere Baum. Die beginnende Hitze lässt den Regen der letzten Nacht verdunsten und zieht Nebelschwaden über das Land. Es sieht majestätisch aus. Und so anders als der Blick aus meinem Schlafzimmer in Chicago auf die Fenster des gegenüberliegenden Gebäudes. Ich schlucke trocken und wende den Blick zum Vorplatz, auf dem wir gestern angekommen sind. Rings um die Häuser deuten gepflegte Zäune und ein Garten darauf hin, dass sich hier Menschen der Wildnis widersetzt haben. Alles wirkt gepflegt.

Und ist menschenleer.

„Na, der Mann mit dem Koala." Ich lache auf. „Koala? Wie Koalabär?"

Sie verdreht die Augen. „Was denn sonst?" Ich

stupse ihr auf die Nasenspitze, wie ich es tue, wenn ich sie für naseweis halte. Sie dreht den Kopf weg.

„Mama mochte Koalas“, flüstert sie. Ich schlucke. „Stimmt. Ich habe gar nicht daran gedacht, hier auf der Farm könnten Koalas leben.“ Bilder von unserer Familie und seltenen Besuchen im *Lincoln Park Zoo* kommen mir in den Sinn. Dad hatte unserer Mutter, deren Geburtstag war, im Zooshop einen Stoffkoala gekauft. Einen, den sie sich ans Revers klemmen konnte.

„Weißt du noch, wie wir Mamas Ansteck-Koala immer haben wollten? Wir haben uns dann abgewechselt, bis Dad protestierte und auch an der Reihe sein wollte“, sage ich und lege den Arm um sie.

Zoe nickt nur und schaut verträumt aus dem Fenster. Sie war noch relativ klein, gerade erst in die Schule gekommen. Die Erinnerung an unser Lachen an diesem unbeschwerten Tag zaubert ein Lächeln auf mein Gesicht. Ich nehme Zoes Hand und drücke sie. „Es tut mir leid, dass wir nicht zu Hause bleiben konnten“, flüstere ich. Sie blickt kurz zu Boden und hebt dann den Kopf. „Ist schon okay. Zu Hause ist für mich dort, wo du bist.“ Ich blinzle die Tränen fort und ziehe sie an mich. Ist sie wirklich erst zwölf Jahre alt?

Ihr Magenknurren lässt uns beide auflachen. „Komm, du Knopf, lass uns frühstücken gehen.“ Ich wuschle ihr übers Haar und genau wie bei der Nasenspitze duckt sie sich weg.

„Ob es in Australien Pancakes gibt?“

„Wenn, dann nur auf Barbie“, erwidere ich und schlüpfe in die Flipflops. Wir sind zu aufgeregt, um zu lachen.

Ohne Probleme finden wir den Weg über die Steinplatten zu dem größeren Gebäude, vor dem wir gestern angekommen sind. Dies ist wohl das Haupthaus. Am auffallendsten sind die beiden hohen Palmen vor der überdachten Veranda, die die gesamte Hausfront einnimmt. Stilvolle Sitzmöbel vor raumhohen Fenstern laden dazu ein, zu entspannen. In Grau gehaltene Holzverkleidungen entlang der Hausecken geben den letzten Touch. Auch hier überwältigt mich der Stil , den ich in dieser Einöde nicht erwartet hätte.

Trisha scheint uns bereits erwartet zu haben. Jetzt bei Tageslicht sehe ich silberne Fäden in ihrem dichten Haar. Wie heute Nacht auch, strahlt sie uns an, als wären wir Göttinnen, die diese *Station* mit ihrer Anwesenheit ehren. Es gibt Schlimmeres. Sie führt uns in einen hellen Raum, der vom Eingangsflur abgeht.

„Ich habe ein schönes *Brekkie* für euch.“ Eifrig rückt sie einen der beiden Teller zurecht, die auf dem reich gedeckten Tisch auf uns warten. Zoes Mundwinkel zucken. Die australische Eigenart, alles abzukürzen, wie hier Breakfast in Brekkie, scheint sie sehr zu amüsieren.

„Für mich nur einen Kaffee, bitte. Schwarz“, sage ich und möchte es zurücknehmen, als Trishas Lächeln in sich zusammenfällt. „Ich nehm alles“, rettet Zoe die Situation und beginnt, sich den Teller mit Pancakes und Bacon vollzuhäufen. Ob das Leben hier stets wie in einem *Bed & Breakfast* sein wird? Der Gedanke behagt mir nicht. Wie soll ich mich dann jemals zu Hause fühlen?

„Du möchtest sicher Orangensaft. Ich habe gelesen, alle amerikanischen Mädchen trinken literweise Saft." Trisha gießt Zoe bereits ein Glas ein. Zoe nickt mit vollen Backen. Als Trisha ihr zufrieden seufzend übers Haar streicht, lässt sie es geschehen. Ich ziehe empört die Brauen hoch, doch meine kleine Schwester zuckt nur mit den Schultern und schiebt sich ein buttertriefendes Stück Pancake in den Mund. Ich nippe an der tiefschwarzen Flüssigkeit, die mir Trisha in einen Becher gegossen hat, auf dem steht: *She'll be apples* – was immer das auch heißt. Trisha schmunzelt und hat meine Gedanken erraten. „Das heißt *Alles wird gut* auf Australisch." Zoe verschluckt sich vor Lachen. „Was haben denn Äpfel damit zu tun?" Jetzt zuckt Trisha mit den Schultern und beide lachen. Der Morgen fängt gut an und ich lehne mich in meinem Stuhl zurück, als mir auffällt, wie angespannt ich vorn auf der Kante gesessen habe.

„Mhm, der Kaffee ist köstlich. Wann werde ich ... Mister Kingsley kennenlernen?", wage ich es endlich, Trisha zu fragen.

„*Jackson* ist noch unterwegs. Es gibt viel zu tun nach einem Regen." Sie streicht ein paar Krümel von der Tischdecke und meidet meinen Blick. „Aber er hat versprochen zurück zu sein, wenn der Flieger landet.“

„Wenn der Flieger landet“, wiederhole ich ausdruckslos.

„Ja, der Flieger mit Roger. Er müsste so gegen fünf Uhr eintreffen.“

„Roger?“ Ich kneife die Augen zusammen. Wieso muss ich dieser Frau jedes Wort auf der Nase ziehen?

„Roger ist einer der fliegenden Standesbeamten. Er wird heute Abend die Trauung vollziehen.“

Zoe lässt die Gabel fallen. „Heute Abend?“, fragt sie. Obwohl sie mich anklagend fixiert, spricht sie mir damit aus der Seele. Ich kannte die Terminplanung, habe es aber nicht fertiggebracht, Zoe davon zu erzählen. Und ich kann mir selbst nicht vorstellen, dass heute der Tag der Tage ist, selbst wenn ich das Kleid dafür anhabe.

„Aber ich habe meinen zukünftigen Bräutigam ja noch nicht einmal kennengelernt und jetzt ist es …“ Ich sehe auf meine Armbanduhr, ein Erbstück meiner Mutter. „Es ist bereits zehn Uhr. Es bleiben nur wenige Stunden.“

Trisha legt mitfühlend ihren Arm auf meinen Unterarm. „*She'll be apples!* Ihr werdet miteinander auskommen. Ich weiß es. Jackson ist ein guter Mann.“ Ich stoße die Luft aus. Zu gern möchte ich ihr glauben. An Zoe gewandt sagt sie: „Iss auf, junge Dame. Dann zeige ich dir die Station.“

MISTER KINGSLEY

Louisa

Vor dem Gebäude empfängt uns ein fast vertrautes Gesicht. „G'Day, Miss Louisa, Miss Zoe, Misses Trisha!“ Mick lüftet seinen Hut. Er strahlt. Vielleicht wirkt es aber auch nur so, weil er wegen der Sonne die Augen zusammenkneift. Ich lächle und entgegne die ungewohnte Begrüßung *G'Day*. Unter seinem Blick, der über das Kleid streift, streiche ich mir eine Locke hinters Ohr. Ich sollte öfter Kleider tragen. In Chicago habe ich alles vermieden, was die Aufmerksamkeit der Männer auf mich richtete. Ich hatte einfach keine Zeit für Dates, so sehr war ich damit beschäftigt, Zoe und mich am Leben zu erhalten. „Sie sehen sehr hübsch aus, Miss Louisa.“ Meine Wangen beginnen unter dem ungewohnten Kompliment zu blühen. „Danke, Mick“, flüstere ich zurück. Trisha räuspert sich. „Du kannst ruhig schon Misses Louisa sagen, Mick." In Micks Augen blitzt kurz Trotz auf. Dann scheint er sich zu besinnen und nickt. Zoe kräuselt die Stirn. Ich sehe ihr an, sie kann es kaum abwarten, unser neues Zuhause zu erkunden und hasst jede weitere Verzögerung. Als Trisha und Mick ein paar Worte wechseln, zerrt sie ungeduldig an meinem Arm in Richtung der angrenzenden Schafweide. Gerade noch kann ich einen entschuldigenden Blick zu Mick werfen, bevor ich fast über die Flipflops stolpere.

„Zoe, ich habe mich doch gerade unterhalten", tadele ich sie.

„Das war doch nur dieser Mick. Mit dem hättest du gestern ganz viel sprechen können. Hast du aber nicht." Ich verdrehe die Augen.

„Gestern war ich zu müde. Was hast du nur gegen ihn? Er ist nett." Sie kneift die Augen zusammen und wendet den Blick nicht von einem Lämmchen, das gerade an der Zitze seiner Mutter saugt. Ein Anblick, der auch mich nicht kaltlässt.

„Eben."

Ich warte auf mehr Erklärung. Die nicht kommt. Was sie wohl so aufbringt? Es ist doch nur ein harmloser Flirt, der mir in der angespannten Situation guttut. Ich versuche, mich in Geduld zu üben. Schließlich ist das Ganze nicht leicht für sie. Sie hat all ihre Freunde und die vertraute Umgebung zurückgelassen. Trisha eilt zu uns und ich bin erleichtert, als sie unser Schweigen unterbricht.

„Habt ihr die Koalas schon gesehen?“, fragt sie, eher an Zoe gewandt, die von einem Rascheln in den Büschen abgelenkt ist.

„Heute Morgen kurz. Ist das ein wildes Kaninchen?“ Ihre Augen leuchten, als sie auf ein davonhüpfendes Tier zeigt. Trisha seufzt. „Ach, es ist eine Plage mit den Dingern“, murmelt sie. Zoe kneift die Augen zusammen. „Ich finde sie süß. Ich wollte immer ein Haustier. Aber Dad war allergisch und in unserer letzten Wohnung durften Lou und ich keine Haustiere halten.“ Trishas Blick wird milder. „Wart nur ab. Hier gibt es so viele Kaninchen, du bemerkst sie bald gar nicht mehr. Da gibt es andere Tiere, die interessanter sind. Da vorn. Komm, ich zeigs dir.“

In diesem Augenblick summt mein Handy, und ich blicke entschuldigend zu Trisha, als ich Susans Namen auf dem Display erkenne. Trisha gibt mir durch eine Geste zu verstehen, dass es sie nicht stört und schließt zu Zoe auf.

„Na, australische Braut. Bist du schon Misses Kingsley?“, fragt Susan in ihrer direkten Art. Der Klang ihrer Stimme schneidet mir ins Herz. Ich umfasse das Handy fester und lasse den Blick über das Buschland schweifen, das ohne ein Zeichen von Zivilisation bis ins Unendliche zu reichen scheint.

„Nein, wie ich soeben erfahren habe, ist die Trauung heute gegen halb sechs. Und ich habe dir schon x-mal erklärt, ich bin eine *amerikanische* Braut für einen Australier." Sie schnaubt. „Erbsenzählerin. Für mich bleibst du die *australische Braut.* Basta!" Sie klingt so entschlossen, dass ich ein Lachen nicht unterdrücken kann. „Siehst du, ich hab dich überzeugt. Und, wie ist er so?"

Ich atme tief die Luft ein, in der ich meine, einen Hauch von Eukalyptus zu schmecken. Zumindest duftet es nach Hustenbonbons. „Gute Frage, nächste Frage." Es gelingt mir kaum, den Sarkasmus in meiner Stimme zu bändigen.

„Du hast ihn noch nicht getroffen? Aber ihr seid doch schon angekommen, oder?" Ich schweige. Was gibt es zu sagen? *Du weißt, der Regen?* Meinen Verdacht, Jackson habe den Regen nur vorgeschoben, um mich zu meiden, behalte ich lieber für mich.

Susan bleibt einen Moment still. Ich weiß, sie macht sich Sorgen. Weder sie noch Cathy konnten nachvollziehen, warum ich so abrupt mein Leben umgekrempelt habe. *Was hätte es geändert? Ich musste handeln und das war meine beste Option.* Im Hintergrund höre ich die vertrauten Geräusche ihres Coffee-Shops, der auch abends gut besucht ist. Wenn ich doch nur durch den Hörer zu ihr kriechen könnte! Zoes begeistertes Quietschen weht zu mir herüber und ich sehe, wie Trisha in einen der Bäume zeigt. Ich entdecke einen braunen Knubbel. Ist das etwa ...?

„Ich habe es dir schon gefühlt tausend Mal gesagt, aber ich wiederhole es gern noch einmal: Du musst das nicht machen. Wir finden eine andere Lösung, Lou."

„Es ist die beste Lösung, glaub mir. Was hätte ich denn tun sollen? Mit Zoe auf deiner Couch schlafen, obwohl du selbst in einem Schuhkarton in der City wohnst? Und Cathy ist gerade erst mit Andrew zusammengezogen. Die hätten sich bedankt, wenn ich mit Zoe bei ihnen eingezogen wäre. Glaub mir, hätte es eine andere Lösung gegeben, hätte ich sie genommen. Und vergiss nicht die Sache mit Trey ..."

„Trey! Dass solche Typen überhaupt Vermieter sein dürfen. Dieses miese Schwein! Wir hätten ihn anzeigen sollen. Die Polizei ..." Ich unterbreche sie. „Die Polizei hätte nichts machen können. Ich hatte keine Beweise, dass er mich bedrängt hat. Ohne Job und Wohnung hätten sie mir Zoe weggenommen, Susan."

Sie seufzt. „Ich weiß", flüstert sie. „Aber es ist so ungerecht! In den Filmen findet sich immer eine Lösung."

Ich lache trocken. „Das ist kein Film, sondern mein Leben, Susan. Und Australien ist toll. Genau, wie ich es mir vorgestellt habe. Alle sind supernett. Vor allem die Aborigines. Und diese Tiere erst. Ich kann von hier aus einen Koalabären sehen. Wo gibt es das schon?" Ich starre auf den Staub auf meinem Fußrücken. „Und jetzt Schluss damit, wie geht es dir? Wie kommt der grüne Cupcake, den deine Chefin kreiert hat, bei den Stammkunden an? Und noch viel wichtiger: Ist der Hottie im Anzug aufgetaucht?“

Susan seufzt und beginnt in ihrer fröhlichen Art vom Tag in ihrem heißgeliebten Coffee-Shop zu erzählen. Ich klebe an jedem Wort, als sie aufgeregt berichtet, wie der Banker, der seit ein paar Wochen mit ihr flirtet, endlich nach ihrer Telefonnummer gefragt hat. Ich rechne ihr hoch an, dass sie nicht mehr bohrt und einfach nur eine gute Freundin ist, die mich mit lustigen Geschichten aufmuntern möchte.

Aus den Augenwinkeln nehme ich eine Bewegung wahr und drehe den Kopf. Am anderen Ende des Hofs entdecke ich Kylie. Sie kommt aus einem der Gebäude, die außen so schlicht sind, dass sie vermutlich so etwas wie Ställe oder Lager sind. Sie hat mich nicht bemerkt. Sie streicht sich mit der Hand über die Wangen. Weint sie? Die Begegnung von heute Nacht kommt mir in den Sinn. Da schien sie mir nicht der verletzliche Typ gewesen zu sein. Kaum ist sie hinter der Hausecke verschwunden, erscheint ein Mann im Türrahmen desselben Gebäudes. Er schaut in die Richtung, in die Kylie verschwunden ist und reibt sich den Nacken. Mein Herzschlag legt zu. Obwohl ich ihn nur leicht verpixelt erlebt habe, weiß ich, das ist mein ... *Bräutigam.* Susans Stimme ist vergessen. Ich nutze den Moment, in dem er mich noch nicht entdeckt hat, um ihn zu beobachten. Er wirkt um Schultern und Nacken muskulöser als ich im Videoausschnitt sehen konnte. Männlicher, rauer. Er hat die Ausstrahlung eines Mannes, der viel Zeit im Freien verbringt und es nicht anders haben möchte. Anders als die Kerle in der Großstadt. Die sich toll vorkamen, wenn sie mir einen Drink für zwanzig Dollar spendiert haben und deren Vorstellung von einer Zukunft entweder ein luxuriöses Penthouse oder eine Villa mit Pool in einem der Vororte war.

Ich weiß, dass er knapp dreißig ist und damit einige Jahre älter als ich. Kein schöner Mann, dafür ist er zu wenig symmetrisch, aber auf eine eigene, raue Art attraktiv. Das halbe Gesicht ist von einer Art Cowboyhut verdeckt. Wie im Chat. Es war die Rede von einem Unfall. Ob es damit zusammenhängt, dass er den Hut nicht abnimmt? Weil ich seit meiner Kindheit alles, was mit Australien zu tun hatte, verschlungen habe, weiß ich, man nennt diese australischen Hüte *Akubra*. Sein Akubra ist tiefer als nötig in die Stirn gezogen und darunter schauen dunkle Haarspitzen hervor. Er ist groß. Ich schätze ihn auf einen Meter neunzig. Genau die richtige Größe für High Heels, schießt es mir in den Sinn. Sofort schüttle ich über mich selbst den Kopf. Als ob hohe Absätze auf dieser Station im Nirgendwo angesagt wären! Gerade habe ich doch selbst über diese oberflächlichen Großstadtallüren gespottet. Und das letzte Mal hatte ich auf dem Abschlussball hohe Absätze an.

Kaum wage ich zu atmen, damit ich ihn weiter unbemerkt angaffen kann. Dem Körper nach bestätigen sich die Vorurteile, weshalb sich ein Mann eine unbekannte Braut nehmen mag, jedenfalls nicht. Er ist keine *Bestie*. Im Gegenteil. Er trägt eine tiefsitzende Jeans, die eng an muskulösen Beinen liegt. Was mir nur auffällt, weil er sich bückt und die Schnürsenkel eines Boots schließt. Über einem dunklen T-Shirt legen die hochgekrempelten Ärmel eines offenen hellblauen Hemds gebräunte Unterarme frei. *Sexy, aber nicht gerade ein Hochzeitsoutfit, Mister Kingsley.*

Hochzeit! Ich sollte langsam aufhören, ihn Mister Kingsley zu nennen. Er ist Jackson, mein Verlobter, Bräutigam, was auch immer. Selbst wenn ich seit meiner Ankunft noch kein einziges Wort mit ihm gewechselt habe. Ein aufgeregtes Kribbeln, das in meinem Hals startet und sich durch meinen Körper zieht, lässt mich mich ein wenig aufrechter hinstellen. Er schließt die Tür des Gebäudes und ich sehe, wie er kurz innehält, den Kopf senkt und tief Luft holt. Er wirkt gestresst.

Zoe lacht auf und Mister Kingsley – äh Jackson –, der das Haupthaus erreicht hatte, bleibt abrupt stehen. Wie in Zeitlupe sehe ich, dass er sich umdreht und nach der Quelle des Lachens sucht, die er bald findet. Er runzelt die Stirn, was mich irritiert. Er weiß doch, wir sind gestern angekommen und ich habe ein Kind dabei! Ich muss unbewusst eine Bewegung gemacht haben, denn Jacksons Kopf ruckt herum und sein Blick fixiert mich. Wie ein Reh im Scheinwerferlicht starre ich in seine unwirklich blauen Augen. Der herausfordernde Blick, so verpixelt er war, hatte damals den letzten Zweifel ausgeräumt, ob ich dieses Abenteuer mit ihm wagen soll. Sein Blick wandert langsam meinen Körper hinab und wieder hinauf, bis er wieder bei meinen Augen landet. Ich balle die Fäuste gegen die Oberschenkel und widerstehe dem Drang, trotzig das Kinn zu recken. Schließlich habe ich ihn auch begafft. Wenn auch im Geheimen.

„Lou? Lebst du noch?" Susans Stimme reißt mich aus der Trance. Ich hatte vollkommen vergessen, dass sie noch am Telefon ist.

„Ich muss auflegen. Mein Verlobter ist da!" Ich höre Susans aufgeregtes Quietschen, bevor ich das Gespräch beende.

„G'Day, Jackson. Schön dich endlich persönlich kennenzulernen." Ich gehe mit ausgestreckter Hand auf ihn zu. Sein Blick weitet sich. Er dreht den Kopf halb zur Seite und zieht den Hut tiefer. Das dichte Haar fällt wie ein Vorhang über die rechte Gesichtshälfte und lässt gerade das linke Auge frei. Seine kräftigen Finger umfassen meine, die in seiner Hand fast versinken. Seine Haut ist rau, aber warm und trocken.

Er sagt nichts, sondern mustert mich immer noch eindringlich. Mit diesem blauen Laserblick. Gefalle ich ihm doch nicht? *Ogottogott! Er bereut seine Entscheidung doch nicht etwa?* Was mich am meisten irritiert, ist, dass er meine Hand nicht loslässt und mit seinem Daumen sogar kleine Kreise auf dem Handrücken zieht. Er scheint an jeder meiner Regungen zu hängen und ich merke, wie das Lächeln auf meinen Lippen festfriert. Oder weiß er gar nicht, wer ich bin? Vielleicht war mein Bild im Videochat ebenso verpixelt wie seins?

„Louisa Bradshaw. Aus Chicago. USA. Deine ... Braut. Wir haben ja gesprochen. Ganz schön lange Anreise. Puh! Schön ist es hier." Herrje, am liebsten würde ich weglaufen. Da ich das nicht kann, brabble ich. So wie ich es mache, wenn ich nervös bin. So habe ich mir unsere erste Begegnung nicht vorgestellt.

Wie eigentlich?

Ich habe kaum gewagt, mir etwas vorzustellen. Aber auf jeden Fall hat mich mein Verlobter in meiner Fantasie nicht gemustert, als käme ich von einem anderen Stern. Zoe kichert und sofort schaut Jackson zu ihr hinüber, gewährt mir einen Blick auf ein kantiges Profil, das nicht von Haaren überdeckt ist, bevor er mich wieder fixiert. Nicht gerade gesprächig. „Das ist Zoe. Danke noch einmal, dass sie auch willkommen ist", plappere ich weiter. Alles, um sein unangenehmes Schweigen zu überbrücken. Warum starrt er mich so an? Und wieso habe ich das Gefühl, sein Blick durchschaut mich bis ins Innerste.

Trisha hat endlich bemerkt, wie angespannt wir voreinander stehen und kommt mit Zoe im Schlepptau auf uns zu. Die Wangen der älteren Frau sind leicht gerötet und ihr Blick huscht zwischen uns hin und her. So, als würde sie an unseren Mienen ablesen wollen, ob sich eine Katastrophe anbahnt. Jackson lässt meine Hand los. Schade eigentlich. Es fühlte sich nicht schlecht an.

„Wie ich sehe, habt ihr euch einander vorgestellt." Ihre Stimme klingt höher als soeben. Sie legt einen Arm um Zoe, die Jackson neugierig mustert und zieht sie näher zu sich. „Jackson, das ist Zoe. Sie ist mit Louisa hergekommen." Ein Lächeln huscht über Jacksons angespannte Züge, als Zoe ihn anstrahlt.

„Hallo. Ich habe dich schon heute Morgen vom Fenster aus gesehen. Ist das dein Koala? Oder warum ist er so zutraulich? Trisha hat mir die Koalas gezeigt. Aber sie blieben auf den Bäumen. Zeigst du mir, wie du sie anlockst? Koalas sind meine Lieblingstiere, weißt du?"

Ich muss mich zurückhalten, Zoes Redeschwall nicht zu bremsen. Ich halte nichts davon, sich aus vermeintlicher Höflichkeit zu verbiegen und werde das auch nicht von Zoe verlangen. Sie ist ein Plappermaul, zumindest, wenn sie jemanden mag, und das macht ihren Charme aus. Wem das nicht passt, der hat eben Pech gehabt. Jackson Kingsleys Blick wird milder. Seine Mundwinkel zucken und man könnte es fast ein Lächeln nennen. „Nein, das ist nicht „mein" Koala. Die Tiere sind frei. Es lebten schon Koalas im Baum, als die Station noch gar nicht stand. Aber du musst mich mit *Stippy* gesehen haben. Er hat seine Eltern bei den großen Bränden verloren und ich gebe ihm ein neues Zuhause.

Stippy ist der einzige, der so zutraulich ist, weil er nichts anderes kennt. Aber die anderen haben lieber ihre Ruhe. Ein Trick ist, sie frühmorgens zu erwischen. Koalas sind faul und schlafen viel. Zwischen achtzehn und zwanzig Stunden. Dafür sind sie nachtaktiv. Nicht viele mögen es, angefasst zu werden. Du weißt hoffentlich, das sind keine Kuscheltiere?“

Mir steht buchstäblich der Mund offen. Wow! Der Mann kann ja doch sprechen. Zoe schüttelt lächelnd den Kopf. „Ich bin in Chicago aufgewachsen. Woher soll ich etwas über Koalas wissen?“ Sie stemmt die Hände in die Hüften und legt herausfordernd den Kopf schief. Ich spanne mich innerlich an. Nicht jeder kann gut mit Zoes naseweisen Bemerkungen umgehen. Jackson lacht leise und zwinkert mir zu, was ein lustiges Gefühl in meinem Magen aufleben lässt.

„Ist schon okay. Jetzt bist du ja hier. Die Koalas schlafen jetzt. Aber ich kann dir unseren Sittichbaum zeigen. Oder die Wombats. Vielleicht erzählst du mir bei der Gelegenheit, warum Koalas deine Lieblingstiere sind. Komm!“ Mit einem kurzen Blick über die Schulter vergewissert er sich, dass Zoe ihm folgt. Er kann offensichtlich ihrem Charme nicht widerstehen. Ich entspanne mich innerlich. Sie scheinen sich zu mögen. Die wichtigste Hürde ist genommen. Trisha neben mir lässt die Schultern sinken. Genau wie ich muss sie angespannt die Unterhaltung der beiden verfolgt haben.

Sie rührt sich und ruft ihm hinterher: „Roger wird um fünf Uhr landen." Ihr Blick fährt über sein Outfit. „Es bleibt also noch genug Zeit, sich umzuziehen."

Roger! Der fliegende Standesbeamte.

Hilfe, ich werde gleich heiraten!

FLYING STANDESBEAMTER

Louisa

Ein Tropfen eiskaltes Wasser läuft mir das Kinn hinab, als ich es zum ersten Mal höre. Ein leichtes Surren. Trisha, die gerade Karotten schält, hebt den Kopf und lächelt.

„Roger ist da“, spricht sie das aus, was ich mir selbst bereits gedacht habe. Ich stelle das Glas auf die Anrichte und beobachte durchs Küchenfenster, wie eine Propellermaschine eine Ehrenrunde über der *Station* dreht und dann auf der Piste hinter den Scheunen landet. Dabei wirbelt sie eine riesige Staubwolke auf, die man vermutlich noch einhundert Meilen weit sehen kann. Das Wetter hier in Australien ist erstaunlich. Gestern hat es so stark geregnet, dass man nicht einmal fliegen konnte und wir mit dem Auto diese unendlich lange Strecke fahren mussten. Und heute ist alles wieder so trocken, als ob seit Monaten kein Tropfen Wasser die Erde berührt hätte. Warum Jackson deswegen so viel Arbeit haben soll, verstehe ich nicht. Aber ich bin ja auch ein Stadtkind. Wenn es in Chicago geregnet hat, habe ich meinen Schirm aufgespannt oder hab mich auf die Couch gekuschelt. Regen war halt etwas, das von oben kam und im Gulli verschwand.

Irgendwann werde ich Trisha fragen, ob das nur ein Vorwand war, mich nicht zu begrüßen. Aber warum sollte er das tun? Schüchtern erschien er nicht gerade, nur wortkarg.

Die pragmatische Aboriginefrau nimmt eine Sektflasche aus dem Kühlschrank und vergräbt sie im Weinkühler. Zum hundertsten Mal, seit ich ihr bei der Vorbereitung des Dinners helfe, arrangiert sie die Sektkelche auf dem Tablett um. Sie klatscht in die Hände. „Alles ist parat. Es kann losgehen."

Wenn ich doch nur auch so freudig wäre, wie sie. Die Hoffnung, mit Jackson Kingsley vor der Trauung noch ein paar Worte zu wechseln, hat sich zerschlagen. Allein, dass er mit Zoe so geduldig Zeit verbracht hat und zum ersten Mal eine Unbefangenheit von ihr ausgeht, die ich seit Wochen an ihr vermisst habe, hat mich davon abgehalten, alles abzublasen. In ihrem Instagram-Profil, dem ich gnädigerweise folgen darf, sind zig neue Fotos, die sie in ihrer neuen australischen Heimat zeigen. Auf einem Post sind braune Würfel und ich erfahre so, dass Wombats die einzigen bekannten Tiere sind, deren

Ausscheidung würfelförmig ist. Unfassbar! Und auf einem weiteren ist sie sogar im Selfie mit Jackson zu sehen, der zwar nicht gerade lächelt, aber freundlich wirkt. Wie sie das nur hinbekommt? Ich sollte ihm dankbar sein, wie er ihr die Ankunft in ihrem neuen Leben erleichtert. Schnell verschwinde ich in unserem Schlafzimmer, um letzte Hand anzulegen, bevor die Zeremonie beginnt. Und um einen Moment allein zu sein. Ich versuche die Ungeheuerlichkeit dessen, was gleich geschehen wird, zu verarbeiten. Tief ein- und ausatmen.

Vor einer Stunde ist Jackson in dem Teil des Hauses verschwunden, in dem laut Trisha der *Master-Bedroom* liegt. Das Schlafzimmer, das von heute Nacht an auch meines sein wird. Was er wohl von mir erwartet? Wie soll ich reagieren, wenn er sich annähert? Würde ich mich ihm hingeben? *Hingeben*? Was für ein altmodischer Begriff. Wie komme ich darauf? Der Gedanke daran, was es bedeuten könnte, löst ein warmes Prickeln zwischen meinen Schenkeln aus, das mich schockt. Ich bin keine Jungfrau mehr. Das hat Johnny Telkin beim Abschlussball der Highschool erledigt. Kein besonders erwähnenswertes Erlebnis. Aber selbst mit Johnny Telkin bin ich ein paar Mal vorher auf Dates gewesen und habe in seinem Truck unbeholfen mit ihm geknutscht. Ich wusste, dass er eine Schwester hatte, die eine Stufe unter mir war. Dass seine Mom jedes Jahr den Adventsbasar in der Schule organisiert hat. Und dass sein Lieblingsessen Mac'n'cheese war. Von Jackson Kingsley weiß ich nichts dergleichen. Und doch werde ich heute mit ihm die Ehe vollziehen. O mein Gott, das wird ja immer absurder! Ich komme mir vor wie die jungfräuliche Protagonistin in einem historischen Roman.

In Gedanken versunken knete ich meine Unterlippe und sehe durchs Fenster, wie Trisha und Zoe Richtung Rollfeld laufen. Klar, dass Zoe es sich nicht entgehen lässt, ein Propellerflugzeug von Nahem zu sehen. Sie war so enttäuscht, als wir wegen des Regens mit dem Auto fahren mussten.

Weiß ich über meinen zukünftigen Mann wirklich so wenig? Im Stillen erstelle ich eine Liste: Ich weiß, er lebt und arbeitet hier auf der Station. Das ist mehr, als Johnny zustande gebracht hat, der nach der Schule wegen seines Hangs zu Joints und Partys nicht die Kurve bekommen hat und sich noch von seiner Mom durchfüttern lässt. Ich weiß, dass die pragmatische Trisha ihn schätzt. Und dass er seine rechte Gesichtshälfte, warum auch immer, verbirgt. Er ist in seiner ausgereiften Männlichkeit attraktiver, als meine Freunde es jemals waren. Dass er gut mit Tieren umgehen kann und dass Zoe ihn mag, sind die größten Pluspunkte auf der Liste. Ich gestehe mir ein, im Vergleich mit meinem bisherigen Standard spricht nichts gegen Jackson Kingsley. Außer vielleicht, dass er mich nicht auf Händen zu tragen scheint. Oder den Boden anbetet, auf dem ich wandle. So, wie ich es mir von dem Mann, mit dem ich die Hochzeitsnacht verbringen werde, erträumt habe. Wenn ich näher darüber nachdenke, habe ich in meiner romantischen Art wohl unterschätzt, dass das Ganze für ihn vermutlich nichts bedeutet. Er ist Farmer und braucht eine Frau. So habe ich diesen Henry, der das ganze eingefädelt hat, zumindest verstanden. In den Kitschromanen meiner Mom, die meistens in der Regency-Zeit in England spielten und deren Cover mir etwas peinlich waren, knisterte es zwischen den Paaren, selbst wenn die Ehe arrangiert war. Vermutlich habe ich mich davon blenden lassen. Darauf vertraut, irgendwo ist ein Flämmchen Romantik verborgen, das stetig wachsen wird, bis das Feuer der Liebe lichterloh brennt. Oder so. Gott, ich habe zweifellos einen Hang zum Kitsch. *Reiß dich zusammen, Lou.* Es ist und bleibt für Jackson Kingsley ein praktisches Arrangement, für das er mir wohl seine wahren Motive nie verraten wird. Bei den wenigen Worten, die wir online gewechselt haben, habe ich ihn für schüchtern gehalten. Und doch meine ich, eine besondere Verbindung gespürt zu haben. Doch so reserviert wie er heute war, habe ich mich offenbar getäuscht. Mein Instinkt, was Männer angeht, ist grottig. Ich hole tief Luft und beschließe, es ist Zeit, meine Höhle zu verlassen. Ein letzter Blick in den Spiegel. Zur Feier des Tages habe ich mir die Haare geglättet. Etwas Lipgloss. Auf gehts!

Als ich die Zimmertür schließe, höre ich Stimmen. Zoe und Trisha kehren mit einem Mann zurück, der in der khakifarbenen Outdoorhose und dem T-Shirt, auf dem das Logo einer australischen Biermarke prangt, nicht das ist, was ich mir unter einem Standesbeamten vorgestellt habe. Langsam sollte ich akzeptieren, dass hier alles – wirklich alles – anders ist als in Chicago. „Welcome to *Down Under*", flüstere ich, streiche mir den Rock glatt und betrete die Veranda, um diesen Roger zu begrüßen.

Jackson, der mich wohl abholen will, kommt um die Hausecke. Ich drehe mich zu ihm um und bin erleichtert, als er mir freundlich zunickt. Er umfasst meinen Ellenbogen. „Komm, Louisa, es ist so weit." Seine Stimme klingt etwas rau. Ich selbst bringe keinen Ton heraus. Ich bemerke sein Outfit und jähe Freude durchströmt mich. Jackson hat seine Freizeitklamotten tatsächlich gegen einen schwarzen Anzug getauscht, der ihm hervorragend steht. Mein Blick beginnt die Reise bei seinen Boots, die, wie der Hut, ein wenig Stilbruch darstellen, aber umso sexyer sind. Er sieht aus wie vom Cover eines dieser sinnlichen Romane entsprungen, dessen männliche Hauptfigur ein Bad-Boy-Milliardär ist. Ein Milliardär der Sorte, dessen Oberkörper unter dem gebügelten Hemd mit Tattoos überzogen ist und der eine traumatische Kindheit zu überwinden hat. Bei diesem Akt spielt die weibliche Hauptfigur – also ich – eine wichtige Rolle. Ich bin bereit! O Gott, was habe ich heute nur mit diesen Covern! Meine Nerven müssen blank liegen.

Ob ich Susan und Cathy ein Foto schicken soll, damit ihnen der Spott über meinen australischen

Hinterwäldler im Hals stecken bleibt? Als ich seinem spöttischen Blick begegne, geht mir erst auf, wie ich ihn begaffe. Wie einen Stier auf einer Auktion.

„Sorry“, sage ich automatisch. Sein Lächeln vertieft sich und die Wandlung, die in seinem Gesicht vor sich geht, lässt mich die Luft anhalten. Er ist schön!

„Schon okay. Ich würde auch nicht die Katze im Sack kaufen.“ Er zwinkert mir zu und die Geste weckt tausend Schmetterlinge in meinem Bauch. Ich wende den Kopf ab, damit er nicht sieht, wie es um mich steht.

„Eine Sache noch.“ Er stoppt mich, als ich auf den Plattenweg treten möchte. Neugierig drehe ich mich wieder zu ihm um. Als liefe alles in Zeitlupe ab, streicht er den Vorhang an Haaren über seiner rechten Gesichtshälfte zur Seite. Seine blauen Augen halten jede meiner Regungen im Blick. Ich schnappe nach Luft. Von der Schläfe bis zum Ohr zieht sich wulstiges Narbengewebe. Die rötliche Textur steht im Kontrast zu seiner gebräunten Haut. Mein Herz zieht sich zusammen. Die Verletzungen durch den Unfall scheinen doch schlimmer gewesen zu sein, als ich dachte. Er muss große Schmerzen erlitten haben. Offenbar eine Brandwunde. Sofort denke ich an Mom und Dad, die in unserem Kombi bei einem Autounfall verbrannt sind. Es gab für sie kein Entkommen, da der Unfall auf einer Strecke geschah, die nachts kaum befahren ist. Sie waren auf dem Rückweg von einem seltenen Date, um ihren neunzehnten Hochzeitstag in einem kleinen Hotel an der Küste des Lake Michigan zu feiern. Ich habe mir verboten auszumalen, wie das Feuer langsam von ihren bewusstlosen Körpern Besitz ergriff und sie verschlang. Sie uns für immer nahm. Sofort krampft sich mein Herz im Schmerz zusammen. Ich schließe einen Moment die Augen, um das aufwallende Gefühl niederzuringen. Jackson hatte Glück! Doch ich sehe in dem Flackern der Unsicherheit in seinen Augen, während er auf meine Reaktion wartet, dass ihm das nicht bewusst ist. Zeitgleich mit einem Schluchzen, das tief aus meinem Inneren kommt, hebt sich meine Hand. Meine Fingerspitzen zucken und sehnen sich danach, ihm Linderung zu verschaffen. Ihm mit einer Geste zu zeigen, wie anziehend ich ihn dennoch finde. Doch er missinterpretiert es wohl als Erschrecken. Sein forschender Blick wird hart, und er dreht den Kopf, um meiner Berührung auszuweichen.

Etwas wie Resignation tritt in seine Augen. Herausfordernd hebt er das Kinn und ich sehe ihm fast an, wie sämtliche Mauern in ihm hochgezogen sind.

„Noch hast du Gelegenheit, es dir zu überlegen."

Automatisch schüttle ich den Kopf. Wie kann er mich so falsch verstehen? Ich freue mich. Freue mich, dass er die Chance hatte, zu überleben. Unzählige Sonnenaufgänge, Koalabären, Sittiche und Mahlzeiten von Trisha zu genießen, anstatt für diese Welt verloren zu sein.

„Es ist okay. Ich freue mich“, krächze ich.

Er kneift die Brauen zusammen. „Du freust dich? Na, wenigstens einer.“ Er schnaubt kopfschüttelnd. Seine Worte triefen vor Sarkasmus.

Ich zucke zusammen. „So habe ich es nicht gemeint!“, rufe ich ihm hinterher, als er mich stehen lässt. Ich beiße mir auf die Lippen. *Mist*! Hatte ich mir nur eingebildet, dass kurz zuvor ein Moment zwischen uns war, der mir Hoffnung gegeben hat? Nein. Und jetzt habe ich alles zerstört. Wie konnte ich nur so unreflektiertes Zeug vor mich hin stammeln?

Während ich noch über die Begegnung nachgrüble, laufe ich Jackson wie ferngesteuert hinterher. Trishas sanfte Stimme bringt mich wieder auf den Boden. „Louisa, das ist Roger. Ich habe im Kräutergarten ein paar Stühle aufgestellt. Wenn du bereit bist, können wir gleich loslegen.“

Roger schüttelt mir strahlend die Hand. „Wie ich mich freue, dass der alte Griesgram endlich heiratet. An Bewerberinnen hat es nicht gemangelt. Er hat eben auf die Beste gewartet, wie ich sehe. Nicht wahr, *Mate*?“ Er zwinkert mir zu, und ich höre fast, wie Jackson die Augen verdreht. Nervös streiche ich über den Rock und schlucke die leichte Übelkeit hinunter. Jacksons Blick ist durch den Vorhang seiner Haare auf mich gerichtet. Er lässt mich wie ein Insekt unter dem Vergrößerungsglas fühlen.

„Er hat halt auf die Richtige gewartet“, sage ich bemüht unverkrampft.

Rogers Blick schwenkt zwischen uns beiden hin und her. Er reibt sich den Nacken. „Ich muss in einer halben Stunde wieder in der Luft sein. Auf der White-Station liegt eine Kuh in den Wehen.“ Er hebt entschuldigend die Schultern. Doch ich muss wohl verstehen, dass Kühe wichtiger sind, als ausladende Vermählungszeremonien.

Rogers Bemerkung bringt Zoe endlich dazu, den Kopf zu heben. „Muss die Kuh vorher noch schnell verheiratet werden?“, fragt sie. Jacksons Augen funkeln sie amüsiert an und Roger prustet laut los. Auch Trisha und ich fallen ein. Die Stimmung ist gerettet. Mein Herzschlag kommt langsam zur Ruhe.

„Roger ist auch der Tierarzt für diese Region“, erklärt Trisha.

„Wie praktisch!“, bemerke ich. Und das meine ich ehrlich. Vermutlich lohnt sich in dieser spärlich besiedelten Gegend das Geschäft als Standesbeamter nicht. Roger nickt freundlich. Ich mag ihn. Dies ist vielleicht mein einziger Hochzeitstag und ich werde ihn genießen.

Das habe ich mir verdient.

I DO

Louisa

Trisha hat sich wirklich Mühe gegeben. Es wird nicht leicht gewesen sein, aus den störrischen Blumen so etwas wie Girlanden zu winden, die einen kleinen Tisch dekorieren, auf dem Roger seine Akten ausbreitet. Die Kräuter im Garten verströmen einen angenehmen Geruch. Die Blätter der nahen Eukalyptusbäume rascheln im Wind und spenden uns Schatten. Der Himmel ist makellos blau und die Erde ist so trocken, als wäre der Regen nur ein Traum gewesen. Meine Zehen sind schon wieder erdig in den Flipflops. Jackson legt die Hand in mein Kreuz und schiebt mich links neben sich vor den Tisch. Die Berührung kommt unerwartet und hinterlässt ein Prickeln. Ich drehe mich zu Zoe um. Sie versteht mich ohne Worte, tritt neben mich und ergreift meine linke Hand. Als wäre es geprobt, tritt

Trisha an Jacksons rechte Seite. Ich hätte erwartet, mehr Personen würden anwesend sein und sehe mich nach Mick oder Kylie um. Aber die Trauung scheint kein Grund für sie zu sein, ihre Arbeit zu unterbrechen.

Roger zieht etwas aus seiner Aktentasche, was sich als zerknittertes Sakko entpuppt. Es ist an den Schultern zu weit und um die Hüften zu eng. Mit einem entschuldigenden Lächeln gibt er nach ein paar vergeblichen Versuchen, es zuzuknöpfen, auf. Ich verkneife mir ein Grinsen. Wenigstens trägt er als Standesbeamter nicht mehr nur dieses schreckliche Bier-T-Shirt. Dann wendet er sich uns zu und blickt uns direkt an. Es scheint loszugehen.

„Okay, unterschreibt bitte hier." Jackson nimmt den Stift, den Roger ihm entgegenhält und setzt mit unbewegter Miene seine Unterschrift auf die gepunktete Linie, auf die er deutet. Ohne mir in die Augen zu sehen, reicht er den Stift an mich weiter. Unsere Finger streifen sich und wie in den Liebesromanen meine ich, ein Prickeln zu spüren. Sollte Jackson etwas gemerkt haben, lässt er es sich nicht anmerken. Ich unterschreibe.

„So, das wars. Herzlichen Glückwunsch Mister und Misses Kingsley."

Wie bitte?

„Das soll es gewesen sein?", spricht Zoe meine Frage aus. „Nur eine Unterschrift? Ihr Australier habt es wohl nicht so mit *‚in guten wie in schlechten Zeiten, bis dass der Tod uns scheidet'*, oder?"

Roger ist irritiert. „Ich dachte, ihr wolltet …“ Ich hebe fragend die Brauen. „Wolltet … was?“

Roger blickt zwischen Jackson und mir hin und her. „Jackson? Habe ich was falsch verstanden? Ich dachte, du hast das so gemeint, als du eine schnelle Zeremonie geordert hast, *Mate?*“

„Ganz in meinem Sinne, Roger. Du hast das genau richtig verstanden. Ich halte nichts von diesem Schnickschnack. Guten Flug!“ Er dreht mir den Rücken zu und winkt mit dem Hut. Ich weiß, er ist noch sauer auf mich, wegen der Bemerkung von vorhin. Aber das ist doch unser *Hochzeitstag*!

„Einen Moment!“ Trisha stellt sich ihm in den Weg. Jackson legt leise stöhnend den Kopf in den Nacken, als erflehe er von oben Geduld. „War ja klar“, murmelt er. Trishas Lächeln hat etwas Diebisches angenommen. Sie reicht Zoe Jacksons Hut, ergreift unsere beiden rechten Hände und legt sie aufeinander.

„Trisha! Das ist wirklich nicht nötig.“ Jacksons sieht gequält zu Roger. Er möchte offensichtlich daran erinnern, dass es sich um eine arrangierte Ehe handelt. Trisha ignoriert ihn und umschließt mit ihren braunen kleinen Händen unsere. Ich blinzle zu Jackson. Ihm ist das Unbehagen deutlich anzusehen, als Trisha beginnt, Worte in ihrer Sprache zu murmeln. Ein Prickeln beginnt in meinem Nacken. Seltsamerweise können wir den Blick nicht mehr voneinander lösen. Jacksons tiefblaue Iris ist wie ein Kaleidoskop, in dem ich unzählige Facetten entdecke. Die Litanei ist so monoton, als käme sie von diesem australischen Instrument *Didgeridoo.* Ich höre das Wort *Muramura* heraus, das sich unendliche Male wiederholt. Die gleichmäßige Betonung hat etwas Einlullendes. Auch wenn ich nicht an Spuk glaube, spüre ich, wie unsere Hände von Trishas Worten vibrieren. Aber, vermutlich schlafen nur meine Finger ein.

Das Gemurmel versiegt. Wie aus tiefer Trance wacht Trisha auf. Jackson blinzelt und ich bin endlich aus dem Bann befreit. Der benommene Glanz in Trishas Augen weicht dem üblichen Strahlen, als sie die Hände fortnimmt. Ich hätte erwartet, dass Jackson sich sofort zurückzieht. Doch es fällt uns beiden schwer, uns voneinander zu lösen. Als würden wir aneinanderkleben. Absurde Panik wallt bei der Vorstellung in mir auf, wir müssten unser ganzes Leben aneinandergeklebt verbringen.

Zoes Stimme durchbricht den Zauber. „Das war toll. Was hast du zu ihnen gesagt, Trisha? Kann ich das auch lernen?“

Jackson zieht seine Hand zu sich, als hätte er sich an mir verbrannt. Er meidet meinen Blick und greift nach dem Hut in Zoes Händen. „Und jetzt habe ich Kohldampf. Schade, dass du nicht zum Essen bleiben kannst, Roger. Ich bin sicher, Trisha hat sich selbst übertroffen. Grüß mir White und seine Frau.“ Er setzt sich den Hut auf, wendet sich ab und lässt uns stehen. Trisha seufzt und murmelt vor sich hin. Zoe schüttelt den Kopf und wirft mir einen mitleidigen Blick zu. Ich versuche mir die Enttäuschung nicht anmerken zu lassen und nehme mir umso mehr vor, die harte Nuss Jackson Kingsley zu knacken. So leicht kommt er mir nicht davon.

Da ist etwas zwischen uns.

Mehr als nur ein arrangierter Deal.

Ich weiß es.

Und er weiß es ebenfalls.

„Kommt, ich habe einen Riesenhunger. Lasst uns essen“, sage ich und habe wieder zu meinem vertrauten, starken Selbst zurückgefunden.

„Aye, aye, Misses Kingsley“, grinst Zoe mich an. Ich boxe ihr in die Seite. Sie kichert und ein Windstoß raschelt mit den Eukalyptusblättern.

Trishas Essen ist köstlich. Am meisten erleichtert mich, dass es leckere Burger gibt und keine mehrgängige Fünf-Sterne-Cuisine, bei der weder Zoe noch ich gewusst hätten, welches Besteck wir wann nehmen müssen. Oder exotische Spezialitäten aus *Down Under*. Flambierte Kängurunasen, oder was es geben könnte. Wobei ich nicht gefragt habe, welche Fleischsorte der Burger ist. Nicht nur Zoe fallen beim Essen die kleinen Unterschiede zum Amerikanischen auf. Zum Beispiel gibt es Ananas oder Spiegelei zum Burger. Eines ist klar: Alles ist vom *Barbie*, wie Trisha mehrfach betont. Auch Mick und Kylie sind dabei. Nach etwa zehn Minuten schweigsamen Brütens taut Jackson auf und Mick und er fachsimpeln über *Aussie Rules*, was wohl australischer Football ist. Zoe lauscht und kräuselt die Nase, wie immer, wenn sie dazulernen möchte. Ich zähle innerlich bis zehn und, verlässlich wie ein Uhrwerk, beginnt sie, Fragen über die Sportart zu stellen. Sie kann sich kaum beruhigen, als sie erfährt, dass die Spieler keinen Helm oder sonstigen Schutz tragen. „So blöd kann man doch gar nicht sein!“, bricht es aus ihr heraus. Jackson und Mick schmunzeln. Sie ist so toll!

Danach ist das Thema *Aussie Rules* für sie erledigt und sie beginnt, mit Trisha zu plappern. Ich könnte mit Kylie sprechen, doch sie ist von Anfang an schweigsam und pickt nur an ihrem Essen. Vielleicht ist sie eine der Frauen, die sich ständig Sorgen um ihre Figur machen? Obwohl sie fantastisch aussieht. *Warum hat Jackson eigentlich nicht sie geheiratet?*, frage ich mich nicht das erste Mal. Sie bemerkt meinen Blick. „Tut mir leid, ich habe so schlecht geschlafen.“ Sie schickt mir ein müdes Lächeln, das ich erwidere. „Schon okay.“ Ich nehme mir noch etwas von dem köstlichen Coleslaw. Ich habe gar keine Lust zu sprechen.

„Ich habe deine Sachen in den Master-Bedroom geräumt, Louisa.“ Trishas Satz fällt beiläufig, während sie einen Teller mit einem liebevoll verzierten *Chocolate Mud Cake* in die Mitte des Tischs stellt. Es ist draußen Knall auf Fall dunkel geworden. Erstaunt stelle ich nach einem Blick auf die Uhr fest, dass ein paar Stunden vergangen sind.

Zoe hält Trisha sofort ihren Dessertteller hin, doch mir ist schlagartig der Appetit vergangen. Wie die erste Nacht mit meinem neuen Ehemann wohl wird? Ob Zoe mich vermisst?

„Danke, nenn mich bitte Lou“, meine Stimme klingt kratzig.

Kylie legt ihr Besteck auf den Teller und verabschiedet sich mit wenigen Worten. Ein Blick zu Jackson, der die Sportdiskussion mit Mick nicht unterbrochen hat, zeigt mir, er hat nichts mitbekommen. Oder gibt es wenigstens vor. Denn nur eine Viertelstunde später erhebt er sich. Mick hat sich bereits fünf Minuten, nachdem er sein Stück Kuchen inhaliert hat, verabschiedet.

„Ich hau mich hin, war ein anstrengender Tag.“ Der Blick, den Jackson mir dabei zuwirft, ist eindeutig abwägend. Hat er etwas anderes vor, als zu schlafen? Obwohl die Schmetterlinge in meinem Bauch sich aufführen, als hätte jemand eine Bombe gezündet, verschließe ich meine Gefühle und wünsche ihm eine gute Nacht. Trisha lächelt mich vielsagend an. Als ich helfen möchte, den Tisch abzuräumen, winkt sie ab. „Lass nur, du hast Besseres zu tun.“

Zoe hebt interessiert den Kopf. „Besseres? Hast du jetzt S. E. X.?“ Sie konnte noch nie leise flüstern. Es ist wie ein *Bühnenflüstern*, das auch noch die letzte Reihe hört. Trisha greift nach den Schüsseln und verbirgt ihr Lachen in einem Hustenanfall. Sie verschwindet in die Küche.

„Zoe“, zische ich leise, doch ihre Frage ist zu süß.

„Hast du, oder hast du nicht?“

„Auf jeden Fall werde ich heute Nacht nicht mehr bei dir im Zimmer schlafen. Das hatte ich dir ja erklärt. Schließlich bin ich jetzt verheiratet“, versuche ich ihre direkte Frage zu umgehen.

Sie nagt an ihrer Unterlippe und legt den Kopf schief. „Wenn du ihn nicht magst, musst du dann trotzdem in seinem Bett schlafen?“

Ich seufze und zucke die Schultern. „Es ist nicht so, dass ich ihn nicht mag. Er gefällt mir sogar sehr gut.“ Trisha lässt in der benachbarten Küche etwas in die Spüle fallen und ich höre an ihrem leisen Fluchen, es muss zerbrochen sein. Offenbar kann sie uns hören.

„Aber?“, fragt Zoe und ich schmunzle, weil ich so stolz darauf bin, dass sie nicht lockerlässt, bis sie eine zufriedenstellende Antwort hat. Immerhin ist sie nicht so naiv und denkt, Jackson und ich wären unsterblich ineinander verliebt. Dass das in diesem Fall nicht so ist, darüber haben wir vor dem Umzug gesprochen, als sie noch der Ansicht war, nur verliebte Paare heiraten.

„Aber er hat sich heute nicht viel Mühe gegeben, mich kennenzulernen. Und er hat sich abweisend verhalten. Dabei sollte es ein besonderer Tag sein. Also weiß ich noch nicht, ob er es sich verdient hat.“

Zoe grinst. „Du meinst, er muss sich erst bei dir entschuldigen?“ Unsere Eltern haben viel Wert darauf gelegt, dass man sich nach einem Streit die

Hand reicht. Ich hole tief Luft. „Ja, so ungefähr meine ich es." Trisha kichert.

Wir zucken zusammen, als die Zimmertür abrupt aufgerissen wird. Der plötzliche Luftzug lässt ein Fenster zuschlagen. Jackson steht mit wildem Blick im Türrahmen.

„Wo ist sie?" Er kann seine Wut schlecht beherrschen.

Bevor wir fragen können, ob er Trisha meint, öffnet sich die Tür zur Küche. Mit verschränkten Armen steht Trisha darin und scheint zu wissen, woher Jacksons Wut rührt.

„Was soll das?", knurrt Jackson. Trisha zuckt noch nicht einmal mit der Wimper. „Das ist so üblich in der *Hochzeitsnacht*, Jackson." Bei dem Wort zucke ich zusammen und Jacksons Blick verengt sich. „Duftkerzen? Rosenblätter auf dem Bett? Das ist doch romantischer Unsinn. Du liest zu viele von diesen Schundromanen." Sie zuckt mit den Schultern. „Ich wollte es nur einfacher für euch machen. Schließlich müsst ihr euch erst kennenlernen. Da kann ein wenig ... *Stimmung* nicht schaden." Jackson fährt sich durchs Haar. „Stimmung", brummt er. Sein Blick huscht wild zu mir. Als er bemerkt, dass ich die Szene interessiert beobachte, verdüstert sich seine Miene noch mehr. „Bei dem Rosenduft wird mir schlecht. Ich schlafe im Gästehaus."

Trisha hebt die Arme. „Aber die Ehe muss vollzogen werden. Sonst fließt die Energie nicht und es wird euch schlecht gehen. Ich will euch nur Leid ersparen."

„Energie! Leid! Wers glaubt. Ist das etwa diese Eingeborenen-Hexerei? Ich warne dich!"

„Das ist *Arungquiltha* und keine Hexerei. Du musst die Ahnen respektieren. Dein Pfad ist vorbestimmt."

„Diesmal hast du dich in Dinge eingemischt, die dich nichts angehen. Du bist gefeuert!"

Jackson stürmt aus dem Haus und Trisha wirft mir einen entschuldigenden Blick zu. Zoe und ich wechseln einen unbehaglichen Blick.

„Meint er das ernst? Kann er dich so einfach feuern?", frage ich. Trisha schüttelt den Kopf. „Der beruhigt sich schon wieder. Wenn ich für jedes Mal, das er mich gefeuert hat, einen Dollar bekäme, wäre ich steinreich." Ich atme erleichtert auf. Die Station ohne ihre Seele Trisha wäre nicht dieselbe. Sie lässt sich auf einen Stuhl sinken. „Ich habe es doch nur gut gemeint", flüstert sie. Sie wirkt mit einem Mal verloren und ich sehe ihr erstmals ihr Alter an. Ich stehe auf und lege einen Arm um ihre Schultern. Vielleicht auch, weil mir selbst gerade nach Trost zumute ist. Seltsam, wie ich gestern bei ihrer Berührung noch zusammengezuckt bin und sie heute schon suche. Ihre Hände umschließen meine Wangen und sie blickt mir tief in die Augen. „Der arme Junge. Er weiß ja nicht, was er euch antut. Ich hoffe, er lässt sich nicht zu lange Zeit." Was meint sie jetzt schon wieder?

„Junge?“ Zoe lacht. „Kennst du Jackson schon so lange?“ Trishas Gesicht wandelt sich wieder zu einem Strahlen und sie kneift mir sanft in die Wange, bevor sie sich meiner Schwester zuwendet. Die Berührung löst einen Strom von Wärme in mir aus, den ich nicht mehr gespürt habe, seit Mom mir Glück für die Abschlussprüfung der Highschool gewünscht hat.

„Er war so ein süßes Kind. Aber den Dickschädel hatte er schon immer. Und er hatte nichts als Faxen im Kopf.“ Sie starrt tief versunken in der Erinnerung vor sich hin. Zoe beugt sich neugierig vor und schiebt sich eine Gabel ihres zweiten Stücks Mud-Cake in den Mund. „War das hier auf der Station?“, fragt sie. Trisha lacht. „Nein, nein. Jackson lebt erst seit zwei Jahren hier. Allein. Die Kingsleys sind eine alteingesessene Familie in Sydney.“ Ihr Blick huscht zu mir, wohl um herauszufinden, wie viel Zoe weiß.

Ich erinnere mich an das erste Mal, als ich Henry Kingsleys Stimme gehört habe. Das war vor etwa zwei Monaten. Ich stand in unserem kleinen Apartment in Chicago und hatte gerade das Abendessen vorbereitet. Es hat einen Moment gedauert, bis ich den Anruf aus Australien nicht mehr für einen Scherz gehalten habe. Dennoch klang sein Anliegen absurd und ich habe mich rasch verabschiedet. Erst als ich aufgelegt habe, brannten tausend Fragen in mir. Mom hat nie über ihre Kindheit in dem fernen Land erzählt. Warum sie es verlassen hat, wird wohl ein ewiges Rätsel bleiben. Das Bedauern über die vertane Chance, mehr über Moms australische Wurzeln herauszufinden, hatte mich jene Nacht vom Schlaf abgehalten.

Aber Henry Kingsley war beharrlich und blieb an mir dran. Seitdem ist mein Leben, wie ich es kannte, nicht mehr dasselbe. Zoe habe ich nur das Nötigste über den Mann, der mich gebeten hatte, seinen Sohn zu heiraten, erzählt. Auch, weil ich nicht viel über ihn weiß. Aber ich habe nichts dagegen, wenn Trisha diese Lücken füllt.

Ich nehme mir jetzt doch ein Stück Torte. Schließlich wartet niemand mehr auf mich und ich bin erleichterter darüber, als ich mir zugestehen wollte. „Warum ist Jackson hier ins Outback gezogen?", frage ich kauend. Trisha zieht ihren Stuhl zurück und setzt sich. „Er konnte es nicht mehr ertragen, in der Stadt zu bleiben. Er hat dieses Stück Land, fernab von allem, erworben. Es hat eine Menge an Überzeugungsarbeit gekostet, dass ich mitkommen durfte. Ich wollte ihn in seiner Situation nicht allein lassen." Sie schiebt ein paar Krümel auf dem Tisch zusammen.

„In seiner *Situation*?"

Trishas Augen wirken plötzlich müde. „Das ist eine Geschichte, die dir Jackson selbst erzählen muss. Frag ihn!"

Ich schüttle den Kopf. „Das ist leichter gesagt als getan. Er möchte ja noch nicht einmal in einem Bett mit mir schlafen." Wir bleiben eine Weile still und hängen unseren Gedanken nach. „Und du hast für ihn alles zurückgelassen?“, hake ich nach und mein Respekt für diese Frau ist noch ein Stück gestiegen.

„Nun, ich habe mich in der großen Stadt nie richtig wohlgefühlt.“

„Dennoch. Für ihn ins Outback zu ziehen, ist keine Selbstverständlichkeit. Ich bin froh, dass er hier draußen nicht allein war“, murmle ich und nehme noch einen Schluck Wasser.

Trisha legt eine Hand auf meinen Arm. „Ich wusste, du bist die Richtige. Wenn eine es schafft, ihn aus seinem Schneckenhaus zu locken, dann du, Louisa. Versprich mir, nicht zu schnell aufzugeben.“ Ich seufze. Wie gern würde ich ihr etwas versprechen. Doch die Gefühle in meinem Innern wirbeln herum und müssen sich erst wieder legen. Zoe gähnt herzhaft und auch ich fühle mich plötzlich zu Tode erschöpft. Die Zeitverschiebung macht sich bemerkbar. „Nenn mich bitte Lou!“

Sie schmunzelt und ich habe fast den Verdacht, sie macht das absichtlich.

Zwanzig Minuten später, nachdem ich Zoe zu Bett gebracht und noch ein wenig am Bettrand mit ihr über unsere Eindrücke geplaudert habe, betrete ich den Raum, der der Master-Bedroom ist. Ich muss grinsen. Trisha hat tatsächlich ein klein wenig übertrieben. Etwa zwanzig Kerzen sind im Raum verteilt. Ich kann mir gut vorstellen, wie Jackson sie wütend gelöscht hat. Der Kerzenduft hängt noch in der Luft. Eine Spur von Rosenblüten, durchbrochen von Jacksons Fußabdrücken, führt von der Tür in Richtung Bett. Wo zum Teufel bekommt man im Outback Rosenblüten? Über dem massiven Bett bilden geraffte Moskitonetze ein romantisches Dach. Ein Deckenventilator zieht zwischen dunklen Holzbalken, die das Dach stützen, gemächlich seine Kreise. Terrassentüren säumen die gesamte gegenüberliegende Wand. Ich erspähe die Umrisse von Sitzmöbeln davor, die mir von der Vorderseite nicht aufgefallen waren. Ich linse durch die Vorhänge und tatsächlich handelt es sich um einen kleinen von geflochtenen Weiden überdachten Patio, auf dem man herrlich frühstücken könnte. Dieses Haus ist unbeschreiblich luxuriös, obwohl es in schlichtem Stil gehalten ist und mitten in der Pampa liegt. Ein Tropfen aus dem angrenzenden Badezimmer lenkt meine Aufmerksamkeit auf sich. Kerzen, die Jackson verschont hat, tauchen den Raum in schummriges Licht. Auf einer gefüllten Badewanne treiben Blütenblätter. Dass es im australischen Busch überhaupt eine Wanne gibt, erstaunt mich. „Oh, Trisha, du hast es zu gut gemeint“, flüstere ich. Kurz bin ich versucht, doch es ist zu warm für ein Vollbad. Also lösche ich die Kerzen. Vielleicht kann ich das abgekühlte Wasser morgen früh nutzen. Ich mag es ungern verschwenden. Dann schlüpfe ich unter die leichte Decke, die viel zu riesig für eine Person ist. Anstatt sofort ins Koma zu fallen, bin ich plötzlich hellwach und starre an den Betthimmel. Ich habe schon lange nicht mehr allein in einem Bett geschlafen. In unserem Ein-Zimmer-Apartment in Chicago blieb kein Raum für Rückzug. Die ersten zehn Minuten genieße ich den Platz, den ich habe. Fühle die kühlen Laken unter den Fingerspitzen. Die Geräusche der Nacht sind schon jetzt vertraut. Ein entferntes Klappern verrät mir, dass Trisha noch zugange ist.

Dann beginnt das *Sehnen*.

Von einem Moment auf den anderen wird mein Körper von Hitze überzogen, die mich innerhalb von wenigen Minuten dazu bringt, das sexy Nachthemd, das ich mir extra für diese Nacht zugelegt habe, abzustreifen und die Decke zurückzuschlagen. Der leichte Lufthauch des Ventilators verschafft spärlich Linderung. Meine Sinne sind geschärft. Ein verlangendes Pochen erwacht zwischen meinen Schenkeln und ich meine, Jackson im Kopfkissen zu riechen. Was ja nicht sein kann, denn Trisha hat das Bett liebevoll frisch bezogen. Es muss der Raum sein. Tief inhaliere ich den männlichen Duft, der das Bild seiner blauen Augen, seiner breiten Schultern und kräftiger Hände heraufbeschwört. Hände, die sich in meiner Fantasie mit selbstsicheren Bewegungen über meinen Körper bewegen. Fast meine ich, ein verlangendes Flüstern an meinem rechten Ohr zu hören. Der eingebildete Klang von Jacksons Stimme, die meinen Namen raunt, entzündet ein wildes Feuer entlang meiner Nervenbahnen. Unweigerlich reibe ich die Schenkel aneinander und fühle, wie sich Feuchtigkeit an meiner intimsten Stelle sammelt. Diese Wollust ist mir fremd. Meine Fingerspitzen werden wie magisch von der Hitze dort angezogen. Ich widerstehe ein paar Minuten, dann gebe ich dem Drängen nach. Ich lasse die Finger durch meine Falten gleiten und der Kontakt mit meiner geschwollenen Perle löst ein Keuchen aus meiner Kehle. Noch nie war es mir so egal, ob mich jemand hört. Mit zwei Fingern gleite ich in mich und stelle mir vor, es wäre Jacksons Zunge, die sich fordernd ihren Weg in mein Innerstes bahnt. Nach wenigen Minuten zerberste ich in tausend Lustsplitter, als ein berauschender Höhepunkt über mich hinwegfegt. „Jackson", flüstere ich in die Stille. Als sich mein Herzschlag beruhigt, schüttle ich über mich den Kopf. Das kann doch nicht möglich sein. Ich kenne diesen Mann nicht. Er ist bis auf den einen Moment, in dem er mir das Gefühl gab, mich kennenlernen zu wollen, zurückhaltend. Er ist grob und hasst offenbar Romantik. Dass er sich weigert, diese Nacht mit mir zu verbringen, und sei es nur zum Schein, hat mich verletzt, wie ich mir jetzt eingestehe. Und doch habe ich mich vor Lust nach ihm verzehrt und einen wahnsinnigen Höhepunkt erlebt. Was genau ist hier los?

Ich werfe mich ins Kopfkissen und schließe die Augen. Überzeugt davon, endlich Ruhe zu finden. Doch nach wenigen Minuten reiße ich sie wieder auf. Ein Seufzen dringt durch die Nachtluft. Mein Herz springt fast aus der Brust. Ich bin mir sicher, dass der Laut von Jackson kommt. Er hatte vorhin gesagt, er schläft im Gästehaus. Es muss das Gebäude gegenüber sein, das an den Patio angrenzt. Die Türen scheinen nicht besonders schalldicht zu sein.

Der Laut wiederholt sich. Nein, kein Seufzen. Ein Stöhnen.

Sofort lebt die Hitze in mir wieder auf. Ob es ihm so ergeht wie mir? Diese Hitze im Unterleib, diesen animalischen Drang, mich zu paaren, habe ich nie zuvor erlebt. Ob Trisha dafür verantwortlich ist? Vielleicht hat sie uns wirklich verhext, so wie Jackson es angedeutet hat? Arung...dingsa ... oder wie das hieß. Dad kam aus den Südstaaten der USA und hat fest daran geglaubt, dass Voodoo-Zauber wirken. Was sich allerdings nicht bestätigt hat, als ich ein Haar meines Mathelehrers auf eine meiner Barbiepuppen geklebt und nach ein paar kurzen Nadelstichen in den rechten Fuß gehofft habe, die Matheprüfung falle aus. Aber Trisha nehme ich glatt ab, dass sie eine Zauberin ist.

Ich spitze die Ohren. Da ist es wieder! Kehlig, sinnlich, sehnend. Es ist so leise, dass ich nicht sicher bin, ob ich es mir nur einbilde. Und doch höre ich es so klar, als würde er neben mir liegen. Als wäre es direkt in meinem Kopf. Auch der Zauber?

Dann ergreift mich Panik. Was, wenn er nicht allein ist? Wer weiß, wie er bisher in dieser Einsamkeit seine Bedürfnisse befriedigt hat? Es ist möglich, dass mein Ehemann sich die ausgefallene Hochzeitsnacht von Kylie versüßen lässt. Endlich kann ich mir eingestehen, dass es mehr als verdächtig war, als die beiden heute Vormittag aus dem Gebäude gekommen sind. Bittere Eifersucht macht sich bei der Erinnerung daran in mir breit. Zumindest denke ich, es ist Eifersucht. Ich war noch nie eifersüchtig. Weil ich noch nie zuvor so stark für jemanden empfunden habe. Mit einem Mal kommen die in mir wirbelnden Gedanken zum Stillstand.

Was war das?

Heißt das, ich empfinde *stark* für Jackson Kingsley? Wie soll das gehen? Ich kenne ihn kaum! Wenn es hochkommt, haben wir heute zehn Sätze miteinander gewechselt. Es handelt sich um eine arrangierte Ehe. Er hat sich wie ein Arsch benommen, kein Interesse am mir – Louisa Bradshaw – und meinen Beweggründen, die Heimat zu verlassen und einen Fremden zu heiraten, gezeigt. Und er hat mich heute Nacht allein gelassen. Mich vor allen zurückgewiesen. Als wäre es das Schlimmste auf der Welt, diese Nacht mit mir zu verbringen. Und doch zehrt etwas an meinem Herzen, wenn ich an ihn denke. Eine Mischung aus Schmerz und Wärme. Aber das kommt vermutlich nur, weil ich mich vor der Abreise aus Chicago aus reinem Selbstschutz romantisch verklärt reingesteigert habe und den Screenshot, den ich heimlich gemacht habe, zigmal am Tag betrachtet habe. Plötzlich fühle ich mich einsam in diesem großen Bett. Ich stelle mir vor, wie ich, als wäre mein Leben Google-Maps, von der Station weiter rauszoome und um die wenigen Gebäude herum nichts weiter als Erde und Büsche sind. Der virtuelle Globus dreht sich und Chicago ist verdammt weit weg. Und doch empfinde ich diese Einöde nicht schlimm im Vergleich zur Einsamkeit gerade hier in diesem großen Bett. Es liegt nicht an der Station. Wenn ich ehrlich bin, habe ich mich an diesem Tag mehr zu Hause gefühlt, als ich es in Chicago seit dem Tod meiner Eltern je hatte. *Zugehörig*.

Trisha hat mir versprochen, mir bei der Suche nach einer festen Aufgabe zu helfen. Das Kellnern und die vielen Überstunden vermisse ich nicht gerade. Ich mag es, nützlich zu sein. Aber noch genieße ich all das Neue und die frische Luft. Vor allem Zoes glückliches Lachen hat mich schon nach einem Tag mit diesem Flecken Erde verankert. Selbst die grummeligen Kommentare und zusammengekniffenen Blicke von Jackson konnten daran nicht rütteln.

Jackson! Ich schließe die Augen und sehe ihn genau vor mir. Was er wohl erlitten haben mag, das ihn dazu gebracht hat, sein Leben in Sydney zu verlassen und ins Outback zu ziehen? Ob es etwas mit der Narbe zu tun hat? Das Bedürfnis, ihm Trost zu spenden, ist überwältigend. Unwillkürlich greife ich an meine Brust und lege die Hand auf mein Herz, das ungewohnt stark pocht. Plötzlich wünsche ich mir nichts mehr, als dass er bei mir wäre. Er muss nicht sprechen, sich nicht mit mir unterhalten, sich nicht für mich interessieren. Er soll nur da sein, mich in seine Arme schließen und mich seinen Duft einatmen lassen. Das Gefühl verstärken, am richtigen Fleck auf der Welt zu sein. Die Sehnsucht zerrt an mir, wie ein ungeduldiges Wesen. Wie ein Unterdruck, der mich langsam in den Wahnsinn treiben wird.

HUNGER

Louisa

Trisha hebt mein Kinn und mustert mich besorgt. „Kindchen, du siehst krank aus. Noch keine Änderung?“

Seit fünf Tagen begrüßt sie mich mit diesem Ritual beim Frühstück. Heute Morgen habe ich versucht, die dunklen Ringe unter meinen Augen, die von der Schlaflosigkeit herrühren, mit Concealer zu verbergen. Offenbar ohne Erfolg. Ich entziehe ihr mein Kinn und schüttle den Kopf. Hitze steigt mir in die Wangen. Sie schnalzt mit der Zunge. „So ein Narr. Es wird nicht mehr lange dauern.“ Irgendwie komme ich mir vor wie im Mittelalter, als der gesamte Hofstaat dem Vollzug der Ehe beiwohnte. Ob Trisha von mir verlangt, als Beweis ein beflecktes Bettlaken anzuschleppen?

„Wenn es wirklich dein Zauber ist, kannst du ihn

nicht abstellen?" Als ich heute Nacht die Umdrehungen des Ventilators gezählt habe, um mich von der Hitze in meinem Leib abzulenken, erschien mir diese Lösung sehr sinnvoll. Sie grinst. „So einfach ist es nicht, Liebes. Wenn die Energie einmal fließt ..."

„Vielleicht hilft ein Kräutertee?"

Statt einer Antwort bricht Trisha in Kichern aus.

„Äh ja, verstehe. Ich dachte, ich frage mal."

Zoe, die unseren Austausch beobachtet hat, kichert ebenfalls. „Also, ich verstehe nix. Aber Jackson sieht auch ganz schön fertig aus."

Jackson verbringt viel Zeit mit Zoe, und ich freue mich, dass sie eine männliche Bezugsperson hat. Mich meidet er. Selbst an den Mahlzeiten nimmt er nicht mehr teil. Was ich begrüße. Denn am ersten Tag stand ich einmal in seiner Nähe und das Brennen in meinem Leib wurde unerträglich. So muss sich Edward, der Vampir, gefühlt haben, wenn er das Blut seiner Bella gewittert hat. Nur, das hier ist nicht *Twilight*, sondern meine Wirklichkeit in Australien. Dass ich ihn nicht wie ein Äffchen besprungen habe, war alles. Es hätte keiner Rosenblätter und keines Kerzenlichts bedurft. Ich hätte sogar auf ein Bett verzichtet. Nur endlich diese Unruhe beenden. Ich war nahe davor. Zum Glück hat Mick ihn zu sich gerufen und den Bann gebrochen. Jackson ist aufgesprungen und war schneller aus der Küche, als ich mir Kaffee eingeschenkt habe. Offenbar geht es ihm ähnlich. Aber warum kommt er nicht einfach in unser eheliches Schlafzimmer und erlöst uns beide? Mittlerweile bin ich so erschöpft, dass ich diesem Zustand nur ein Ende bereiten möchte. Mir doch egal, ob das eine arrangierte Ehe ist oder nicht. Nachts liege ich hellwach, tagsüber schleppe ich mich erschöpft durch den Tag und versuche, meine neuen Aufgaben, so gut es geht, zu erledigen. Die Pflege des Gartens – wenn ich ehrlich bin, ist das nicht der Job, der mich auf Dauer erfüllen wird – lenkt nicht gerade ab. Schon gar nicht, wenn die Finger zittern, die Bewegungen fahrig sind und die innere Hitze bei den Außentemperaturen nicht angenehm ist. Ich fluche abwechselnd auf Jackson und auf Trisha. Gähnend frage ich mich, ob Chicago und die Avancen des schmierigen Vermieters nicht die bessere Alternative gewesen wäre. Lang gebe ich ihm nicht mehr, dann werde ich die Initiative ergreifen. Aber noch bin ich zu stolz dazu. Wer mich nicht will, sogar, wenn er unter einem Zauber steht, hat Pech.

„Der kann bleiben, wo der Pfeffer wächst", murmle ich und gieße mir Kaffee ein, während ich mir Unmengen an Rührei und Würstchen auf den Teller schaufle. Ich versuche offenbar, den unbändigen Hunger nach Sex mit Essen zu befriedigen. Wenn das so weitergeht, werde ich bald kugelrund sein.

„Wo wächst eigentlich Pfeffer?", fragt Zoe. Trisha lacht. „Na jedenfalls auch hier. Ich zeig dir die Pflanze nachher im Kräutergarten." Ich verschlucke mich. „Mist. Da soll er auf keinen Fall hin.“

Die beiden prusten los. Wie schön, wenn wenigstens andere Spaß haben.

Schwere Schritte nähern sich dem Frühstücksraum und sämtliche Haare an meinem Körper richten sich auf. Jacksons kräftige Figur erscheint im Türrahmen. Als er mich entdeckt, zögert er kurz.

„Jackson, komm herein!“, lockt Trisha ihn. Mit einem grummelnden Laut setzt er sich. So weit weg von mir wie möglich. Durch die Fransen meines Ponys beobachte ich ihn. Zoe hat nicht übertrieben. Er sieht blass aus. Instinktiv möchte ich, dass es ihm besser geht. Möchte zu ihm und die Anspannung aus den Schultern kneten. Dann fällt mir ein, dass er es ist, der dem Ganzen ein Ende bereiten könnte. Sollte es überhaupt an einem Zauber liegen. Aber mittlerweile habe ich keine plausible Idee mehr, was es sonst sein könnte.

„Ich denke, ich sollte ein paar Tage nach Timber Creek fliegen. Wir brauchen Vorräte“, sagt Jackson zu Trisha gewandt. Bei seinen Worten umfasse ich meine Tasse fester. Trisha spitzt missbilligend die Lippen.

„Nimmst du mich mit?“, bettelt Zoe. Jackson schüttelt den Kopf.

„Ein andermal.“

„Dann nimm deine Frau mit!“ Trisha stemmt die Hände in die Hüfte. Jackson zuckt bei der ungewohnten Bezeichnung *„deine Frau“* zusammen. Er hebt das Kinn, eine Warnung im Blick.

„Siehst du nicht, wie schlecht es ihr geht?“

„Und wem hat sie das wohl zu verdanken?“

„Ich sitze hier, wisst ihr! Ihr braucht nicht in der dritten Person von mir zu reden.“ Jacksons Kopf ruckt zu mir herum, als hätte er nicht erwartet, ich hätte in dieser Sache etwas zu sagen. Seine Fingerknöchel treten weiß hervor, als er die Tischkante umfasst.

„Ich werde fliegen.“ Er steht so abrupt auf, dass der Stuhl nach hinten kippt und stürmt aus dem Zimmer.

„Dir auch einen guten Morgen, Ehemann!“, rufe ich ihm hinterher und widerstehe dem Drang, es ihm gleichzutun. Doch so bin ich nicht erzogen. Bei mir in der Familie werden Konflikte ausgetragen. Man rennt nicht davon und knallt Türen. „Das ist kindisch“, murmle ich.

„Er wird nicht lange wegbleiben“, bemerkt Trisha, ihren Blick auf Jackson gerichtet, der draußen mit dem Handy in der Hand auf- und abstapft.

„Das ist mir so was von egal.“ Ich nehme einen Pancake und übergieße ihn großzügig mit Sirup.

Eine halbe Stunde später ertönt das Motorenbrummen. Jackson ist mit seiner Maschine abgehoben. Ich lasse den Blick gesenkt und hacke auf einen dicken Klumpen Erde ein. Ob ich ein Haar von Jackson finde und ein Lehmmännchen bastle? Vielleicht war eine Barbie nicht ausreichend. Schon gar nicht bei einem Mann. Was bei dem Mathelehrer nicht geklappt hat, gelingt vielleicht bei Jackson? Nur, was mache ich dann mit der Lehmpuppe? Entmannen wäre kontraproduktiv. Ich seufze. Das Motorengeräusch wird schwächer.

Mein Ehemann hat sich im wahrsten Sinne des Wortes aus dem Staub gemacht.

In dieser Nacht ist es noch schlimmer. Dabei hatte ich gehofft, Jacksons Abwesenheit würde den Hunger abebben lassen. Doch genau das Gegenteil ist der Fall. Es ist, als wäre ein Gummiband zwischen uns gespannt, das seit Jacksons Abreise kurz vor dem Zerreißen steht. Ich wälze mich und haue vor Verzweiflung auf das Kopfkissen ein. Ein dicker Kloß bildet sich in meiner Brust. Schließlich greife ich nach meinem Handy, setzte die Kopfhörer auf und höre das x-te Hörbuch in dieser Woche, um die Außenwelt auszublenden. Wie gut, dass das Internet hier auf der Farm besser ist, als in unserem alten Apartment, als ich aus Kostengründen unser Datenvolumen so gering wie möglich gehalten habe. Eine saftige Romance-Novel, was sonst? Die tiefe Stimme des männlichen Protagonisten, der sich wie ein Raubtier der vor ihm auf dem Bett liegenden Protagonistin nähert, vermengt sich in meinem Kopf mit einer viel zu realistischen Vision von Jackson. Schwer atmend reiße ich mir die Kopfhörer ab. Ich sollte ein Sachbuch hören. Meine Kehle ist plötzlich wie ausgedörrt. Ich sehne mich nach Trishas selbstgemachter Limonade. Vielleicht könnte ich mir ein Sandwich dazu machen? Wie auf Befehl gibt mein Magen ein lautes Knurren von sich. Ein Blick auf die Uhr zeigt drei Uhr nachts. Ich fische im Dunkeln nach den Flipflops vor dem Bett und streife mir das Nachthemd über, das ich beim Schlafen vor Hitze kaum ertrage. Auf dem Weg lausche ich kurz. Alles ist still. Selbst die Tiergeräusche, die sonst die Nacht füllen, sind stumm. Die Klinke der Küchentür knirscht, als ich sie hinabdrücke. Ich taste nach dem Lichtschalter. Als das Neonlicht aufflammt, bleibt mir das Gähnen vor Schreck im Halse stecken. Jackson sitzt am Küchentisch, vor sich ein Glas Wasser, und starrt mich an. Er muss gelandet sein, als ich in mein Hörbuch vertieft war. Im Neonlicht wirkt er noch blasser als heute Morgen. Seine langen Haare sind zerwühlt. So als wäre er seit einer Weile verzweifelt hindurchgefahren. Seine Augen sind blutunterlaufen. Ich sag doch, *Twilight* ist nichts gegen uns. Mit der geübten Kopfbewegung lässt er den Vorhang seiner Haare über die vernarbte Gesichtshälfte fallen. Als wäre das nötig!

„Oh, sorry! Ich dachte, du wärst in diesem Timber Creek."

Er starrt mich an und schüttelt leicht den Kopf. „Es ist ... etwas dazwischengekommen." Er starrt auf seine Hände. Als keine weitere Erklärung kommt, räuspere ich mich. Sein Kopf ruckt hoch. Ich deute

Richtung Kühlschrank. „Wollte mir nur etwas zu trinken holen."

„Du musst dich nicht erklären, Louisa. Das ist auch dein Zuhause."

Ach ja? Warum lässt du mich dann wie einen unerwünschten Gast fühlen? „Ich bin gleich wieder weg. Lass dich durch mich nicht stören bei ..." Ich mache eine kreisende Geste Richtung Tisch, auf dem kein Geschirr steht. „... bei was immer du auch hier im Dunkeln tust." Er seufzt und schweigt.

Ich versuche, mir das Zittern in meinen Knien nicht anmerken zu lassen, als ich die Küche durchquere um den Kühlschrank zu erreichen. Obwohl ich nicht hinschaue, spüre ich, wie sein Blick auf mich geheftet ist. Wie ich das spüre? Es ist, als würden unzählige Feuerameisen über meine Haut laufen. So wie bei einer Dschungelcamp-Challenge. Nur, es ist alles andere als sicher, ob ich am Ende gewinne. Die Kühle, die mir aus dem Kühlschrank entgegenweht, ist Balsam auf meiner erhitzten Haut. Ich nehme mir Zeit, als ich mir das Glas mit Limonade vollschenke. Meine Hand zittert leicht, als ich das Glas nehme und mir vornehme, so schnell wie möglich aus der Küche zu entkommen. Als ich Jackson passiere, schießt plötzlich seine Hand hervor und schließt sich um mein Handgelenk. Vor Schreck quieke ich unschön auf und ein Teil der Limonade schwappt auf meine nackten Füße.

Er hebt entschuldigend die Hände. „Sorry, ich wollte dich nicht erschrecken." Sein gequälter Blick sagt mir, dass er das ehrlich meint. Er deutet auf den Stuhl neben sich. „Könntest du dich einen Moment zu mir setzen?“ Ich schlucke und werfe einen sehnsüchtigen Blick Richtung Tür. Ich hasse es, in brenzligen Situationen fortzulaufen. Deswegen steckt mir die Flucht aus Chicago umso mehr in den Knochen. Ein persönliches Versagen. Aber hier, heute Nacht, kann ich mir beweisen, ich ziehe nicht den Schwanz ein, wenn es brenzlig wird.

„Okay“, flüstere ich, stelle das Glas auf den Tisch und setze mich, nachdem ich mich mit einem Küchenpapier gesäubert habe. Jacksons Blick huscht über das Nachthemd und ich bin mir plötzlich der vielen nackten Haut unter dem transparenten Stoff mehr als bewusst. Ich widerstehe dem Drang, die Arme vor der Brust zu verschränken.

Einen Moment schweigen wir und das Brummen des Kühlschranks dominiert den Raum. Ich kann nicht sagen, ob Minuten oder nur Sekunden verstrichen sind, als Jackson sich aufrichtet und Luft holt.

KÜCHENTISCH

Louisa

„Warum?"

Ich schaffe es, mich nicht an der Limonade zu verschlucken und setze bedächtig das Glas ab. Ich weiß genau, was er fragen will. Doch ich stelle mich dumm. Vermutlich um ein wenig Zeit zu schinden.

„Warum was?"

Er legt den Kopf schief und mustert mich. Wir liefern uns ein Blickduell. Das erste Mal fällt mir auf, wie seine blauen Augen von dichten Wimpern eingerahmt sind. Sein Blick ist eine Mischung aus Trotz, Verletzlichkeit und Arroganz und ich fange mit einem Mal an unkontrollierter zu atmen, so sexy finde ich das. Offenbar gewinne ich, denn er flucht leise und wendet den Blick ab.

„Warum heiratet eine bildhübsche und nicht

ganz verblödete junge Frau freiwillig einen entstellten Farmer im Nirgendwo am anderen Ende der Welt?“ *Wow*! Obwohl ich mit einer Frage mehr oder weniger dieses Inhalts gerechnet habe, und er die Sache lediglich treffend auf den Punkt gebracht hat, lässt der Satz mich zurück, als wären meine Gefühle im Schleudergang. In meinem Hirn summt es, als ich die einzelnen Teile der Frage entwirre und mich abwechselnd freue, verletzt oder geschockt bin. *Bildhübsch. Entstellt. Nicht ganz verblödet.* Sein intensiver Blick macht es nicht einfacher. Mit den Fingern ziehe ich Kreise den Glasrand entlang. Ich konzentriere mich auf den Teil, den ich unter keinen Umständen unterschreiben würde. „Du findest dich entstellt?“

Er zuckt beiläufig mit den Schultern, doch seinem angespannten Kiefermuskel sehe ich an, das ist nur Show. Mein Frust über die vergangene Woche kocht wieder hoch und ich kann nicht widerstehen, ein wenig in der Wunde herum zu stochern.

„Findest du das nicht ein wenig übertrieben? Ich meine ja nur. Ich kann dir auf Google Fotos von Menschen zeigen, die ein wirklich hartes Schicksal haben. Und du steigerst dich in ein bisschen Brandwunde rein, lässt alles stehen und liegen, flüchtest in den Busch und machst einen auf grimmiger Wolf.“

Ups, sein Blick wird so mörderisch, dass ich mich instinktiv ein wenig zurückneige.

„Beantworte einfach meine Frage. Oder traust du dich nicht und lenkst deswegen ab?“ Seine

Stimme ist eiskalt und trotz der Schwüle, die auch nachts nicht nachlässt und der Hitze, die aus anderen Gründen meinen Körper im Griff hält, fröstelt es mich.

„Du weißt warum. Oder hat dein Vater dich nicht eingeweiht?“, frage ich.

Er lacht auf und fährt sich erneut durchs Haar. „Mein Vater *weiht* niemanden ein. Er hat mir ein paar Brocken hingeworfen und erwartet, alle tanzen brav nach seiner Pfeife.“ Ich verberge, wie sehr mich seine Antwort verletzt. So schnell verpufft die Hoffnung, er habe mich aus freien Stücken geheiratet. Ich spanne mich an.

„Beantworte meine Frage: Was springt für dich dabei raus? Oder bist du eine Kriminelle die untertaucht? Vielleicht hat es mit Drogen zu tun?“ Seine Stimme ist anklagend.

„Was? Du bist ein Idiot! Es geht nicht um Geld. Das scheint alles zu sein, woran du denken kannst. Ich war in einer Notlage. Ich musste verhindern, dass sie mir Zoe wegnehmen. Erklär doch lieber mal, warum *du* mitmachst? Das macht für mich keinen Sinn.“ Ich mache Anstalten aufzuspringen. Er lehnt sich blitzschnell vor, greift nach meinem Arm und zieht mich auf den Stuhl zurück. Seine Finger brennen auf meiner Haut. Ein Schwall seines männlichen Dufts weht zu mir hinüber. Trotz der angespannten Situation reagiert mein Körper. Trishas Zauber oder natürliche Anziehung? Etwas blitzt in seinen Augen auf und er zieht die Hand weg. Ich starre auf die Stelle auf meiner Haut und versuche, meine Atmung zu kontrollieren. Und die Lust, die durch meinen Unterleib wirbelt und mich an die Wahrheit erinnert: Er ist mein Ehemann und ich verzehre mich seit Tagen nach ihm. Ich hebe den Arm, den er berührt hat und streife mir eine verirrte Locke aus dem Gesicht. Die Geste klärt meine Gedanken, obwohl sein Blick mich festzunageln scheint. Ich knicke ein. Der Drang sich zu versöhnen ist genetisch bedingt sehr stark.

„Entschuldige, du bist kein Idiot. Tut mir leid."

Er seufzt. „Nein, ich muss mich entschuldigen."

Ich atme tief ein und lehne mich zurück. „Wie du es so passend beschrieben hast, stecke ich mit dir im *Nirgendwo* fest. Wir sollten versuchen, eine Ebene zu finden, respektvoll miteinander umzugehen. Ich sehe ein, ich bin dir ein paar Erklärungen schuldig. Du mir aber auch." Er nickt, lässt mich jedoch nicht aus seinem Bann. „Es hat nichts mit Drogen zu tun und mich sucht auch nicht die Polizei." Seine Schultern entspannen sich und er lehnt sich ebenfalls zurück. Es ist, als wäre ein Druck von mir genommen. Wow, das ist wirklich das erste Mal, dass wir live länger als eine Minute miteinander reden. Er macht eine Geste mit dem Kinn, die mir bedeutet, fortzufahren. Ich räuspere mich und nehme noch einen Schluck Limonade. Um ihn nicht anzusehen, starre ich auf ein Bild neben der Anrichte, auf dem in feinen Strichen eine Traumzeichnung der Aborigines abgebildet ist.

„Meine Eltern sind bei einem Unfall ums Leben gekommen, als ich einundzwanzig war. Seitdem sorge ich allein für Zoe. Ich musste das College abbrechen. Wir hatten einen Berg Schulden. Klinikrechnungen, ein Teil Studiendarlehen und was sich seitdem angesammelt hat. Ich habe zwei Jobs gemacht, um über die Runden zu kommen. Wenn ich dachte, wir haben es geschafft, hat das Universum sich etwas einfallen lassen, um uns zu ärgern."

Er hebt die Brauen. „Das Universum?"

Ich zucke mit den Schultern. „Wie auch immer. Wie würdest du es denn nennen, wenn alle zwei Monate etwas geschieht, was dich zurückwirft? Zuerst ist die Küche in dem Restaurant, in dem ich gekellnert habe, abgebrannt, sodass der gut bezahlte Job von heute auf morgen weg war. Dann hat mich der Manager im Steuerbüro, in dem ich als Sekretärin tätig war, sexuell belästigt. Mir hat keiner geglaubt. Also war ich den Job los." Ich verziehe den Mund, als ich mich an den schmierigen Typen erinnere, der jede Gelegenheit genutzt hat, mich allein im Kopierraum abzupassen. Jacksons Kiefer presst sich zusammen, so als würde er sofort nach Chicago reisen wollen, um mich zu rächen. Ein Flämmchen Wärme züngelt in meiner Brust. „Und so ging es weiter. Bis unsere Vermieterin, die nette achtzigjährige Miss Jones plötzlich verstorben ist und ihr Neffe es genossen hat, Macht über mich zu haben." Ich schlucke trocken und beschließe, nicht in Details zu gehen, was Trey anbelangt. „Wir hatten vier Wochen, um die Wohnung zu räumen. Ich wusste, dass ich das Sorgerecht für Zoe sofort verlieren würde, sobald ich neben arbeitslos auch noch obdachlos werden würde."

Verstohlen sehe ich zu ihm. Er hat die Stirn gerunzelt und ich sehe ihm an, er möchte nachbohren. „Dann kam der Anruf deines Vaters."

Vier Monate zuvor:

„Spreche ich mit Louisa Bradshaw?" Ich runzle die Stirn. Hört sich nach Werbeanruf an. Dieser Akzent ist definitiv nicht von hier. Vermutlich ein Callcenter am anderen Ende der Welt. Oder schlimmer? In Gedanken gehe ich alle Rechnungen durch, die längst fällig sind. Wieso habe ich nur abgenommen?, fluche ich innerlich. Ein Blick auf die Uhr sagt mir, Zoe müsste in wenigen Minuten hier sein. Dienstag ist der einzige Tag, an dem wir gemeinsam essen können, bevor ich zu meiner Schicht ins Restaurant muss. Ich drehe die Temperatur unter der Pasta-Soße niedriger und greife nach dem Kochlöffel. Den Hörer zwischen Ohr und Schultern geklemmt hole ich tief Luft und antworte mit einer Stimme, von der ich hoffe, dass sie höchst professionell klingt: „Ja, am Apparat. Mit wem spreche ich?"

„Du wirst mich nicht kennen. Ich bin ein alter Freund deiner Mutter." Sofort höre ich auf zu rühren. „Wie war noch mal der Name?"

„Den habe ich noch gar nicht gesagt. Henry Kingsley." Kingsley?

Ausgerechnet jetzt piept die Küchenuhr. Zeit, die Spaghetti abzugießen.

Mein Hirn arbeitet fieberhaft. Mom hat nie von ihrer Vergangenheit in Australien erzählt. Jede Frage nach ihrer alten Heimat hat sie mit dem Spruch „Was in Down Under geschieht, bleibt in Down Under!" abgewiegelt. Ist das die Chance, mehr über meine australischen Wurzeln zu erfahren? „Kingsley? Nie gehört." Die Pasta kocht über und ich fluche, als ich nach zwei Topflappen greife und die Nudeln ins Sieb gieße, das in der Spüle wartet.

„Ich störe wohl. Ich kann später anrufen."

„Nein, ist schon gut. Jetzt geht es." Ich sprenkle ein paar Spritzer Olivenöl über die Nudeln und setze den Topfdeckel auf.

„Hör mal, das mag jetzt vielleicht ziemlich überraschend kommen. Aber ich habe ein Angebot für dich."

„Ein Angebot?" Was kann er meinen? Will er doch etwas verkaufen?

„Vielmehr eine Bitte", korrigiert er sich umgehend.

„Warum erzählst du mir nicht zuerst einmal, woher du Mom kennst? Ich muss gestehen, sie hat nicht viel von ihrer Zeit in Australien erzählt."

Er stößt die Luft aus und es klingt ... erleichtert? „Tut mir leid, bitte entschuldige. Ich rufe aus Sydney an. Ich habe mal mit deiner Mutter, ... äh ... Emily, zusammengewohnt. Meine Frau Alicia und sie waren ... sehr eng." Dass er den Vornamen meiner Mutter kennt, ist kein schlechtes Zeichen. Das unruhige Gefühl, das mich jedes Mal umtrieb, wenn ich versucht habe, mehr über Moms Vergangenheit herauszufinden, stellt sich wieder in meiner Magengrube ein. Was hatte Mom zu verbergen? Was weiß ich alles nicht? Leben ihre Eltern, meine Großeltern, noch? Hatte sie Geschwister? Die Vorstellung von einer großen Familie, die in Australien ist und von der ich nichts weiß, lässt mein Herz stärker schlagen. Sind Zoe und ich also gar nicht so allein auf der Welt, wie ich dachte? „Oh", ist alles, was ich dazu sagen kann. „Ich würde gern mehr über Moms Zeit in Australien erfahren. Kanntest du sie gut?"

„Ja, schon. Aber das ist alles sehr lange her. Aber zuerst zu etwas anderem", er räuspert sich. „Ich möchte dich bitten, meinen Sohn zu heiraten", sagt er plötzlich und ich lache kurz auf, so absurd ist dieser Satz. Kurz grüble ich, ob etwas mit der Leitung nicht stimmt. Australien ist schließlich verflucht weit weg.

„Heiraten? Was ist denn das für eine Bitte?" Meine Stimme überschlägt sich. Ich höre Zoes Schritte und kurz darauf ihren Schlüssel im Schloss.

„Ich habe gehört, deine Schwester Zoe und du, ihr habt Probleme in Chicago. Und dieser Schritt könnte euch und meinem Sohn helfen. Eine Win-win-Situation also. Ich würde alles für euch arrangieren. Und ich kann euch endlich kennenlernen. Das wäre ein großer Wunsch meiner verstorbenen Frau, die sich ihr

Leben lang Sorgen um den Verbleib von Emily gemacht hat.“

Jackson schüttelt ungläubig den Kopf.

Genau wie ich damals. „Das war auch meine erste Reaktion. Zuerst habe ich ihn abgewimmelt, hielt es für einen Scherz. Ich meine, als Mom noch lebte, hat sich nie jemand aus Australien gemeldet. Auch nach ihrem Tod nicht. Sie hat nie von ihrem Leben dort erzählt. Und plötzlich sollten da auf einmal fürsorgliche Freunde sein, die um mein und Zoes Wohlergehen besorgt sind? Genau in dem Zeitpunkt, als ich am Tiefpunkt war. Das Timing war gruselig.“ Jackson verzieht keine Miene.

„Dein Vater hat schnell gemerkt, dass ich keine Almosen wollte und äußerst misstrauisch war. Also hat er es so gedreht, als würde ich ihm einen Riesengefallen tun, wenn ich dich heirate. Er hat es so dargestellt, als wärst du sehr einsam. Er hat mir von dem Unfall erzählt, und, wie du dich seitdem sozial abgegrenzt hast.“ Jackson schnaubt und sein Blick wird hart, wie jedes Mal, wenn von seinem Vater die Rede ist.

„Er hat mich täglich angerufen. Mich regelrecht gestalkt. Die Idee kam mir zuerst absurd vor. Warum sollte ich mein Leben in Chicago aufgeben und in ein fremdes Land am anderen Ende der Welt ziehen? Ich bin eine intelligente junge Frau, warum sollte ich einen Fremden heiraten?“ Seine Lippen zucken belustigt und ich hebe selbstbewusst das Kinn. „Aber es war mein Traum, nach Australien zu gehen. Mom hat zwar nicht von ihrer Familie erzählt, aber vom Land, von der Weite, von den Tieren. Sie hatte in Chicago oft Sehnsucht nach ihrer Heimat. Das war eine einzigartige Gelegenheit, nach Australien zu gehen, und ich konnte Zoe mitnehmen. Das war das Wichtigste. Die Zeit drängte und die Idee, alles hinter mir zu lassen, erschien mir mit jedem Tag reizvoller. Ich bin nicht stolz darauf, aber ich habe mich von ihm mehr und mehr einlullen lassen und schließlich nachgegeben. Den Rest weißt du. Henry hat die Kommunikation zwischen uns organisiert. Ich fand dich bei dem Videochat ganz okay, wenn auch etwas wortkarg."

Seine Lippen geben dem Zucken nach. „Ganz okay, also?"

Flirtet er mit mir? Es bereitet mir diebische Freude, ihm ein wenig die Luft aus den Segeln zu nehmen. „Aber letztlich war es Trisha, die den letzten Zweifel ausräumte. Sie war so ... mütterlich. Und nach dem Gespräch mit ihr erschien die Kingsley-Station im Outback wie die perfekte Lösung. Ein neues Leben. Ohne das Jugendamt im Nacken."

Er kneift die Augen zusammen. Ich bin dran. „Warum hast *du* eine Frau geheiratet, die du nur von einem Gespräch via Internet kanntest?" Statt einer Antwort dreht er das Glas vor sich hin und her. Es ist zum Haareraufen. Dann sieht er mich so unvermittelt an, dass mir heiß wird.

„Was denkst du wohl?“ Er hebt bedeutsam die Brauen.

„Oh“, erwidere ich, als ich endlich eins und eins zusammenzähle. Meine Wangen röten sich. *Sex? Es ging ihm nur um Sex?* Meine romantisch-verklärte Vorstellung eines einsamen Mannes auf der Suche nach einer Gefährtin, die meinen Entschluss hierherzukommen, getragen hat, bricht wie ein Kartenhaus in sich zusammen. Aber bin ich so viel besser? Seit einer Woche bin ich besessen von dem Gedanken an Sex mit ihm. Aber dafür kann ich ja nichts. Es ist der Zauber, oder?

„Aber, wenn es nur darum ging eine – wie hast du es genannt? – *bildhübsche und nicht ganz verblödete junge Frau* zu finden, die dein Bett wärmt, hättest du das sicher einfacher haben können. Tinder oder so? Du hättest dir ein Date einfliegen lassen können.“ Ich bin stolz auf mich, Kylie nicht ins Spiel gebracht zu haben. Das hätte zu sehr nach realer Eifersucht geklungen. Und die Blöße will ich mir nicht geben, selbst wenn der Gedanke daran, was die beiden im Schuppen miteinander angestellt haben könnten und vielleicht seit Jahren regelmäßig anstellen, eine lodernde Wut in mir entfacht. „Und in der vergangenen Woche hast du sogar alles getan, damit wir *keinen* Sex haben. Wie erklärst du das?“ Er lacht trocken auf. Der Laut schneidet in mein Herz. Ich warte ab, doch er antwortet mir nicht. Wieso kann er Zoes Fragen beantworten, aber nicht meine? Und das, nachdem ich ihm alles von mir erzählt habe. Ich habe genug von der Unterhaltung und schiebe meinen Stuhl zurück. „Ich bin müde. Gute Nacht!“ Mit dem letzten Quäntchen Beherrschung spüle ich das Glas ab und stelle es auf das Abtropfgestell. Das Surren des Kühlschranks überdeckt hoffentlich meinen wilden Herzschlag. Ein kurzer Blick zu Jackson zeigt mir, dass er genauso dasitzt, wie ich ihn verlassen habe. Seine breiten Schultern heben und senken sich. Kurzes Bedauern flackert in mir auf. Bevor ich die Tür erreiche, hat Jackson mich eingeholt.

„Lou!“ Seine Hand umschließt mein Handgelenk. Die Geste, die er heute Nacht nicht das erste Mal ausführt, hat etwas Besitzergreifendes, Grobes. Und doch finde ich sie heiß. Das ist das erste Mal, dass er mich Lou nennt. Elektrischer Strom schießt von seiner Berührung direkt in meinen Schoß, so heiß finde ich das. Sein Blick ist fiebrig.

„Was ist los?“, frage ich atemlos und versuche das Zittern in meiner Stimme zu verbergen.

„Das ist los!“, antwortet er kehlig. Mit einem fast schmerzhaften Ruck zieht er mich an sich, vergräbt die andere Hand in meinem Haar und presst seinen Mund auf meinen. Seine Zunge fährt fordernd zwischen meine Lippen. Ich bin so überrumpelt, dass ich ihm Einlass gewähre. Der Moment, als ich ihn schmecke, ändert alles. Wie ein Buschfeuer ist jede Nervenfaser in meinen Körper entzündet. Ich will nur eins: Seinen Körper, nackt, heiß, in mir, sofort. Ein animalischer Laut entfährt mir und wird von seinem Knurren erwidert, das in der Küche widerhallt. Ich vergrabe meine Hände in den Saum seines Langarmshirts und zerre instinktiv daran. Zu viel Stoff.

Er fängt meine Hände ein.

„Lass es!“ brummt er und beißt mir in den Hals. Gerade so, dass es leicht schmerzt und mir gleichzeitig vor Lust die Sinne schwinden. Ich bin zu erregt, um nachzudenken. Dann eben nicht nackt. Obwohl die kräftigen Brustmuskeln, die ich durch den Stoff ertastet habe, sich himmlisch anfühlen. Als er meine Finger freigibt, vergraben sich seine Hände im Fleisch meines Hinterns. Er zieht mich gegen sich und ich keuche auf, als ich seine beachtliche Erektion an meinem Bauch spüre. Der Unfall scheint hier keinen Schaden angerichtet zu haben.

„Bitte!“, flüstere ich.

„Bitte, was!“, fragt er atemlos und lässt seine Zunge über mein Schlüsselbein tanzen. Ich werfe den Kopf zurück, um ihm mehr Raum zu geben.

„Bitte, alles!“

Er lacht leise. Der Laut von zerreißendem Stoff lässt mich die Augen aufreißen. Schwer atmend sehe ich an mir herunter. Das Nachthemd hängt in Fetzen und ich stehe entblößt vor ihm. Als er feststellt, dass ich kein Höschen anhatte, senkt er mit einem wölfischen Lächeln den Kopf und nimmt einen meiner Nippel in den Mund. Er saugt daran. Hart. Ich schreie kurz auf. Als er sanft den Schmerz fortleckt, wird mein Schrei zu einem Stöhnen.

Meine Knie sacken weg. Er fängt mich auf und schiebt mich zum Küchentisch. Mit einem Ruck hebt er mich an und lässt mich auf dem Tisch nieder. Sein Wasserglas, das noch auf dem Tisch stand, kippt. Jackson reagiert und ihm gelingt, es aufzufangen, bevor es auf dem Boden zerschellt. In meinem lustverschleierten Hirn wäre ich dazu nicht in der Lage gewesen. Alles andere als der Mann vor mir ist mir egal. Genau wie das Neonlicht, das nicht gerade zu einer romantischen Stimmung beisteuert. Das hier ist von Romantik so fern wie das Outback von Chicago. Hier geht es um Trieb. Lust. Leidenschaft. Sex.

Nachdem Jackson das Glas auf der Anrichte abgestellt hat, steht er vor mir und blickt schwer atmend auf mich herab. Dass ich nackt bin und er noch vollständig angezogen, hat etwas unfassbar Erotisches. Er scheint ähnlich zu empfinden, denn mit einem genießerischen Stöhnen umfasst er meine Knie und schiebt sie langsam auseinander. Meine Atmung wird flacher, als er mich schamlos betrachtet, seinen Blick nicht von meiner intimsten Stelle nimmt. Ich fühle mich ihm ausgeliefert. Wie ein Festmahl auf dem Esstisch. Dann zucke ich zusammen, als er ohne Vorankündigung einen Finger tief in mir versenkt. Ich bin keine Jungfrau, aber es ist lange her und er hat große Hände. Ich bin vor Erregung feucht, aber mit diesem Ansturm hat mein Körper nicht gerechnet. Mit der anderen Hand bringt er meine Hüften, die sich vom Tisch gehoben haben, wieder zur Ruhe. „Schhhh!“, flüstert er. Als sein Daumen meine empfindliche Perle umkreist, wandelt sich das unangenehme Empfinden in pure Lust. Er fügt einen zweiten Finger hinzu. Oh. Mein. Gott! Das ist … das ist … Ich richte mich auf und suche wieder seine Lippen, die er mir bereitwillig gibt. Doch jedes Mal, wenn sich meine Fingerspitzen unter den Ausschnitt seines Shirts stehlen, um mehr von seiner Haut zu ertasten, oder auch nur in die Nähe seiner rechten Schläfe kommen, schiebt er sie weg. Ich gebe es auf und nutze die Hände, um mich abzustützen und mich ihm entgegenzuwölben. Während seine Hand mich beharrlich liebkost, knutschen, beißen und lecken wir, bis ich völlig wild bin. Die Anspannung der letzten Wochen war einfach zu groß. Seine erregten Laute, die meine Lust in ihm auszulösen scheint, sein bestätigendes Flüstern, wie gut ich mich anfühle, wie schön ich bin und wie sehr er mich will, schießen mich über die Klippe.

„Jaaa!“, schreie ich und der Höhepunkt durch ihn, der seit einer Woche auf Befreiung wartet, lässt alle Nerven in meinem Körper explodieren. Gleißende weiße Punkte flimmern vor meinen Augen. Durch meine halb geschlossenen Lider sehe ich seinen gierigen Blick. Das Neonlicht der Küchenlampe umgibt ihn wie einen Heiligenschein. Er scheint jeden Moment meiner Lust in sich aufzusaugen. Meine inneren Wände krampfen um seine Finger, die weiter in mich stoßen und die Welle des Höhepunkts geht weiter. Als ich langsam von meinem Hoch herunterkomme, lässt er von mir ab. Er drückt mir einen festen Kuss auf den Mund und lässt mich behutsam auf die Tischplatte gleiten. Ich ringe nach Atem und bekomme nur am Rande mit, wie er die Finger, die zuvor in mir waren, an seine Lippen führt und ohne den Blick von mir zu wenden, ableckt. Ich bin diese offene Art von Sexualität nicht gewohnt und mir liegt die Bemerkung auf der Zunge, das könne doch unmöglich so gut schmecken, wie er gerade tut. Oder sollte ich es ignorieren? Ich muss ihm ja nicht zeigen, wie unerfahren ich bin. Der Laut eines Reißverschlusses, der nach unten gezogen wird, reißt mich aus dem kurzen Gedankenspiel.

„Bist du Jungfrau?", erreicht mich seine heisere Frage durch den Nebel der Lust. Ich schüttle den Kopf. Er stöhnt auf, als er meine Beine über seine Schultern legt und in einer einzigen Bewegung bis zum Anschlag in mich eindringt. Ich schnappe nach Luft. Shit, er ist groß! Schwer atmend hält er inne und lässt meinem Körper einen Moment Zeit, sich an ihn zu gewöhnen. Er hält jede Regung von mir im Blick.

Es ist vollbracht. Die Ehe ist vollzogen. Jetzt bin ich wirklich seine Ehefrau.

Als würde er mir meine Gedanken ansehen, huscht ein Lächeln über seine Lippen, das durch den Vorhang seiner Haare schimmert. Und trotz der puren Triebhaftigkeit, die uns gefangen hält, hat sich dieser Moment der Intimität eingeschmuggelt. Seine großen Hände senken sich zu meinen Brüsten und kneten sie. Die Berührung lässt mich wohlig die Augen schließen.

Das ist offenbar für ihn das Startsignal. Mit kräftigen Stößen treibt er sich in mich. So fest, dass der Küchentisch mit jeder Erschütterung über den Boden kratzt. Seine Hände fahren gierig über meinen Körper und die Laute, die er von sich gibt, sind nicht von dieser Welt. Und ich? Ich dachte bisher, ich mag eher Blümchensex, Missionarsstellung. Doch jedes Mal, wenn er sich fast vollständig aus mir herauszieht, flirren elektrische Impulse durch meinen Unterleib. Und jedes Mal, wenn er sich in mir versenkt, trifft er Punkte tief in meinem Leib, die mich vor Lust explodieren lassen. Ich beginne unverständliches Zeug zu brabbeln und den Kopf hin und her zu werfen. Sein Pumpen wird schneller und mit jeder Einwärtsbewegung schraubt er sein Becken gegen meines. Seine Finger graben sich in meine Hüften, sodass sie sicherlich Abdrücke zurücklassen. Ich spüre nichts, außer dass eine neue Welle auf mich zukommt. Unaufhaltsam und größer als zuvor. Als ich um ihn herum zu zucken beginne, wirft er den Kopf in den Nacken und knurrt meinen Namen. Wie ein Eroberer, der einen Sieg in die Welt hinausschreit. Er wird noch schneller, noch größer, zieht mit einem Ruck mein Becken hoch und verströmt seine Hitze in mir. Die Welt bleibt einen Augenblick stehen, während mein Herz in seinen ursprünglichen Takt zurückfindet. Pure Entspannung macht sich in mir breit. Das war animalisch, doch notwendig. Die Befriedigung eines elementaren Bedürfnisses. Ich habe das Gefühl, seit einer Woche das erste Mal richtig bei mir zu sein. Tief durchatmen zu können. Ihm scheint es ebenso zu gehen, als er gierig Sauerstoff in seine Lungen zieht, während sein glasiger Blick über meinen Körper wandert.

„O Gott! Was hat Trisha nur mit uns angestellt?“, frage ich flüsternd.

MASANGI

Louisa

„Guten Morgen, Schlafmütze!“ Ich blinzle. Trisha steht mit einem Tablett voller Frühstück vor mir und strahlt mich an. Benommen richte ich mich auf. Ich zucke zusammen, als mein Unterleib mir signalisiert, die Begegnung mit Jackson war wohl doch etwas zu heftig nach so langer Abstinenz. Wenn Trisha es mitbekommen hat, lässt sie es sich nicht anmerken. Doch ich vermute, sie weiß alles, denn sie wirkt so zufrieden wie ein Kater, der einen Sahnetopf ausgeschleckt hat. Die Fülle an Speisen erschlägt mich. Hat sie vergessen, ich bevorzuge eigentlich schwarzen Kaffee anstelle von Pancakes mit Speck? Zumindest, wenn ich keinen elementaren Hunger anderer Art zu befriedigen habe. Oder ist das ihre Art, mir durch die Blume mitzuteilen, ich sollte verbrannte Kalorien nach der „*sportlichen Aktivität*“ vergangene Nacht wieder auffüllen. Vergangene Nacht! Einzelne Momente kommen mir in den Sinn, die mir die Röte in die Wangen treiben. Ich war unter Jacksons sinnlichem Ansturm ein vollkommen anderer Mensch. Es muss an dem Zauber liegen. Das Letzte, woran ich mich erinnere, ist, wie er meinen erschöpften Körper hochgehoben hat. Er muss mich wohl ins Bett getragen haben, wovon ich nichts mehr mitbekommen habe. Aber ich erinnere mich daran, wie gut es sich anfühlte, fest in seinen Armen zu liegen. Ein Blick zur unberührten Seite des breiten Betts zeigt mir, er hat die Nacht nicht bei mir verbracht. Warum nicht? Ich versenke meine Nase tief im Kaffeebecher und bin dankbar, dass Trisha vor sich hinplappert. Ein seltsames Gefühl hockt in meiner Brust. Eine Art Brennen. Wenn ich an Jackson denke, an seine kräftigen Hände, die wilde Verzweiflung, mit der er in mir Erlösung fand, wird das Brennen stärker. Also versuche ich lieber, mich auf mein Spiegelbild auf der Kaffeeoberfläche zu konzentrieren. Trisha berichtet davon, wie sie mit Zoe heute Bananenbrot gebacken hat und fragt mich, ob es wohl okay wäre, Zoe mit in ihr Dorf zu nehmen, um ihr ihr Zuhause zu zeigen. Ich horche auf.

„Welches Dorf? Ich dachte, du wohnst hier?“

Sie legt den Kopf schief und lächelt mich an.

„Ich habe zwar ein Zimmer hier, aber ich wohne in *Masangi*, einer Siedlung der Aborigines vom

Stamm der *Arrernte*, etwa eine halbe Stunde mit dem Auto entfernt. Sie haben mich aufgenommen. Zu Beginn habe ich hier auf der Station gewohnt. Aber das hat auf Dauer zu schlechter Stimmung zwischen Jackson und mir geführt."

Ich lache leise. „Ja, das kann ich mir vorstellen. Vielleicht kann ich ab und an bei dir wohnen, wenn mich seine schlechte Laune nervt?" Trisha kichert wie ein junges Mädchen. „Bei dir wird das nicht nötig sein, Liebes. Du hast deine eigene Methode, den Brummbären zu bekehren." Sie zwinkert mir zu und ich spüre, wie die Röte in meine Wangen steigt.

„Kein Grund schüchtern zu sein. So ist das bei Eheleuten."

Ich trinke rasch noch einen Schluck. Sie weiß doch, diese ganze Ehe ist nur arrangiert. Warum sagt sie so etwas? Krampfhaft suche ich nach einem Themenwechsel. „Kann ich mitkommen, wenn du mit Zoe zum Dorf fährst?"

Sie strahlt noch mehr. „Selbstverständlich. Aber du musst dich beeilen. Damit es sich lohnt, sollten wir in einer halben Stunde los. Dann sind wir rechtzeitig zurück, um das Abendessen vorzubereiten."

Es ist das erste Mal, dass ich die Station verlasse, seit wir in Australien angekommen sind. Obwohl links und rechts des Weges nur einförmiges Buschland ist, bin ich aufgeregt und sauge begierig jedes Detail auf. Und ich werde belohnt!

„Wow, Lou, sieh mal!“ Ich drehe den Kopf halb über die Schulter und entdecke in der Richtung, in die Zoe zeigt, eine Gruppe Kängurus. Echte, freilaufende Kängurus, die auf einer der wenigen grünen Flächen hocken und grasen, oder was auch immer sie machen. Trisha hupt zweimal und ein Ruck geht durch die Tiere. Sie hüpfen los und einige von ihnen machen wirklich hohe, lange Sprünge. Ich bin froh, im Jeep zu sitzen, Kängurus sind ganz schön groß.

„Wie lustig das aussieht, wenn sie hüpfen“, schreit Zoe begeistert. „Stimmt es eigentlich, dass Kängurus nicht rückwärtslaufen können?“, fragt sie Trisha. Die gutgelaunte Frau legt lachend den Kopf in den Nacken. „Du stellst Fragen. Das weiß ich gar nicht. Aber jetzt, wo ich darüber nachdenke: Ich habe noch nie ein Känguru rückwärtslaufen sehen. Da könnte etwas dran sein.“

Schon bald nähern wir uns dem Dorf *Masangi*. Von weitem erkenne ich, es sind höchstens zwanzig Gebäude, die wie Fremdkörper in der Landschaft stehen. Schlichte, schmucklose Häuser, die auf Funktionalität ausgerichtet sind. Solarzellen blinken auf den Dächern und neben jedem Haus steht ein Wasserspeicher.

Unser Jeep wird von Kindern umringt, als hätte sich der Premierminister zum Besuch herabgelassen.

„Du hast mich doch nicht etwa angemeldet?“, flüstert Zoe. Trisha lacht nur. „Bitte verstehe sie, hier ist es ziemlich langweilig. Da ist das hübsche Mädchen vom anderen Ende der Welt eine Sensation." Zoe grinst, wischt sich die Handflächen an ihren Jeansshorts trocken und öffnet die Tür. Sie lacht ein wenig verunsichert, als mindestens zehn Augenpaare neugierig beobachten, wie wir aussteigen und uns umschauen. Ein Junge mit schokoladenbraunen Augen und freundlichem Lächeln hält Zoe die Hand zur Begrüßung hin. Er scheint eine Art Anführer zu sein. Die anderen Kinder stehen einen Schritt hinter ihm. Er hat helle Haut und trägt khakifarbene Shorts. Sein dunkelblondes Haar ist kurzgeschoren. Ich beginne zu grübeln, ob er überhaupt ein Abkömmling der Ureinwohner ist. Doch seine nächsten Worte, beseitigen jeden Zweifel.

„Hi, ich bin Kiah. Willkommen bei meinem Stamm." Als meine überrumpelte Schwester seine Hand ergreift, scheint sich die formelle Begrüßungssituation aufzulösen. Aufgeregtes Geschnatter tritt an Stelle der angespannten Stille von zuvor. Ich sehe Zoe an, wie sie die Erscheinung der Kids, die nicht viel anders aussehen, als ihre Freunde in Chicago zur Sommerzeit gierig in sich aufsaugt.

„Hallo, ich bin Zoe. Trisha hat mich mitgebracht." Sie lacht, als ihr klar wird, wie überflüssig dieser Satz war und streift sich eine Haarsträhne hinters Ohr.

„Komm, wir zeigen dir unser Dorf", ruft Kiah Zoe zu. Mit einem kurzen Blick zu mir vergewissert sich Zoe, ob es für mich okay ist, wenn sie mit den Kindern loszieht. Ich muss mich zusammenreißen, sie nicht fortzuscheuchen, so erleichtert bin ich, dass es trotz unserer Abgeschiedenheit genug Möglichkeiten für sie gibt, Freundschaften zu schließen. Ich drehe mich strahlend zu Trisha um, die auf eine Gruppe von Frauen deutet, die aus ihren Häusern getreten sind. In ihren Händen halten sie Eukalyptuszweige. Trisha stupst mich am Ellenbogen an und führt mich auf eine Art bedachten Dorfplatz. Sie erklärt in ihrer eigentümlichen Sprache etwas. Eine der Frauen reicht mir mit einem freundlichen Lächeln einen Eukalyptuszweig.

„Das ist eine Tradition bei Gästen. Du klopfst dich mit dem Zweig ab. Das vertreibt die bösen Geister“, sagt die Frau in bestem Englisch. Zögerlich beginne ich, die Zweige leicht über meine Kleidung zu klopfen. Ein wenig kommt mir dieses Ritual dämlich vor. Als die Frauen beginnen, sich mit einer Selbstverständlichkeit ebenfalls abzuklopfen, werden meine Bewegungen beherzter. Ich bin nicht abergläubisch, wenn man mal von Liebesvodoo absieht, aber mit jedem Klopfen wird mir leichter ums Herz, bis ich in das ausgelassene Lachen der Frauen einstimme.

Die Zeit vergeht wie im Flug, als ich durchs Dorf geführt werde und in jedem Haus wie ein Ehrengast empfangen werde. Das Dorf ist nicht wohlhabend. Das sehe ich an den verwitterten Dächern und den notdürftig verlegten Stromleitungen. Doch selten ist mir eine solche Herzlichkeit entgegengeschlagen. Ein fensterloser Raum, an dessen Längsseite statt einer Tafel eine befleckte Leinwand hängt, dient als

Schule. Ich entdecke einen vorsintflutlichen Beamer an der gegenüberliegenden Wand. Auf dem Fußboden, der mit Flickenteppichen belegt ist, sitzen die Kinder, in deren Mitte ich Zoe erspähe. Sie nickt mir abwesend zu und ist auf ein Kartenspiel konzentriert, das ihr offenbar beigebracht wurde.

Etwa zwei Stunden nach unserer Ankunft, hebt Trisha die Hand mit ihrer Armbanduhr. „Wir müssen leider zurück. Ich muss das Dinner vorbereiten." Es dauert eine weitere halbe Stunde, bis wir Zoe von ihren neuen Freunden lösen können. Sie verspricht ihnen, bald wieder vorbeizuschauen. Im Rückspiegel entdecke ich Kiah, der unserem Wagen noch lange nachschaut.

„Ich glaube, da findet dich jemand toll", kann ich mir nicht verkneifen zu sagen. Zoe wird rot und funkelt mich an. Oha, die Zeit, in der ich flapsige Kommentare über Jungs machen kann, ist wohl vorbei.

Als wir auf die Station zurückkehren, überkommt mich ein warmes Gefühl. Es fühlt sich an wie Heimkommen. Vielleicht liegt es aber auch nur an der großen Gestalt, die mit Mick über eine Farmmaschine gebeugt ist. Als Trisha kurz hupt, drehen sich die beiden Männer zu uns. Jacksons Blick ruht auf mir, als wir aussteigen. Ich fühle es, obwohl ich selbst es kaum wage, ihm in die Augen zu sehen. Erinnerungen an gestern Abend lassen mein Herz höherschlagen. Wie schamlos ich mich ihm entgegengereckt habe. Wie fordernd diese starken

Hände, die jetzt so lässig in seinen Hosenbund gehakt sind, meinen Körper erkundet haben.

Bist du noch Jungfrau?

Ein wohliger Schauer löst trotz der Hitze eine Gänsehaut aus.

„Ich habe Zoe und Louisa das Dorf gezeigt", erklärt Trisha, als hätte Jackson sie um eine Erklärung gebeten. Statt einer Reaktion dreht er sich zur Maschine und nimmt das Gespräch mit Mick wieder auf, das unsere Ankunft unterbrochen hatte. Trisha runzelt die Stirn und ich versuche die Enttäuschung herunterzuschlucken, die sein Desinteresse in mir hervorruft. Offenbar hat die gestrige Nacht nichts, aber auch gar nichts geändert.

Allein Zoe hat keine Scheu, sich zu den beiden Männern zu gesellen und ihnen Löcher in den Bauch zu fragen, wofür die Maschine ist. Vielleicht sollte ich das auch tun? Aber ich bin neben dem Jeep wie festgefroren. Als Trisha, die schon ins Haus gegangen ist, nach mir ruft, erwache ich aus meiner Starre und muss mich zusammenreißen, nicht zu ihr zu rennen.

NÄCHTE

Louisa

Ein warmer Hauch von meinem Ohr den Hals hinab, lässt mich halb wach werden. Schlaftrunken hebe ich die Hand und reibe instinktiv der Spur nach. Als sich eine Hand auf meine Hüfte legt und die Matratze unter einem Gewicht nachgibt, begreift mein Hirn. Ich reiße die Augen auf. Im gleichen Augenblick legen sich warme Lippen auf meine und ersticken den erstaunten Laut. Nach der ersten Schrecksekunde, reagiert mein verräterischer Körper auf den sinnlichen Ansturm mitten in der Nacht. Es ist dunkel. Im Mondschein kann ich knapp Jacksons Umrisse erkennen. Er schmeckt nach Whiskey, als seine Zunge meinen Mund träge erforscht. Meine Erinnerung koppelt seinen wahnsinnig männlichen Duft mit äußerst angenehmen Empfindungen. Kurz verlangt mein Verstand, dass ich ihn zur Rede stelle, weshalb er mich nach der vergangenen Nacht heute Nachmittag so unbeteiligt begrüßt hat. Doch meine Hände erkunden wie von selbst seine unbedeckte Haut. Er ist nackt. Na ja, nicht ganz nackt, denn wie immer hat er eines seiner T-Shirts an. Und wenn das, was ich an meiner Hüfte spüre, das ist, was ich annehme, will er mich. Sehr. Zittrig ziehe ich zwischen unseren Küssen die Luft ein. Seine warmen Finger gleiten die Innenseiten meines Oberschenkels hinauf und es fällt mir schwer zu denken. Das T-Shirt, das mein Nachthemd ersetzt hat, wird hochgeschoben. Ein Keuchen entfährt mir, als seine Finger sich unter den Saum meines Höschens schieben und in die verräterische Feuchtigkeit tauchen, die sich innerhalb kürzester Zeit dort in Vorfreude auf ihn gesammelt hat.

„So feucht!“, stöhnt er kapitulierend. Vorbei ist es mit der Zärtlichkeit. Ungeduldig zerrt er das Stück Stoff von meinem Körper.

„Schlaf ab sofort nackt!“

Oka…ay?! Wieso turnt mich dieser knappe, dominante Befehl so an? Vielleicht, weil er damit impliziert, dass das nicht die einzige Nacht sein wird, die er sich in mein Bett schleicht. *Unser* Bett!

Er schiebt das T-Shirt über meine Brüste und senkt den Mund auf meinen rechten Busen, an dessen Spitze er gierig saugt. Das Gefühl, bringt mich dazu, mich ihm entgegenzuwölben und wie vergangene Nacht öffne ich schamlos weit die Beine.

Er hält inne und sein warmer Atem streift die benetzte Haut.

„Nicht aufhören!“, protestiere ich, umgreife seinen Nacken und ziehe ihn wieder zu meinem harten Nippel. Er lacht leise. „Keine Chance, Lou“, flüstert er zwischen zarten Bissen, während sein Daumen die empfindliche Stelle zwischen meinen Schenkeln umkreist, ohne ihr nahe zu kommen. Ich drehe die Hüften, um ihn endlich dazu zu bringen, das drängende Sehnen zwischen meinen Beinen zu erlösen. Doch er weicht mir geschickt aus. Mit unerträglicher Langsamkeit widmet er sich nun der anderen Brust und treibt mich langsam aber sicher in den Wahnsinn.

„Hör auf, mich zu quälen“, stöhne ich frustriert, obwohl ich seine Laute genieße. Es klingt fast so, als würde ich ihn genauso wild machen, wie er mich. Gerade, als ich denke, es nicht mehr länger zu ertragen, richtet er sich auf und kniet sich hin. Mit einem Ruck zieht er meinen Körper in Position. Genau wie gestern, drapiert er meine Beine um seine Hüften, bevor er in einer einzigen fließenden Bewegung in mich stößt. Mein Körper heißt ihn gierig willkommen, zieht ihn in mich hinein. Ein erleichterter Aufschrei entfährt mir, als er beginnt, rhythmisch in mich zu stoßen. Er neigt sich zu mir und erstickt jeden weiteren Laut mit seinen heißen Küssen. Ein Fieber, das diesmal nicht vom Zauber stammen kann, hat uns ergriffen, als unsere Körper der Erlösung nachjagen. Ich vergesse die Zeit. Als die Welle gleichzeitig über uns zusammenbricht, klammern wir uns aneinander, als könnten unsere Körper ansonsten zerspringen.

So schnell wie es begonnen hatte, so schnell ist es vorbei. Noch während ich nach Luft ringe, zieht er sich aus mir zurück. Bei dem Geräusch der zufallenden Zimmertür schließe ich die Augen und versuche, das Brennen, das sich dort einzunisten versucht, wegzudrücken.

„Mistkerl!“, flüstere ich in die Dunkelheit. Es hört sich zu sehr nach einem Schluchzen an.

So sehr ich ihm auch tagsüber die kalte Schulter zeige und hoffe, ihn so aus der Reserve zu locken, so schwach werde ich, wenn er mich nachts besucht. Jede Nacht. Meine Wut auf mich selbst wächst täglich. Doch jedes Mal, wenn seine fordernde Zunge meine Beine auseinanderdrängt und ihr sinnliches Spiel beginnt, der Moschusduft seiner Erregung meinen Kopf umnebelt und ich seine harten Pobacken unter meinen Fingerspitzen zittern fühle, wenn er sich in mir entlädt, ist mir alles andere egal. Die einzige Rebellion, die ich zustande bringe, ist, dass ich mein Höschen anlasse. Doch er scheint es zu genießen, es mir mit einem missbilligenden Knurren von der Hüfte zu zerren. Ein Laut, der mich noch schwächer macht. Der Sex mit meinem Ehemann ist nicht von dieser Welt. Mir ist mittlerweile egal, ob es an einem Eingeborenen-Zauber liegt oder nicht. Ich bin süchtig nach diesem Mann. Süchtig nach den unglaublichen Glücksgefühlen, die er in meinem Körper auslöst. Süchtig nach dem Vergessen, das er mir in diesen Momenten beschert. Ich bin eine andere. Nicht Lou, die ihr Studium abbrechen musste. Die ihre kleine Schwester aufgezogen hat und zwei Jobs gleichzeitig hatte, um uns über Wasser zu halten. Die ihr Land verlassen hat, weil es keine Alternative gab. Sondern Lou, die Ehefrau dieses schroffen aber sinnlichen Kerls. Die Venus des Outbacks. Oder so ähnlich. Ihr wisst, was ich meine.

Jetzt muss ich nur noch einen Weg finden, dass er mich tagsüber nicht mehr ignoriert.

Zwei Wochen später wittere ich eine Chance, als er über den Hof direkt auf mich zukommt. Das ist neu. Bisher ist er mir bei Tageslicht aus dem Weg gegangen. Ich bin gerade dabei, Unkraut im beschatteten Garten zu jäten. Die Aufgabe, die mir Trisha in den Tagen meiner Ankunft zugewiesen hat, geht mir mittlerweile leicht von der Hand. Die monotone Arbeit gibt mir Gelegenheit endlich wieder Geschichten in meinem Kopf entstehen zu lassen. Kreatives Schreiben war mein Lieblingsfach in der Uni. Ich überlege, ob ich das Angebot meines damaligen Profs wahrnehmen sollte, ihm eine meiner Geschichten zu schicken. Er hielt mein Talent für vielversprechend. Und dank der modernen Technologie ist es egal, ob ich in Chicago oder im Outback meine Geschichten schreibe und veröffentliche.

Die Gartenhacke verharrt auf halbem Wege. Er schaut mir tatsächlich in die Augen. Mir entgeht nicht, wie sein Blick anerkennend über meine Boots schweift, für die ich die Flipflops eingetauscht habe, meine erdbestäubten Beine hinaufwandert. Die Kurven meines Körpers entlang, bis er an dem hellgelben Bandana hängen bleibt, das ich um meine Locken gebunden habe, die bei der mörderischen Hitze ansonsten schlaff in meinen Augen hängen würden. Als er am Rand des Gärtchens stehen bleibt, erhebe ich mich. Ich klopfe die Erde von meinen Fingern und versuche mir nicht anmerken zu lassen, wie sehr mich diese Begegnung aufwühlt. Als ich vor ihm stehe, lege ich den Kopf in den Nacken und bin einen Moment abgelenkt vom Blau seiner Augen. Wie gut, dass ich das in der Nacht nicht sehen muss. Ich wäre noch willenloser, wenn dieser hypnotische Blick mich bannen würde. Er könnte alles mit mir machen. Alles.

„Hast du Zeit?“ Ich mache eine Geste in den Garten.

Er nickt. „Wenn du fertig bist, würde ich gern mit dir nach Timber Creek fliegen.“ Trisha hat mir von dem nächstgrößeren Ort erzählt. Ich wollte sie schon überreden, mich einmal dorthin zu fahren, so neugierig bin ich. Doch sie sagte, es lohne sich nur mit dem Flugzeug und sie hasse diese fliegenden

Konservenbüchsen. Er wendet sich bereits ab, als ich endlich reagiere.

„Wir können sofort fahren. Ich bin so gut wie fertig. Den Rest erledige ich morgen.“ Seine Laseraugen fahren noch einmal meinen Körper hinauf und hinab. Plötzlich bin ich mir der lehmverkrusteten Jeansshorts mehr als bewusst.

„Ich spring rasch unter die Dusche, dann können wir los.“

Er nickt. „Ich warte in der Küche.“

So schnell war ich noch nie geduscht und umgezogen. Als ich bereits auf dem Weg zu ihm in die Küche bin, flechte ich mir das noch feuchte Haar zum Zopf. Hinter der geschlossenen Küchentür höre ich Jacksons und Zoes Stimmen. Ich verharre einen Moment und lausche.

„Und sie beißen wirklich nicht?“ Zoes Stimme klingt ungewohnt schrill.

„Nur, wenn sie sich bedroht fühlen.“ Jacksons tiefe Stimme jagt mir einen wohligen Schauer über den Nacken.

„Aber sie sehen widerlich aus.“

Jackson brummt. „Das liegt im Auge des Betrachters. Ich finde sie ganz hübsch. Siehst du die kleinen Härchen an den Beinen? Und diese Knopfaugen. Es sind insgesamt acht. Sie glänzen so schön.“ Zoe kichert. „Du spinnst doch.“

Worüber reden sie? Jackson lacht leise. Ein Laut, der mir vertraut ist, den ich tagsüber jedoch noch nie gehört habe.

„Passt doch wunderbar, wenn ich spinne. Schau, diese hier sieht unscheinbar aus. Aber sie ist hochgiftig."

„Aber die gibt es nicht hier auf der Station, oder?"

„Was denkst du denn? Wir sind hier im Outback. Ich habe ein paar in meiner Werkstatt. Sie lieben alte Metallgeräte."

„Urgh. Wie gut, dass du den Schuppen abschließt."

„Deswegen musst du gut achtgeben, wenn du etwas anfasst, dich hinsetzt oder in deine Schuhe schlüpfst. Wir sind hier nicht in Chicago."

„In die Schuhe? Ihr *Aussies* macht mich fertig." Zoes Stimme ist noch eine Nuance schriller geworden. Mittlerweile habe ich so eine Ahnung, was das Thema ist. Wenn er doch nur mit mir so ungezwungen sprechen würde. Selbst wenn es dabei um eklige Spinnen geht.

„Wenn du sie in Ruhe ..."

Ich betrete die Küche. Jackson hebt den Kopf von dem Bildband, der aufgeschlagen auf dem Tisch liegt. Er verharrt im Satz. Ich freue mich, ihn mit meinem Outfit leicht aus dem Konzept gebracht zu haben. Ich habe mir erlaubt, mein *Hochzeitskleid* anzuziehen. Schließlich ist es so etwas wie das erste Date mit meinem Ehemann, oder? Er leert seine Kaffeetasse und springt auf.

„Lou und ich müssen etwas erledigen. Wir sehen uns später, *Chicago*? Viel Spaß in der Schule." Zoe blickt nicht hoch, so sehr faszinieren sie die Fotos. Ihr Gesicht verzieht sich, als sie das haarige Biest auf der folgenden Doppelseite betrachtet.

„Chicago?", frage ich, als ich neben Jackson Richtung Startbahn gehe. Er setzt sich eine coole Pilotenbrille auf, die seinen Coolnessfaktor verdreifacht. „Sie hat mich *Aussie* genannt. Da musste ich kontern." Ich schmunzle, weiß ich doch, dass die Australier den Begriff selbst stolz verwenden. Trisha nennt Australien sogar liebevoll *Oz*, was ich nur mit einem Zauberreich in einem Musical in Verbindung bringe. Bei der Startbahn angelangt, bin ich überrascht, als Jackson mir wie ein echter Gentleman die Tür der kleinen Propellermaschine aufhält. Da der Einstieg höher ist, deutet er auf einen Griff, an dem ich mich hochziehen kann. Als ich seine Hand etwas zu nah an meinem Hintern spüre und er mich hochdrückt, zucke ich zusammen. „Hey", rufe ich ihm über die Schulter zu.

Er grinst mich frech an. Er lächelt! Es ist, als würde die Sonne aufgehen. Schade, ich kann seine Augen wegen der Sonnenbrille nicht sehen. Vor Überraschung bleibt mir jede weitere Bemerkung im Hals stecken. Dabei wäre das der ideale Moment, ihn darauf hinzuweisen, dass er mich zum ersten Mal bei Tageslicht berührt hat. Also *berührt* berührt.

Er steigt auf der anderen Seite ein. Nachdem er sichergestellt hat, dass ich richtig angeschnallt bin, reicht er mir ein Paar Kopfhörer und setzt sich selbst welche auf. Er bedient ein paar Hebel und der

Flieger setzt sich in Bewegung. Mir wird ein wenig mulmig, als wir auf der unebenen Startbahn, die nur in den Staub gewalzt ist, hin- und hergerüttelt werden.

„Ist das auch sicher?“, frage ich. Er zuckt mit den Schultern. „Was ist schon sicher im Leben?“ Die Maschine nimmt an Fahrt auf. Ich starre ihn an. Er scheint es tatsächlich ernst zu meinen. Hab verstanden. Ich verstaue das weitere Puzzlestück von Jackson Kingsley sorgsam in meinem Gedankenarchiv: Er ist nicht so der fürsorgliche Typ, der meine Sorgen mit aufmunternden Worten vertreibt. Ich umklammere den Türgriff, als Jackson das Steuer anzieht und sich die Schnauze der kleinen Propellermaschine in die Luft hebt. Als ich die Augen wieder öffne, haben wir wohl die Flughöhe erreicht. Es ruckelt nicht mehr und das Gefühl, überlebt zu haben, hebt meine Stimmung. Unter uns sehe ich die Dächer der Station verschwinden. Und ein Stück weiter, entdecke ich Trishas Dorf. Von hier oben wird die gigantische Weite dieses Landes noch offenbarer. Außer vereinzelten Büschen, die ab und an von staubigen Straßen oder dünnen Flüssen durchzogen sind, ist hier wirklich nichts.

„Wow. Obwohl es so karg ist, ist die Landschaft wunderschön. So friedlich. Schau, da ist ein See. Könnten wir dort mal baden gehen?“ Ich zeige auf eine glitzernde Fläche weiter rechts. Jackson blickt kurz hin. Seine Miene bleibt unbewegt. „Davon würde ich dir abraten. Es sei denn, du bist scharf darauf, als Krokodilfutter zu enden."

„Krokodile?" Ich schlucke trocken. Giftige Spinnen, gefräßige Reptilien. Plötzlich sehne ich mich nach Chicago und die Natur wirkt nicht mehr so strahlend wie zuvor. Vielmehr endlos und unberechenbar. Wie kann er sich hier ohne Straßenschilder zurechtfinden? Jackson ist gewohnt schweigsam und ich bin zu beschäftigt damit, alles in mich aufzusaugen, als dass es mich stören würde. Deshalb zucke ich zusammen, als durch die Kopfhörer seine Stimme dröhnt.

TALK OF THE TOWN

Louisa

„Siehst du? Dort landen wir.“

Ich entdecke am Horizont die Ansammlung von Häusern, auf die er deutet. Es wirkt auf jeden Fall größer als Trishas Dorf. Aber irgendwie hatte ich mir mehr vorgestellt.

„Das ist die größte Siedlung hier in der Gegend?“

Er mustert mich. „Nicht gut genug für dich?“ Seine Stimme klingt kühl.

„Das ist es nicht, ich habe mir etwas ... Imposanteres vorgestellt. Eine Stadt eben. Vielleicht mit Wolkenkratzern, Verkehrschaos und einer Mall.“

„Eine *Mall*? Damit kann ich leider im Umkreis von zehn Stunden nicht dienen. Wir sind nicht in Chicago.“ Ich starre ihn an. Was ist nur los mit ihm? Wut über seine überhebliche Art kocht in mir hoch.

Selbst wenn ich mir noch vor einer halben Stunde dasselbe gedacht habe. „Nein, sind wir nicht." So ganz gelingt es mir nicht, den Trotz aus der Stimme zu halten. Ich widerstehe dem Drang, die Arme vor der Brust zu verschränken und starre auf meiner Seite aus dem Fenster. Doch die Landschaft hat an Reiz verloren. Ich schlucke den Kloß in meinem Hals hinunter. Das war wohl unser erster Ehekrach. Ich versuche zu verstehen, ob etwas an meiner Bemerkung ihn verletzt haben könnte, komme aber zu keinem Ergebnis. Er ist einfach nur blöd. Genau wie dieses blöde Tier da unten. Moment mal, ist das ein Strauß?

„Da ist ein Strauß!", rufe ich begeistert.

„Emu", korrigiert mich Jackson, ohne in die Richtung zu schauen, in die ich wild mit dem Zeigefinger steche. Er nuschelt etwas in ein Mikrofon, das von knackendem Gegengenuschel erwidert wird.

Dann halt *Emu*. Klugscheißer. Er ist blöd, blöd, blöd! Habe ich schon blöd gesagt? Blöd. Was für ein blödes Wort, das nicht besser wird, je öfter man es denkt. Vielleicht ist er eher ein Arsch? Arsch. Arsch. Auch nicht besser. Seufz. Immerhin lenkt mich das Grübeln von der nicht gerade abgefederten Landung ab und ich blicke mich erstaunt um, als Jackson den Motor drosselt. Bevor er auf die Idee kommt, mir galant aus dem Flugzeug helfen zu wollen, reiße ich die Kopfhörer ab, öffne selbst die Tür und springe in den Staub.

Ein Typ mit einem Schlapphut, der neben einem

Schuppen am Rande des Rollfelds vor einem Funkgerät sitzt, hebt die Hand. Er mustert mich neugierig. Jackson grunzt eine Begrüßung zurück und überholt mich mit langen Schritten. Er erwartet wohl, dass ich ihm folge, was ich nach einem kurzen Seufzer tue. Als ich meine erdbestäubten nackten Zehen in den Flipflops sehe, stöhne ich innerlich. Warum habe ich nicht die Boots angelassen? *Weil sie nicht zum Kleid passen, darum!* Ich kicke einen losen Stein weg und stolpere fast. Grummelnd blicke ich Jacksons breitem Rücken hinterher. Mir ist mehr als klar, ich verhalte mich gerade wie ein trotziges Kleinkind. Dabei gehört dieser Rücken zu der einzigen Person, für die ich erwachsen sein möchte.

Wie hat er es nur geschafft, dass ich so hoffnungslos in ihn verknallt bin? Ich beiße mir auf die Lippe, als ich es mir eingestehe.

Sicherlich dieser Zauber.

„Kommst du?“, ruft er mir über die Schulter zu. Was ist eigentlich sein Problem? Warum beantwortet er geduldig Zoes Fragen und akzeptiert, dass für sie alles neu ist, während er von mir verlangt, schon nach ein paar Wochen eine echte Outbackin zu sein. Sagt man so? Oder Outbackerin? Apropos. Gibt es hier eine Bäckerei? Ich sterbe vor Sehnsucht nach Donuts.

Am Anfang einer breiteren Straße, die wohl die Hauptstraße darstellt, wartet Jackson auf mich. Ich grinse. Das sieht hier aus wie Dodge City im guten alten Wilden Westen. Abgesehen von dem Straßenbelag. Yeah, Asphalt! Und Geschäfte! Immerhin ein Friseur und etwas Supermarktähnliches. Und da hinten ist tatsächlich eine Tankstelle. Wow! Ich möchte mich am liebsten in Ruhe umschauen. Doch Jackson wirkt ungeduldig. Ich straffe die Schultern und versuche, so cool wie möglich zu wirken. Als er meine Hand ergreift, bricht die Coolness wie ein Kartenhaus in sich zusammen. Er will Händchenhalten! Ich lächle und genieße das Gefühl seiner kräftigen Finger, die um meine geschlungen sind. *Er mag mich, er mag mich, er mag mich.*

„Jackson!", unterbricht eine Frauenstimme mein kurzes Glück.

„G'Day, Margaret." Mit der schon vertrauten Kopfbewegung stellt Jackson sicher, mit dem Haar die Narben zu verdecken.

„Jackson, endlich bist du wieder gesund. Ich habe dich ja schon so lange ..." Ich linse an Jackson vorbei und mustere die Frau, die ihn begrüßt hat. Jackson war krank? Ist mir neu. Er zieht leicht an meiner Hand, damit ich aus seinem Schatten trete. Das Erste, was mir an dieser Margaret auffällt, ist, dass ihr pinkes Poloshirt etwa zwei Nummern zu knapp ist. Ihr Busen wird dürftig von der kleinen Knopfleiste gebändigt, deren unterer Knopf bald abreißen wird. Eine khakifarbene Shorts ist bis zur Mitte der Oberschenkel hochgerollt. Ihr feuerrotes Haar ist in einen losen Dutt zusammengefasst, der wegen der Hitze eher traurig an der rechten Kopfseite klebt. Ich schätze sie auf Mitte dreißig. Die Art, wie sie sich kokett eine verirrte Haarsträhne hinters Ohr schiebt, lässt keinen Zweifel daran, was sie sich von Jackson erhofft. Seine Brandnarben scheinen keine Rolle zu spielen. Am liebsten möchte ich ihn triumphierend darauf hinweisen.

Jackson verstärkt den Griff um meine Hand, als wolle er mir geheime Morsezeichen geben. „Darf ich vorstellen. Das ist meine Ehefrau, Louisa Kingsley. Louisa, das ist Margaret Dwayne von der Dwayne-Station." Die Frau blickt mit wild aufgerissenen Augen erst auf mich, dann auf unsere ineinander verschlungenen Hände. Ich halte ihr meine rechte Hand entgegen.

„Sehr erfreut, Sie kennenzulernen, Margaret."

„Ich wusste ja gar nicht, dass du verlobt warst, Jackson."

„Hier im Outback duzen wir uns alle", belehrt mich Jackson zeitgleich und ignoriert Margarets Bemerkung. Er nickt, als wir uns die Hände schütteln. So als wäre eine Sache erfolgreich abgeschlossen. Dann legt er die Hand in mein Kreuz und schiebt mich bestimmt weiter. „Wir waren gerade auf dem Weg in die Bar." Margaret nickt und schließt sich uns an.

„Woher kommst du, Louisa?", fragt Margaret und versucht, mit uns Schritt zu halten. Jackson scheint es eilig zu haben. Ich bemerke ein Lächeln auf seinen Lippen. Es wirkt ... zufrieden?

„Chicago", antworte ich abgelenkt. Eine Schaufensterauslage mit vergilbten Papeterie-Artikeln hätte ich mir gern genauer angesehen. Ich liebe Schreibwaren. Zoe würde sich auch über schicke Schulhefte freuen.

„Oh, das ist ja nicht gerade um die Ecke. Wie hast du Jackson kennengelernt?“ Sie kichert nervös. Es ist mehr als klar, dass sie nach Informationshappen dürstet. Ich schätze sie so ein, dass spätestens heute Abend jeder im Umkreis von drei – nein, im Outback vermutlich fünfhundert – Meilen jedes Detail meiner Eheschließung mit Jackson kennt.

Hilfesuchend schiele ich zu ihm. Soll ich ihr etwa erzählen, wie sein Vater mich ihm quasi aufgedrängt hat? Jackson lächelt Margaret an. „Wir kennen uns schon lange. Noch aus Sydney. Louisa ist die Tochter von Freunden meiner Eltern, die vor einiger Zeit nach Chicago gezogen sind. Doch wir haben online Kontakt gehalten und ich wusste einfach, sie ist die Richtige.“

Wie bitte? Ich muss mich zusammenreißen, das Erstaunen nicht auf meinem Gesicht zu spiegeln. „Ja, genau so war es“, murmle ich.

„Das ist ja so romantisch! Und es hat dir nichts ausgemacht, hier in die Einöde zu ziehen?“ Ich lecke mir die Lippen und nehme mir vor, von jetzt an ein vollwertiges Mitglied dieser Unterhaltung zu sein.

„Einöde? Es ist ein Paradies. Diese himmlische Stille. Chicago ist so laut. Und erst die Kriminalität. Und Jackson lässt mir nicht viel Gelegenheit, Trübsal zu blasen.“ Ich schaffe es sogar, ihr vielsagend zuzuzwinkern.

Jackson gibt vor, zu husten. Doch es ist klar, dass er sich das Lachen verkneift. So langsam ahne ich, weshalb er unbedingt heute mit mir hierhin wollte. Margaret bleibt am Fuße der kleinen Holztreppe stehen, die wir erklimmen. Die Röte in ihren Wangen verrät, sie kann sich genau vorstellen, wie Jackson mir die Tage versüßt. Bislang nur die Nächte, aber das werde ich ihr nicht erzählen. Jackson hält uns beiden galant die Tür auf.

Die Bar ist exakt so, wie ich mir eine Bar im australischen Outback vorgestellt habe. Viel Holz, wenig Licht, ein Billardtisch und ein Dartboard in einer Nische, ein riesiger Bildschirm, auf dem irgendein Sportprogramm läuft, es riecht nach Bier. Schlicht, aber gemütlich. Trotz der Tageszeit ist es gut besucht.

„Ist hier immer so viel los?", frage ich Jackson über das Stimmengewirr.

„Nur am ersten Dienstag im Monat. Da treffen sich alle Rancher und Farmer der Umgebung", antwortet er, während er mich auf eine Gruppe an einem Holztisch rechts von der Bar zulenkt. Die Gruppe Frauen und zwei ältere Männer zeigen unterschiedlichste Gefühlsregungen, als Jackson seinen Arm über meine Schultern legt. „Darf ich euch Louisa vorstellen?"

„Jackson, wir dachten schon, du bist noch krank", ruft eine der Frauen und kann nicht verbergen, wie sehr sie Jacksons Arm um mich irritiert.

„Das ist Louisa. Meine Frau. Wir haben vor drei

Wochen geheiratet." Diese Verkündung läuft wie ein unsichtbarer Tsunami durch die Anwesenden. Mir scheint, die gesamte Bar hält die Luft an. Instinktiv dränge ich mich gegen Jackson, dessen Umarmung sich verstärkt. Das zufriedene Lächeln auf seinem Gesicht hat sich dort eingenistet und bestätigt meine Vermutung, dass er es genießt, diese Bombe gezündet zu haben. Eine der Frauen, offensichtlich schwanger, rückt auf der Holzbank ein Stück zur Seite. Anders als bei den anderen funkeln ihre grünen Augen freudig. Das Erste, was mir neben ihrem Lächeln auffällt, sind die entzückenden Sommersprossen, die ihren Nasenrücken übersäen. Sie wirkt nicht älter als fünfundzwanzig.

„Willkommen, Louisa. Hier ist noch frei", ruft sie und klopft auf den freien Platz neben sich. Erleichtert lächle ich sie an.

Zwei der Frauen werfen mit ihren Blicken Giftpfeile auf mich, als ich mich aus Jacksons Umarmung löse und mich an den Tisch setze. Eine andere junge Frau springt auf und kann ein Schluchzen nicht unterdrücken, als sie in den hinteren Teil der Bar flieht. Die beiden Giftnudeln folgen ihr. Ich vermute, sie werden sich im Waschraum das Maul über mich zerreißen. Jackson starrt auf den Boden und reibt sich den Nacken. Für jeden anderen sieht es so aus, als höre er den Männern zu, die die offensichtliche Spannung in der Luft mit einem Gespräch über das Geschehen auf dem Bildschirm zu überbrücken versuchen. Als ob es so spannend wäre, wie jemand mit einem Holzpaddel auf einen Ball eindrischt. Das also ist die australische Variante von Baseball. Doch mich kann Jackson nicht täuschen. Der Kollateralschaden, den seine Bombe mit sich bringt – gebrochene junge Frauenherzen –, bereitet ihm Unbehagen. Ob er doch ein Herz hat? Die Hoffnung stirbt zuletzt. Wieder fällt mir auf, wie er sich im Gespräch instinktiv zur Seite dreht, sodass seine vernarbte Seite nicht sichtbar ist. Sein Lächeln wirkt angestrengt. Er wirkt in all dem Trubel isoliert. Mit einem Mal möchte ich am liebsten zu ihm gehen. Ihm zu verstehen geben, dass, welche Dämonen ihn auch immer heimsuchen, es keinen Grund gibt, einsam zu sein. Ich bin ja da! Jackson sieht zu mir und hebt fragend die Brauen.

„Ach, noch einmal frisch verheiratet sein und sich mit Blicken verschlingen“, seufzt die Frau neben mir und ich zucke ertappt zusammen. „Ich bin Nadia und wohne mit meinem Mann Will auf der Foster-Station im Osten. Wir sind also Nachbarn. Nur hundertfünfzig Kilometer von euch entfernt.“ Meine sommersprossige Sitznachbarin lächelt mich nett an. Automatisch lächle ich auch. Vielleicht sollte ich ihr dankbar sein, dass sie mich davon abgehalten hat, zu Jackson zu stürzen. Wer weiß, wie schroff er reagiert hätte. Aus irgendeinem Grund ist er übervorsichtig und ich nehme mir vor, diese Nuss behutsam zu knacken. Ein wenig von der Anspannung, die mich seit Betreten der Bar im Griff hatte, löst sich.

„Wow, ich kenne mich zwar nur mit Meilen aus. Aber nur hundertfünfzig! So ein Glück." Wir grinsen uns an. Aus den Augenwinkeln sehe ich, wie Jackson von einer Kellnerin zwei Flaschen Bier entgegennimmt und mir eine davon hinhält. Obwohl ich eher auf eine Cola gehofft hatte, nehme ich sie dankbar entgegen. Meine Kehle ist wie zugeschnürt. Plötzlich sehne ich mich nach Zoe, die noch nie Probleme hatte, neue Freundschaften zu schließen.

„Du bist also die geheimnisvolle *Krankheit*, die Jackson befallen hat." Mit beiden Händen deutet sie Gänsefüßchen an. „Seit Monaten darf keiner mehr die Kingsley-Station besuchen und er war nicht hier." Sie zwinkert mir zu, scheint jedoch keine Antwort zu erwarten. „Der Großteil der ledigen Frauen hier hat Jackson davor regelrecht belagert, musst du wissen. Es wird eine Weile dauern, bis sich deren Enttäuschung gelegt hat. Eigentlich sind sie ganz nett."

Ich lasse den Blick schweifen und werde neugierig beäugt. Sie scheinen die Nachricht langsam zu verdauen. „Auf jeden Fall Glückwunsch, du hast den dicksten Fisch Australiens geangelt." Dicksten Fisch? Meine Frage, was sie damit genau meint, wird von Jubel abgelenkt. Die Männer der Bar liegen einander in den Armen oder lassen ihre Biere gegeneinander klingen. Rasch schaue ich zum Bildschirm, auf dem groß „*Ashes*" eingeblendet wird. Scheint der Titel des Turniers zu sein. So, wie der Großteil der Bar jubelt, liegt Australien vorn, was von dem nun eingeblendeten Spielstand bestätigt wird. Es wird eine Wiederholung der letzten Minute gezeigt, in der offenbar etwas Wichtiges geschehen ist. Fragt mich nicht, was. Immerhin haben die Spieler hübsche Pullis an.

„Du musst wissen, das ist *das* Cricket-Turnier gegen die alte Heimat England“, klärt Nadia mich auf, als sie meine Verwirrung bemerkt. „Woher kommst du? Du bist Amerikanerin, nicht wahr?“ Ich erinnere mich an Jacksons Story für Margaret. Wie wir uns seit Langem kennen.

„Ich habe zuletzt in Chicago gelebt“, antworte ich ausweichend.

Ihre Augen werden groß. „Wow. Die größte Stadt, in der ich je war, ist Darwin. An der Küste im Norden. Aber das ist natürlich nicht vergleichbar mit dem berühmten Chicago! Gibt es dort immer noch so viele Gangster?“

Kurz bin ich belustigt und möchte sie darauf hinweisen, dass das ein Klischee aus den Filmen des vergangenen Jahrhunderts ist. Ich zucke mit den Schultern. Sie erzählt mir von ihrem Leben im Outback. Wie ich es verstehe, ist sie Hebamme und versorgt ein großes Gebiet. Sie macht sich Sorgen, was werden wird, wenn sie wegen der Geburt ihres eigenen Kindes eine Weile ausfällt.

„Wow. Hebamme. Das ist sehr verantwortungsvoll.“

Sie neigt den Kopf. „Was hast du gelernt?“, fragt

sie freundlich. Ich knibble am Etikett der Bierflasche.

„Nichts Praktisches. So viel steht fest. Ich habe begonnen, Englische Literatur zu studieren. Aber dann kam das Leben dazwischen. Nach dem Tod meiner Eltern musste ich meine Schwester und mich mit Jobs über Wasser halten und fürs College reichte das Geld nicht mehr. Hier im Outback bringt es nicht so viel, zu wissen, wie sich Jane Austen von Charlotte Brontë unterscheidet." Sie lächelt freundlich und zu meiner eigenen Überraschung bin ich erleichtert, dass sie nicht enttäuscht von mir ist.

„Unterschätze nicht die praktische Wirkung von Literatur. Ich liebe Jane Austen. Und auch andere Liebesromane. Damit kann ich super abtauchen, wenn mir die Einöde auf der Station aufs Gemüt drückt. Vielleicht sollten wir einen Buchzirkel aufmachen und uns über die Geschichten austauschen? Und es kann nicht schaden, sich mit Englisch auszukennen. Ich kann dich mit Angela bekannt machen. Sie leitet die *School of the Air* in Alice Springs, die für unser Gebiet zuständig ist. Jedes Talent findet Verwendung im Outback." Ich lächle und zum ersten Mal seit Stunden kommt es mir echt vor. Ohne es zu ahnen, hat Nadia mir einen Silberstreif an Hoffnung eröffnet. Ob ich mir zutraue, Unterricht in Englisch zu geben? Die Vorstellung, dabei nicht vor einer Klasse zu sitzen, sondern in eine Kamera zu sprechen, nimmt mir den größten Schrecken. „Hast du schon einmal unterrichtet?", fragt sie und winkt jemandem am anderen Ende der Bar zu.

„Nein, leider nicht. Aber ich habe eine Menge Jobs gemacht. Ich habe Erfahrung im Kellnern, als Bürohilfe, als Putzfrau und habe in einem Briefzentrum Post sortiert. Eine klägliche Ausbeute an Berufserfahrung. Nicht sehr hilfreich im Outback, ich weiß!"

Nadia runzelt die Stirn. „Und das hat deine Familie zugelassen?" Ich verstehe nicht, was sie meint. „Meine Familie? Was hat die damit zu tun?"

„Na, ich dachte, wenn du mit Jackson verheiratet bist, kommst du ... also, wie soll ich es sagen? Bist du aus einer reichen Familie. Es ist sehr ungewöhnlich, dass du all diese Jobs gemacht hast."

Ich starre sie an. Ich sehe rasch zu Jackson. Warum sollte ich aus einer reichen Familie sein? Sie bemerkt meine Verwirrung. „Ist ja auch egal. Ich finde es super, wenn du bodenständig bist. Etwas Besseres gibt es nicht fürs Outback." Mir brennen tausend Fragen auf der Zunge. Aber Nadia hat bereits das Thema gewechselt und keine Scheu, mir intime Details aus ihrem Leben zu erzählen. Von ihrem Mann Will, ihrer Schwiegermutter, unter deren Strenge sie leidet und davon, wie sehr sie sich auf den Nachwuchs freut. So, als wäre ich tatsächlich eine Freundin. Ich fühle mich schlecht, sie mehr oder weniger zu belügen. Sie ist nett, und mit einem Mal sehne ich mich umso heftiger nach meinen Freundinnen in Chicago. Der Kontakt per Textnachrichten und die seltenen Video-Telefonate ersetzen nicht das Gefühl, mit einer Vertrauten zusammenzuhocken und Spaß zu haben.

Verstohlen beobachte ich Nadia, die ungezwungen mit den anderen Bargästen spricht. Sie ist offenbar beliebt. Immer wieder bleibt jemand stehen und erkundigt sich nach dem Stand der Dinge. Ihr scheint das Leben in der Abgeschiedenheit nichts auszumachen. Regelmäßig wandert ihre Hand zu ihrem gewölbten Bauch, den sie geistesabwesend streichelt. Sie scheint von innen heraus zu strahlen. Mein Herz klopft schneller, als mir das in den Sinn kommt, was ich die vergangenen Wochen erfolgreich verdrängt habe: Ich bin jetzt verheiratet und könnte auch ein Kind bekommen. Als wäre sie magnetisch angezogen, wandert auch meine Hand zu meinem Unterleib. Wäre ich panisch oder würde ich mich freuen? Ich hebe den Kopf und zucke zusammen, als ich Jacksons Blick begegne, der sofort zu meiner auf dem Bauch liegenden Hand geht. Sein Blick weitet sich und er wendet sich abrupt ab. Was soll das nun wieder bedeuten? Ich nehme einen weiteren Schluck und genieße das leichte Kribbeln des ungewohnten Alkohols im Blut. Doch der bittere Nachgeschmack des Biers lässt mich erschaudern. Rasch stelle ich die Flasche auf den Tisch und schiebe sie von mir. Schon wieder ertappe ich Jackson dabei, wie er alles mit nachdenklicher Miene beobachtet. Dann geht mir auf, warum. Ich sitze neben einer Schwangeren, betaste meinen Bauch und erschaudere bei Bier. Denkt er vielleicht, ich sei schwanger? Soll er denken, was er will! Der Gedanke, mit diesem Mann ein Kind zu haben, löst ein erregtes Prickeln in mir aus. Ob das Baby auch diese blauen Augen hätte?

„Darf ich dir meinen Mann William vorstellen", unterbricht Nadia mein Gedankenkarussell. Viereckig ist das Erste, das mir in den Sinn kommt, als ich William mustere. Er ist nicht besonders groß, aber muskulös und breitschultrig. Der militärisch kurze Haarschnitt, der oben auf dem Kopf ein Plateau bildet, verstärkt die Form. Seine Augen strahlen, als er erst seiner Frau einen Kuss auf die Nasenspitze gibt und mir dann zur Begrüßung die Hand hinhält. Nadia klärt ihn über alles auf. Seine Fingerspitzen streichen über den Nacken seiner Frau, als er ihr zuhört. Ich kann den Blick kaum von dieser zärtlichen Geste wenden. Genau so hat Dad immer Mom berührt. Die beiden konnten nicht nebeneinander stehen, ohne sich ihre gegenseitige Zuneigung zu zeigen. Ich will zu meiner Bierflasche greifen und bin erstaunt, dass sie schon abgeräumt wurde.

Als ich das nächste Mal zu Jackson schaue, gibt er mir mit einem Zucken seines Kinns zu verstehen, er habe genug. Nadia scheint aufrichtig zu bedauern, dass ich schon gehe. Ich wünsche ihr alles Gute für die Geburt und muss ihr versprechen sie bald zu besuchen.

„Sind ja nur hundertfünfzig Kilometer", sage ich scherzend zum Abschied.

„Das ist mit dem Flieger ein Klacks!“, erwidert sie.

„Klar, dann lern ich so schnell wie möglich fliegen!“ Sie nickt ernsthaft und versteht meinen Scherz wohl nicht.

Fasziniert beobachte ich, wie Jackson mit australischem Geld bezahlt. „Wow! Die bunten Dollarnoten sehen so schön aus. Warum gibt es in meinem Land so langweiliges Geld?“ Kaum habe ich es ausgesprochen, nagt ein Gedanke an mir: Moment, sind die USA überhaupt noch *mein* Land? Oder ist Australien mit der Heirat automatisch meine Heimat geworden?

Jackson lächelt und schiebt mich durch die Menge. „Dafür habt ihr vermutlich keine Rechtschreibfehler auf eurer Fünfzigdollarnote.“ Er hält mir einen orangefarbenen Schein unter die Nase, auf dem der Kopf einer Frau abgebildet ist und kreist mit dem Finger über schwarze Linien, die ich fast nicht als Schrift erkennen kann. „Man kann es mit dem bloßen Auge nicht sehen. Zum Glück!“ Galant hält er die Tür auf. Die Helligkeit draußen lässt mich die Augen zusammenkneifen. „Ist das jetzt bedenklich oder erholsam, wenn auch die Regierung Fehler macht?“, frage ich ihn. An der Art, wie er stutzt, scheint ihn meine Frage zu überraschen. Ja, Jackson Kingsley, ich bin zwar blond, aber nicht blöd!

AUTOPILOT

Louisa

Als wir zum Flugzeug zurückkehren, steht die Sonne schon tiefer. Ob Zoe sich Sorgen macht? Ich bereue es, mein Handy nicht mitgenommen zu haben. Ich hätte ihr Fotos von dem Ausflug zeigen können.

Gerade als ich auf der Beifahrerseite – oder sagt man Bei*fliege*rseite? – einsteigen will, hält mich Jackson zurück.

„Zeit für deine erste Flugstunde."

„Meine erste *was*?"

„Du musst ein Flugzeug beherrschen. Für den Notfall. Das sollte jeder im Outback können."

„Aber, aber ... Sollte ich nicht erst Theorie lernen? Wer im Himmel Vorfahrt hat und so?" Jackson lacht. Er wirkt unbeschwert. Ich verstehe zwar nicht, was an meiner Frage komisch war, aber es gefällt mir. Dann geht mir auf, dass er es wirklich ernst meint. Ob er meinen flapsigen Spruch zu Nadia mitbekommen hat?

„Du meinst, ich soll das Ding tatsächlich fliegen? Dir ist schon bewusst, ich könnte uns töten, oder?“ Statt einer Antwort, schiebt er mich zum Einstieg für den Piloten und diesmal kann ich mich noch nicht einmal darüber freuen, als er meinen Hintern angrapscht. Als ich die vielen runden Instrumente mit Zeigern, die Lämpchen und Schalter sehe, wird mir vor Aufregung schlecht.

„Okay, setz die Kopfhörer auf!“ Während ich mit zittrigen Fingern seiner Aufforderung folge, kippt er ein paar Schalter um, dreht an einem Zeiger und drückt ein paar Hebel. Die Maschine erwacht zum Leben und ich kann einen Aufschrei nicht unterdrücken. Das ist sicherlich die Strafe, dass ich Zoe losgelassen habe, als sie Fahrradfahren lernen sollte. Aber das ist ja nicht vergleichbar!

„Wenn wir abstürzen, sind wir eine Gefahr für Kängurus und lösen vielleicht einen Buschbrand aus. Ogottogottogott!“

Jackson schmunzelt. Das heißt, sein Mund verzieht sich zur rechten Seite. Ich nehme an, das geht als Schmunzeln durch. „Tief durchatmen. Ich bin bei dir. Du kannst gar nichts falsch machen. Ich greife sofort ein. Außerdem gibt es einen Autopiloten. Hier.“ Mit weit aufgerissenen Augen starre ich auf ein schwarzes Gerät, das genauso aussieht, wie die Geräte darüber und darunter. Verflixt. Welches war noch mal der Autopilot? *Reiß dich zusammen, Lou.*

„Den brauchen wir aber erst später. Wichtig für dich ist der Knotenmesser, das Navigationsgerät und der Altimeter." Er wedelt mit dem Zeigefinger vor den runden Tafeln hin und her.

„Altimeter, geht klar", murmle ich und schlucke die Aufregung hinunter. So alt sieht das Gerät gar nicht aus. Ob wohl der *Knotenmesser* den großen Klumpen in meinem Magen auch misst?

„Dann ist ja alles klar. Los gehts." Er hebelt herum und, begleitet von einem panischen Aufschrei meinerseits, setzt sich die Maschine in Bewegung.

„Du steuerst jetzt einfach auf die Startbahn zu."

„Moment, muss man nicht alles checken? Ob nichts kaputt ist, oder so?" Er schmunzelt.

„Das habe ich schon gemacht. Alle Kontrolllampen leuchten. Treibstoff ist okay. Die Feinheiten erklär ich dir ein andermal. Jetzt sollst du erst einmal ein Gefühl für die Maschine kriegen."

„Gefühl, okay." Ich habe Mühe, ihm zuzuhören, so sehr vibriert das Lenkrad in meinen Händen, oder wie auch immer das Teil heißt. Steuerrad? Es fest umkrallend versuche ich, das Flugzeug auf den staubigen langen Weg zu lenken.

Er greift nach dem Funkgerät. „Josh, wir sind dann auf dem Weg. Grüß Jill."

„Verstanden! Bis bald." Josh, von dem ich

annehme, dass es der Typ neben dem Rollfeld ist, klingt sehr entspannt.

„Muss man da nicht Charlie Tango Alpha oder so sagen? Gibt es keinen Tower?“

Jackson lacht wieder laut auf. Leider wage ich es nicht, den Blick von meiner Route abzuwenden, um das Schauspiel live zu betrachten. Wie schön, wenn sich wenigstens einer amüsiert. „Josh ist der Tower und er weiß ja, dass wir es sind.“

Ach so! *Schlaumeier*.

„Okay, jetzt geben wir Gas.“ Er betätigt einen Hebel und das Flugzeug beschleunigt. Wir? *Er* gibt Gas! Habe ich gesagt, ich bin damit einverstanden?

„Ogottogott!“, bricht es aus mir heraus, während ich versuche Kurs zu halten.

„Wenn du auf sechzig Knoten bist, kannst du steigen.“ Er zeigt auf ein Gerät, das ausnahmsweise mal so aussieht, wie ein Tacho beim Auto. Fast möchte ich die Nadel zwingen, nicht auf sechzig Knoten zu kommen. *Können wir nicht Plätze tauschen?*

„Jetzt!“ ruft Jackson und instinktiv ziehe ich das Steuer zu mir. Er korrigiert mich sofort, da wir ansonsten wohl im Neunzig-Grad-Winkel in den Himmel geschossen wären. „Cool bleiben, Lou.“

Mir entweicht ein Lachen. *Cool bleiben?* Es ist vielleicht der falsche Zeitpunkt, ihm zu sagen, dass ich, seit ich siebzehn war, kein Auto mehr gelenkt habe. Die Nase des Flugzeugs geht gemächlich nach oben und die Maschine hebt vom Boden ab. *Neeeiiin!! Ich bin doch noch zu jung zum Sterben.*

„Super! Es reichen dreihundert Fuß. Dann haben wir Reiseflughöhe. Mehr ist nicht nötig im Outback." Ich sehe zur Seite und beobachte, wie er an einem Gerät rumdrückt. Ah, das war der Autopilot. Glaube ich. Oder nicht?

„Schön die Flügel gerade halten!" Ich schaue nach vorn und die Erde ist nicht unter uns, sondern rechts von uns. *Ups, der Autopilot ist wohl doch noch nicht aktiviert.* Ich quieke wieder panisch auf. Jackson greift ins Steuer und bringt uns wieder in die Horizontale. Ich möchte so gern die Augen schließen, doch die Panik lässt mich nicht.

„Das war doch gar nicht so schlecht für das erste Mal!", bemerkt Jackson, als der Flieger gemütlich vor sich hin tuckert. Er lenkt ein wenig nach links, weil wir dort wohl hinmüssen. Frag mich nicht, woher er das weiß. Unter uns sieht alles gleich aus. Vielleicht kennt er jeden Fuchsbau auf weiter Flur? Gibt es hier überhaupt Füchse? Zoe hat gestern etwas über den längsten Zaun der Welt erzählt, der Dingos von den Städten der Südküsten fernhält. Aber das ist weit weg. Waren Dingos nicht diese hundeartigen Tiere, die Babys klauen?

Babys! Will ich ein Baby? Ich malträtiere mit den Schneidezähnen meine Unterlippe und mein Hirn vollführt die seltsamsten Gedankensprünge.

„Hey, Lou!" Ich zucke zusammen, als Jackson mich von weit herholt. „Wenn du dann wieder bei der Sache bist, können wir die Klappen einfahren." Er beugt sich vor und schaltet wieder rum. Ein Schwall seines Dufts weht mir in die Nase. Wie vertraut er mir nach den wenigen Wochen schon ist. „Jetzt sind wir auf Autopilot und können bis zum Sinkflug entspannen. Er deutet mit dem Kinn auf meine Finger, die noch das Steuer umkrallen.

„Sinkflug, okay", murmle ich und löse langsam meine Finger.

Das Herzrasen lässt langsam nach, obwohl ich diesem Autopiloten nicht ganz traue und die Hände parat halte.

„Ich gehe davon aus, du verhütest", sagt Jackson, nachdem es eine Weile still in der Kanzel war. So still zumindest, wie es bei laufendem Motor sein kann.

Zack. Das Herzrasen setzt wieder ein.

„Wie kommst du denn jetzt darauf?"

„Beantworte meine Frage, Lou."

Er bringt mich auf die Palme mit seiner überheblichen Art. „Findest du, das ist Frauensache? Es sind immer zwei beteiligt. ‚Making love makes babies', wie du vielleicht weißt. Und wir haben eine Menge Liebe gemacht."

Er zieht hörbar die Luft ein.

„Was denkst du denn. Natürlich verhüte ich. Ich kenne dich doch überhaupt nicht", erlöse ich ihn. *Ein Restrisiko bleibt natürlich,* füge ich in Gedanken hinzu. „Auch wenn man verheiratet ist, sollte man vielleicht zuerst einmal darüber reden, ob man Kinder will."

„Bei unserer Art von Ehe stellt sich die Frage, ob man Kinder will, wohl eher nicht."

Seine Worte sind wie ein Eiswasserguss auf meine aufkeimenden Gefühle für ihn. Unsere Ehe ist für ihn wohl wirklich nur Sex und dazu da, sich lästige Bewerberinnen vom Hals zu halten. „Du gibst uns also keine Chance?"

Er brütet vor sich hin und reagiert nicht. Je länger wir schweigend über die endlose Landschaft fliegen, desto mehr beginnt es in mir zu brodeln. Tausend Fragen wollen gefragt werden. Doch sie kommen nicht über meine Lippen. Warum fällt es mir so schwer, ihm meine Meinung zu sagen? Damit habe ich doch nie Probleme gehabt. *Los, tu es, Lou!*, sporne ich mich innerlich an. Gerade, als ich den Mund öffne, kommt er mir zuvor.

Er hebt die Hand und schaltet den Autopiloten aus. Ich bin mir deswegen sicher, dass es der Autopilot war, weil das Flugzeug sofort reagiert und zur Seite kippt. Hastig greife ich nach dem Steuer. Er klappt ein paar Hebel um. „Wir starten jetzt den Sinkflug. Viel Spaß bei der ersten Landung!"

HALLO ENDORPHINE!

Louisa

„War doch gar nicht so übel.“

Meine Hände vibrieren, so sehr umkralle ich das Steuer. Dass Menschen das freiwillig machen und sogar noch Spaß daran haben, werde ich nie verstehen. Die Staubwolke, die wir aufgewirbelt haben, senkt sich und bepudert die Scheiben. Tief durchatmen. Wow. Ich habe tatsächlich ein Flugzeug selbst gelandet! Shit, es gibt kein Video davon, das ich Cathy und Susan als Beweis schicken könnte. Das glauben die mir nie. So langsam begreife ich, dass wir überlebt haben. Ein Hochgefühl flutet meinen Körper und ich spüre, wie sich mein Mund zu einem satten Grinsen verzieht. Mein Kopf ruckt zu Jackson, der mit dem Rücken lässig gegen die Tür gelehnt ist und mich offenbar schon eine Weile beobachtet. Ein Schmunzeln umspielt seine Lippen.

„Wir leben noch!“, kreische ich und möchte gleichzeitig loskichern, so unglaublich erscheint mir das. Lebensfreude pur rast durch meine Venen. *Hallo, Endorphine!* Jackson rollt die Augen, doch das Schmunzeln bleibt. Mein Blick bleibt an seinem Mund hängen. Seine Lippen sind so, so ... *küssbar*. Auch wenn sie nicht die Dinge sagen, die ich gerne hören würde. Aber ich gebe nicht auf! Ohne weiter zu überlegen, schnalle ich mich ab, reiße den Kopfhörer von den Ohren und krabble auf Jacksons Schoß. Er hebt überrascht die Hände, doch er stößt mich nicht von sich. Wie eine Mondsüchtige lecke ich über seine sinnlichen Lippen, verkralle meine Hände in seinem Haar und lasse nicht zu, dass er den Kopf wegdreht, als meine Fingerspitzen das vernarbte Gewebe streifen. Er versteift kurz, doch ich beiße leicht in seine Lippe. Das scheint zu wirken, denn er entspannt sich merklich. Kurz darauf übernimmt er die Führung. Seine Hand umfasst meinen Nacken und dreht meinen Kopf, um mich stillzuhalten, während er den Kuss vertieft. Er schmeckt so gut! Wir knabbern, beißen und lecken einander. Seine Bartstoppeln kitzeln auf meiner Zunge. Wohlige Schauer rieseln in meinen Unterleib, als er eine feuchte Spur meinen Hals entlangzeichnet. Seine Daumen reizen meine Brustwarzen durch den Stoff des leichten Sommerkleids. Sie werden zu harten Beeren. Bald reicht mir Knutschen nicht mehr. Ungeduldig rutsche ich auf seinem Schoß hin und her und genieße die Reibung an seiner Härte, die ein Feuerwerk zwischen meinen Beinen auslöst. Es ist mir egal, wenn er an meinem Hals meinen rasenden Puls spürt. Ich will ihn. So sehr. Jetzt sofort. Als wir einen Moment Luft holen, zerren meine Finger ungeduldig an seinem Hosenknopf. Unsere Blicke treffen sich. Er legt seine Finger über meine und schüttelt den Kopf. Doch die Hitze in seinen Augen verrät ihn. Er will das hier genau so sehr wie ich. Und was ich will, das ist, so viel Lust wie möglich zu erleben. Als würde der Aufprall eines Asteroiden auf die Erde unmittelbar bevorstehen und wir hätten nur noch zehn Minuten zu leben. Ich schüttle herausfordernd den Kopf und beginne, seinen Hosenbund nach unten zu zerren, während ich gleichzeitig mein Kleid hebe. Was ist nur los mit mir? Ich bin wie von Sinnen. Es muss an der Erleichterung liegen, dass ich noch lebe.

„Hey! Da seid ihr ja wieder." Zoes näherkommende Stimme ist wie ein Eimer Eiswasser auf meine Lust. Jackson schließt kurz die Augen und stößt frustriert die Luft aus. Ich bin schneller zurück auf meinem Sitz, als man „War wohl nichts" sagen könnte.

„Bist *du* etwa geflogen?" Ich bin stolz auf meine Schwester, die blitzschnell kombiniert hat auf welcher Seite des Fliegers ich aussteige. Noch etwas benommen purzle ich aus dem Flugzeug und knalle fast auf den Boden. Am liebsten möchte ich wie der

Papst die Erde küssen. Vielleicht aber auch nur, um meine brennenden Wangen zu verbergen. Meiner Schwester scheinen unsere schuldbewussten Mienen nicht aufzufallen. Haben wir wirklich alles um uns herum vergessen?

„Ja, deine Schwester hat ihren ersten Flug absolviert." Jackson tritt neben mich und legt einen Arm um meine Schultern. Er spürt offenbar, wie weich meine Knie sind. Überrascht drehe ich den Kopf. Das ist das erste Mal, dass er mich vor Zoe berührt. Als er meinem Blick begegnet, scheint ihm aufzugehen, was er tut, und er zieht den Arm zurück. Schade.

„Ernsthaft? Wie cool. Darf ich auch mal?" Ich will gerade abwinken und sie darauf hinweisen, vielleicht erst einmal den Autoführerschein zu machen, als Jackson lacht. „Klar, warum nicht. Schlimmer als deine Schwester kannst du dich vermutlich nicht anstellen." Zoe kichert und ich boxe Jackson gespielt empört in die Seite. „Also doch. Du hast die ganze Zeit so getan, als wäre alles okay."

Er schiebt die Sonnenbrille hoch und seine Augen funkeln. Dann zuckt er mit den Schultern. „Schüler soll man loben. Das Credo meiner Mom. Sie war sehr engagiert in Schulen mit benachteiligten Kindern. Eines ihrer Charity-Projekte." Zu gern würde ich diesen Moment der Unbeschwertheit festhalten. Das ist das erste Mal, dass er von seiner Mom spricht. Die Aufregung wegen der unverhofften Flugstunde ist wie weggeblasen. „Wie war sie so, deine Mom?", frage ich. Jacksons Blick verdunkelt sich und ich kann sehen, wie er sämtliche Mauern hochzieht. „Sie ist tot. Mehr gibt es nicht zu sagen", murmelt er und lässt Zoe und mich stehen. „Ich muss vor dem Dinner noch etwas erledigen."

Seine Reaktion ist zum Haareraufen. Mit diesem Mann geht es einen Schritt vor, zwei Schritte zurück.

Zoe schiebt ihre Hand in meine. „Erzähl mir alles!" Ich wuschle ihr durch die Locken und sie lässt es geschehen, was ich mit hochgezogenen Brauen quittiere. „Na ja, vielleicht nicht gerade, wie der Knutschfleck an deinen Hals kommt." Ihre Augenbrauen wackeln wie zwei Raupen und sie kichert, als meine Hand ertappt zu der Stelle an meinen Hals fährt, an der sich Jackson vor wenigen Minuten festgesaugt hat.

Sie hakt sich bei mir unter und zieht mich Richtung Haupthaus. „Komm, Trisha hat Fleischpasteten gemacht. Ich sterbe vor Hunger! Du musst mir alles übers Fliegen erzählen." Sie ahnt gar nicht, wie gut mir ihre vertrauten Reaktionen in diesem Moment tun. Oder doch? Zoe hat einen siebten Sinn, wenn ich sie brauche. So war es immer. Wenn ich in Chicago nach erfolgloser Jobsuche abends nach Hause kam, hat sie mich mit einer Tasse Tee versorgt und sich an mich gekuschelt. Dann hat sie mir lustige Katzenvideos auf ihrem Handy gezeigt, bis ich wieder gelächelt und ihr versprochen habe, am nächsten Tag weiter mein Glück zu versuchen.

Wenn sie heulend aus der Schule kam, weil irgendein Bully sie damit aufgezogen hat, nicht das neueste Handy zu haben, war ich diejenige, an die sie sich lehnen durfte.

Wir sind einfach ein Team.

„Wie war dein erster Schultag?“, fällt mir ein, was ich sie unbedingt fragen wollte. Gemeinsam laufen wir über die staubige Rollbahn auf die Häuser zu.

Sie zuckt mit den Schultern. „*Schultag*. Schön wärs. Ich habe bei Trisha am Küchentisch gesessen und auf einen Monitor geschaut. Die Lehrerin war nett. Aber sie stand in einem Schulgebäude, das etwa drei Stunden Flug von hier entfernt ist. Und wenn ich etwas zum Unterricht beitragen wollte, musste ich erst auf einen Knopf drücken.“

„Ist doch paradiesisch! Wenn du dir den Schulweg sparst, kannst du länger ausschlafen, kannst im Schlafanzug im Unterricht hocken und kein Lehrer bekommt mit, wenn du dir in der Stunde in der Nase bohrst. Und in der Pause ist keiner gemein oder schmiert doofe Sprüche an deinen Spind.“ Bei der Anspielung auf einen unschönen Vorfall im letzten Schuljahr, als Zoe ein paar Wochen Opfer übler Mobber war, kneift sie die Augen zusammen und seufzt. „Weiß ich ja. Aber ich hätte nicht gedacht, dass es ohne andere Kinder in der Schule so langweilig ist. Ich kann nicht heimlich während der Stunde Briefchen mit einer Freundin tauschen und in der Mensa mit meiner Clique abhängen. Trisha ist ja lieb. Aber sie versteht mich einfach nicht!“

Ich schmunzle sie an. „Australische Dramaqueen?“

„Ist doch wahr! Wie soll ich so je Freunde finden? Du hast immerhin Jackson.“

„Schön wärs!“, murmle ich.

Zoe mit ihren feinen Antennen hat es trotzdem gehört. „Dein Mann steht voll auf dich. Das seh ja sogar ich.“

Ich schnaube. „Vielleicht steht er auf mich. Aber ich bin mir nicht so sicher, ob das nicht alles ist. Es ist kompliziert.“

„Hört sich nach Facebook-Status an.“ Einen Moment bin ich baff und weiß nicht, ob ich ihr um den Hals fallen oder der Wehmut nachgeben soll. Sie ist definitiv kein kleines Mädchen mehr. Mein Hals schnürt sich zusammen und ich versuche, meine Emotion mit Humor zu kaschieren. „Du kennst Facebook? Ist das nicht nur für alte Leute?“, erinnere ich sie an einen Spruch, den sie mir in Chicago reingedrückt hat. Sie kichert und verdreht die Augen. Aber sie hat den Wink, das Thema zu wechseln, verstanden, denn sie wird ernst. „Kann ich nicht mit den Kindern in Trishas Dorf in die Schule gehen?“ Ich spritze mir die staubigen Füße mit einem Schlauch ab, bevor ich das Haus betrete und lasse mir ihre Worte durch den Kopf gehen.

„Die starren doch auch nur auf einen Monitor.“

„Ja, aber immerhin sitzen sie nicht allein davor.“

Ich stoße die Luft aus. „Ich werde Trisha fragen. Mir ist noch nicht klar, wie du jeden Morgen nach *Masangi* kommen sollst. Wie es um meine Autofahrkünste steht, weißt du ja. Aber ich könnte es versuchen. Denn du kannst den Weg nicht allein zu Fuß gehen, so viel steht fest. Denk an die Monster-Kängurus." Meine Bemerkung ist nur halb im Scherz gemeint.

„Dann könnte ich mit Kiah Zeit verbringen", bricht es aus ihr heraus. Ich verkneife mir ein Grinsen. „Wie gesagt. Ich werde sehen, was sich machen lässt."

Trisha hält ein Backblech in der Hand. Von goldenem Blätterteiggebäck steigt Dampf auf, und es duftet köstlich.

Jackson betritt mit Mick und Kylie die Küche. Sein Blick ruht auf mir, während sich die beiden an den großen Küchentisch setzen, den Trisha gedeckt hat. „Setz dich zu mir, Lou", sagt er und deutet auf den Stuhl neben ihm, auf dem Kylie gerade Platz nehmen wollte. Das ist neu und es gefällt mir, wenn er mich nicht ignoriert.

„Danke", sage ich zu Kylie, die sich mit verkniffener Miene einen anderen Platz sucht. Mir liegt es auf der Zunge, sie an ihren Spruch bei meiner Ankunft zu erinnern. Sie wollte doch gut mit mir auskommen. Doch ich mag die Stimmung nicht verderben, wenn wir in der Küche essen. Das ist gemütlicher als im Esszimmer. Auch wenn ich beim Anblick des Tischs jedes Mal an die erste Nacht mit

Jackson denken muss. Mein Blick geht unweigerlich zu dem Mann an meiner Seite. Er sieht mich an. Wir tauschen ein verschwörerisches Lächeln, das einen Schwarm Schmetterlinge in meinem Bauch aufleben lässt. Ob er die gleichen Gedanken hat? Oder denkt er an unser Rummachen im Flieger? Was auch immer: Ich kann die Nacht kaum erwarten.

„Du hörst gar nicht zu!" Zoe tippt mir auf den Arm und blickt mich fragend an.

„Sorry, was hast du gesagt?"

„Mick sagt, er könnte mich zweimal die Woche morgens mit ins Dorf nehmen und nachmittags wieder abholen. Er fährt die Tour sowieso, um Vorräte dorthin zu bringen. Dann hätte ich wenigstens zwei Tage so etwas wie richtig Schule." Offenbar hat Zoe ihre Abneigung gegen Mick überwunden. „Meinetwegen, wenn das für dich okay ist."

„Ja, klar. Super. Danke, Mick." Zoe rutscht freudig auf ihrem Stuhl hin und her und schließt genüsslich die Augen, als sie den ersten Bissen Fleischpastete im Mund hat.

EINLADUNG

Louisa

Etwas ist anders. Der Arm, der schwer auf meiner Hüfte liegt. Die gleichmäßigen Atemzüge, die meinen Nacken streicheln. Langsam tauche ich aus dem Schlaf und wage kaum zu atmen, als mir klar wird, dass Jackson sich nicht wie sonst nach einer lustvollen Nacht aus dem Zimmer gestohlen hat. Und wie lustvoll sie war! Die aufgestaute Energie seit unserer Landung, geschürt von unseren Blicken beim Dinner, hat uns übereinander herfallen lassen, sobald Zoe im Bett war. Jackson hat mich in dem Moment, als ich zur Schlafzimmertür hereinkam, an sich gerissen. Die Erinnerung an die Dringlichkeit in seinen Augen lässt mich lächeln. Dass wir es bis zum Bett geschafft haben, war ein Wunder. Es folgten mehrere süße Stunden, in den wir gegenseitig unseren Körpern Lust verschafft haben. Ausgiebiger als jemals zuvor.

Ich habe ihn offenbar genauso geschafft, wie er mich. Anders kann ich mir nicht erklären, warum er nicht fort ist. Es fühlt sich gut an, jetzt in seinen Armen zu liegen. Wie ein richtiges Ehepaar. Mein Kopf liegt in seiner Halsbeuge. An meinem Rücken spüre ich, wie sich sein Brustkorb hebt und senkt. Frieden überkommt mich. Eine Weile betrachte ich den dunklen Haarflaum auf seinem Unterarm, der vor meinen Augen auf dem Kissen liegt. Die kräftige Hand, in die der Arm mündet, zuckt leicht im Schlaf. Sie ist so entspannt. Doch weiß ich, wozu diese Hand fähig ist. Ich seufze leise, als ich mich daran erinnere, wie seine Finger mich in den Wahnsinn getrieben haben. Der Laut muss ihn geweckt haben. Angespannt warte ich, wie er reagieren wird, wenn ihm bewusst wird, er liegt neben mir. Eine Weile bleibt es still. Fast höre ich seine angestrengten Gedanken. Doch er springt nicht panisch auf. Das ist ein gutes Zeichen, oder?

Etwas Warmes drückt sich in meinen Nacken und ich lächle, lächle, lächle. Seine Küsse nähern sich meiner nackten Schulter. Ich drehe den Kopf und mein Herz klopft wie wild, als sich unser Blick trifft. Ich werde bei seinem Anblick wachsweich. Wer hätte gedacht, dass der störrische Jackson Kingsley verschlafen so zauberhaft aussieht. Sein Haar ist verwuschelt. Kein Wunder, wenn ich daran denke, wie ich meine Finger hindurchgepflügt habe.

Seine Gesichtszüge sind weicher und seine Augen haben den trotzigen Glanz verloren.

„Hey, Schönheit“, flüstert er und ich muss die Emotionen zurückhalten. Das kann nur ein Traum sein. Er zieht besorgt die Brauen zusammen.

„Du bist noch da“, erkläre ich meinen aufgelösten Zustand.

„Was dagegen?“ Er grinst, so als wäre das nichts, was einer Bemerkung bedürfte.

„Ähh …“, antworte ich geistreich. Er knabbert meinen Hals entlang und macht es mir schwer, zu denken. Ich lege genüsslich seufzend den Kopf zurück, um ihm mehr Platz zu geben.

„Na also“, murmelt er zwischen seinen Liebkosungen. Mein Herz schlägt so stark gegen meinen Brustkorb, dass es wehtut. Ist das der *Turning Point* in unserer Ehe? Die klaren Gedanken versinken in dem unbeschreiblichen Gefühl, als er zärtlich zu mir ist. Dabei sollte ich die Gelegenheit nutzen, ihn endlich zu fragen, weshalb er zu Beginn so abweisend war. Und was es mit dem Unfall auf sich hat. Und warum er sich mit einer Fremden verheiratet hat? „Jackson, wir sollten …“ Er saugt an dieser Stelle unter meinem Ohr, die eine direkte Verbindung zu meinem Unterleib zu haben scheint, und ich ziehe scharf die Luft ein. Dann ist seine Zunge plötzlich weg.

„Okay. Lass uns frühstücken gehen.“ Er springt aus dem Bett und hat bereits seine Boxershorts übergestreift, bevor der Sinn seiner Worte meinen Verstand erreicht. *Waas?*

Mir muss die Enttäuschung wohl im Gesicht geschrieben stehen, denn er wirft den Kopf in den Nacken und lacht.

„Sehr witzig“, murmle ich und versuche mich zu entsinnen, wo ein brauchbares Kleidungsstück in der Nähe des Betts ist. „Okay, dann eben Frühstück“, brummle ich vor mich hin und stehe auf. Oder ich versuche es. Blitzschnell überwältigt er mich und zieht mich in die Waagerechte. Bevor ich noch begreife, was passiert ist, versenkt er sein Gesicht in meinem Schoß. Beim ersten Auftauchen, als ich schon längst ein keuchendes Bündel bin, leckt er sich den Mund. „Mhm, das Frühstück ist die wichtigste Mahlzeit des Tages.“ Ich lache, was bald in hilfloses Keuchen übergeht. Die folgende Stunde sind wir sehr beschäftigt und ich glaube, ich war noch nie im Leben so glücklich.

„Du hast Besuch“, sagt Trisha, als sie am späten Nachmittag die Zimmertür einen Spalt öffnet. Sie versucht, so höflich zu sein, nicht auf den Bildschirm zu starren, auf dem die Gesichter meiner beiden Freundinnen aus Chicago fast in die Kamera kriechen, um ja nichts zu verpassen, was auf der gegenüberliegenden Seite der Welt vor sich geht. Sie sind extra früh aufgestanden, damit wir quatschen können.

„Trisha, das sind meine Freundinnen Susan und Cathy. Mädels, das ist Trisha, die gute Seele der Station." Ich winke Trisha zu mir, die sich sichtlich freut. Nach der Vorstellung kann ich meine Neugierde nicht mehr zügeln. „Ich habe Besuch? Wen?" Ich erinnere mich daran, vor etwa einer Viertelstunde das untrügliche Motorengeräusch einer Cessna gehört zu haben. Doch ich habe deswegen nicht das überfällige Gespräch mit Susan und Cathy unterbrochen. Die beiden haben mir Löcher in den Bauch gefragt. Und endlich war mir leicht genug ums Herz, um mit ihnen zu scherzen und ihnen jedes Detail der schwierigen Annäherung zwischen Jackson und mir zu erzählen. Na ja, nicht jedes Detail. Sie haben sich so für mich gefreut. Sind sogar ein wenig quietschend auf der Couch in Susans kleinem Apartment auf- und abgehüpft. Diese verrückten Hühner! Aber ich kann seit heute Morgen das Lächeln nicht von meinem Gesicht wischen. Es hat sich dort hartnäckig festgesetzt.

„Nadia Foster, die fliegende Hebamme", antwortet Trisha. Das Kreischen meiner Freundinnen ist so schrill, dass ich befürchte, das Display würde zerspringen. Trisha grinst über beide Ohren. Ich verdrehe die Augen. Das hat sie absichtlich gemacht. Ich hebe abwehrend die Hände. „Hey, nicht, was ihr gleich denkt. Das ist einfach eine nette Frau, die ich kennengelernt habe und die mir mehr über einen Job erzählen möchte." Wir beenden das Gespräch schnell und ich folge Trisha in die Küche, in der Nadia bei einer Limonade auf mich wartet. Neben ihr sitzt eine zierliche Frau, deren wache Augen mich interessiert mustern.

„Da ist sie ja." Nadia springt auf und zieht mich in ihre Arme, als wären wir engste Freundinnen, und es stört mich überhaupt nicht. Ich fühle bei ihr genauso. „Darf ich dir Angela vorstellen", sagt sie und ich schüttle dem weiteren Gast die Hand. „Ich hatte dir doch versprochen, ich mache euch miteinander bekannt. Angela ist immer auf der Suche nach Lehrerinnen für die *School of Air*."

„Oh", sage ich, etwas überwältigt. Ich hatte nicht damit gerechnet, Angela würde sich gleich persönlich auf den Weg machen. Wohnt sie nicht in Alice Springs? Das ist Stunden entfernt.

Angela kann mir wohl ansehen, was mir durch den Kopf geht. „Ich war gerade bei Nadia, also quasi um die Ecke." Wir lachen alle drei darüber. Zoe kommt in die Küche und bleibt wie angewurzelt stehen.

„Hallo, Misses Ferguson!" Artig hält sie Angela die Hand hin. Ich brauche einen Moment, um mir zusammenzureimen, dass sie Angela selbstverständlich aus der Schule kennen muss.

„Zoe, ich hatte gehofft, dich einmal persönlich kennenzulernen. Ich versuche, deine Schwester davon zu überzeugen, bei uns Lehrerin zu werden. Was meinst du?"

Zoes Augen leuchten auf. „Au ja! Und dann bekomme ich immer gute Noten?" Wir lachen. Der

Nachmittag vergeht wie im Flug und Angela erklärt mir alles, was ich über die Technik und die Abläufe der *School of Air* wissen muss. Klingt nicht kompliziert. Wir verabreden, ich werde demnächst an drei Vormittagen in der Woche etwa zehn der älteren Schüler betreuen und mit ihnen englische Literatur und kreatives Schreiben üben. Die Aufwandsentschädigung, die ich dafür erhalte, ist ordentlich. Habe ich jemals Geld verdienen können mit etwas, das mir garantiert Spaß macht? Ich möchte am liebsten sofort loslegen. Und endlich kann ich mich an den Lebenshaltungskosten beteiligen. Zwar haben Jackson und Trisha mir versichert, das sei nicht nötig. Aber es hat an mir genagt, dass Zoe und ich uns hier durchfüttern lassen. So werde ich mich weniger wie eine *Katalogbraut* fühlen. Ich unterschreibe ein paar Dokumente und nach einer Runde Drinks winke ich Angelas und Nadias Flieger nach. Könnte der Tag noch besser werden?

Als ich zum Haus zurückkehre, entdecke ich am anderen Ende des Hofes meinen Ehemann. Er ist, wie so oft, mit Mick in ein Gespräch vertieft. Jede Nervenfaser in meinem Körper spannt sich an und richtet sich nach ihm aus. Mein Blick ist auf seine breiten Schultern geheftet und wandert langsam zu seinem knackigen Hintern hinab, in den ich heute schon meine Nägel vergraben habe. Das Stöhnen, das er von sich gibt, wenn er in mir Erlösung findet, kommt mir in den Sinn. Meine Wangen werden heiß. Wie verrucht meine Gedanken sind, seit ich mit diesem Mann verheiratet bin. Es muss an der australischen Sonne liegen, oder vielleicht jubelt mir Trisha heimlich irgendwelche Kräuter unter. Als ich näher komme, nickt mir Mick zu. Einen Herzschlag lang freue ich mich noch auf Jacksons Blick, dann bricht meine gute Stimmung wie ein Kartenhaus in sich zusammen. Außer einem flüchtigen Blick beachtet mich Jackson nicht. Er unterbricht noch nicht einmal das Gespräch! Ich könnte auch ein Känguru sein. Oder ein Schaf, so wenig beachtet er mich. Ich habe Mühe, die Tränen zurückzuhalten und schaffe es, indem ich innerlich vor mich hin fluche. So ein arroganter Arsch! Schämt er sich etwa, vor Mick zuzugeben, dass wir nun echte Eheleute sind? Sind wir das überhaupt? Er hat gesagt, es gehe ihm nur um Sex. Habe ich zu viel in diese wundervolle Nacht hineininterpretiert? Vielleicht will er es vor Mick nicht zeigen, weil er gleichzeitig was mit Kylie hat? Mein Kopfkarussell ist in voller Fahrt, als die mörderische Eifersucht sich ausmalt, wie Jackson mit Kylie „frühstückt". Ich knalle die Haustür hinter mir zu. Er soll ruhig merken, wie sauer ich bin. Heute Nacht wird er spüren, was er davon hat. Und wenn ich die Tür verbarrikadiere. Mit mir geht er nicht noch einmal so um! Wütend kicke ich die staubigen Stiefel ab und schlüpfe in die Flipflops. *Und was, wenn er dann wieder zu Kylie rennt, wenn er nicht das von dir bekommt, was er möchte?*, nagt sofort eine Stimme an mir. *Dann soll er!* Wie eine Furie stürme ich in die Küche. Zoe, deren Schulbücher auf dem Tisch ausgebreitet sind, zuckt zusammen. Trisha legt den Kopf schief und beobachtet, wie ich vor mich hin fluchend an ihr vorbeistürme und einen der frisch gebackenen Kekse in meinen Mund stopfe, die sie gerade in eine Dose packt. Hmm. Kohlenhydrate sind jetzt genau das Richtige. Wer braucht schon Liebe? Trisha öffnet den Mund, doch mein Blick hält sie von einer Frage ab. Ich greife nach einem zweiten Keks. Trisha setzt wieder an, zu sprechen. Ich hebe abwehrend die Hand und schüttle sogar den Kopf. Besser kann man doch gar nicht klarmachen, dass man nicht reden möchte. Sie seufzt und greift nach einem Briefumschlag, der mit einem Magneten am Kühlschrank befestigt war.

„Waff iff daff?", frage ich kauend. Sie grinst.

„Das wollte ich dir ja die ganze Zeit erklären. Du hast einen Brief von Henry Kingsley bekommen."

Ich verschlucke mich. Wochenlang hat sich der Mann, der mich nach Australien gelockt hat, nicht gemeldet. Und jetzt, aus heiterem Himmel, kommt ein Brief? Ich schlucke den Rest Keks hinunter und öffne das dicke, cremefarbene Büttenpapier an der Oberseite. Ich kann mich nicht erinnern, jemals einen Brief erhalten zu haben. Ich meine, einen Brief, keine Rechnung oder Schreiben des Jugendamts. Ich bin enttäuscht. Das Schreiben besteht nur aus wenigen Zeilen.

„Und, was will Henry Kingsley nun schon wieder?", fragt Zoe. Sie hat die Nase gekräuselt und kaut an ihrem Stift. Das letzte Mal, als von ihm die Rede war, habe ich ihr Leben umgekrempelt. Kein Wunder, dass sie misstrauisch ist. Ich setze ein Lächeln auf, das sie hoffentlich beruhigt. Doch es gelingt mir wohl nicht, denn sie blickt hilfesuchend zu Trisha.

„Er lädt uns ein. Jackson, dich und mich. Nach Sydney. Wir sollen ihn kennenlernen, und er plant eine kleine verspätete Hochzeitsfeier." Zoes Nase wird noch gekräuselter.

„Aber wir sind doch gerade erst hier angekommen? Wie weit ist Sydney entfernt? Kann er nicht hierhinkommen?"

Ich ziehe einen der Stühle zurück und setze mich neben sie. „Es ist doch nett, wenn er uns einlädt. Aber du hast recht, Sydney ist nicht gerade um die Ecke."

„Man braucht etwa einen Tag", bestätigt Trisha meine Worte.

„Wann soll denn das sein?", murmelt Zoe und wirkt alles andere als begeistert.

„Nächsten Freitag." Ich halte ihr den Brief hin, den sie missmutig entgegennimmt.

„Freitag? Das geht nicht. An diesem Wochenende ist doch das Dorffest. Trisha hat versprochen, dass sie mich mitnimmt und ich bei ihr schlafen kann. Ist sie etwa auch nach Sydney eingeladen?"

„Es wird sicherlich noch eine andere Gelegenheit für dich geben, an einem Dorffest teilzunehmen. Henry Kingsley ist Jacksons Vater und es ist der

Mann, der uns geholfen hat. Möchtest du ihn nicht auch kennenlernen?“

Zoe schüttelt den Kopf und springt auf. „Ich habe Kian und den anderen schon zugesagt. Da muss dieser Henry sich früher anmelden. Er kann doch nicht erwarten, wir tanzen alle nach seiner Pfeife.“ Ihre Unterlippe zittert. Das ist das erste Mal, dass ich Zoe so aufgebracht sehe. Offenbar möchte sie ihr neues Zuhause nie wieder verlassen.

„Zoe. Das ist unsere neue Familie. Möchtest du denn nicht Jacksons Vater kennenlernen?“

Ihr Blick geht zur Tür und, ohne mich umdrehen zu müssen, weiß ich, Jackson steht dort. Allein schon, weil mein Herzschlag seine Anwesenheit wie einen Trommelwirbel begleitet. Stopp! Ich bin doch wütend auf ihn.

„Was ist denn hier los?“

Zoe reißt sich zusammen und hält Jackson den Brief entgegen, den sie zerknüllt hat. Jackson greift danach und liest. Mit jeder Zeile arbeitet seine Kaumuskulatur intensiver. Das scheint nicht nur mir aufzufallen.

„Ich muss doch dort nicht hin, oder?“, fragt Zoe hoffnungsvoll.

„Nein. Das ist wieder eines seiner Spielchen“, flucht Jackson und Trisha zieht scharf die Luft ein. „Wir bleiben selbstverständlich hier. Soll *er* kommen.“ Zoe sieht triumphierend zu mir.

Ich weiß, es spricht die gekränkte Frau aus mir. Doch plötzlich, obwohl ich auch keine Lust habe, die beschwerliche Reise nach Sydney anzutreten, sticht mich der Hafer. Dieser Mann spielt dieses Kalt-und-heiß-Spiel. Soll er sehen, wie es auf der anderen Seite ist.

„Also ich werde gehen." Ich recke trotzig mein Kinn und registriere mit Genugtuung, wie sich Jacksons Brauen heben. Ich zucke nonchalant mit den Schultern. „Ich möchte meinen Schwiegervater gern kennenlernen. Es ist doch nett von ihm, uns einzuladen."

Jackson schnaubt abfällig. „*Nett*? Ich glaube, du hast noch nicht begriffen, dieser Charakterzug ist so fern von Henry Kingsley wie der Mond. Er führt etwas im Schilde. Und das wird nichts Gutes sein."

„Wie soll ich das auch begreifen? Du erzählst mir ja nichts von deiner Familie. Und du bist der Letzte, der sich über fehlende Nettigkeit aufregen sollte. Ich werde gehen. Wer mitkommen möchte, ist herzlich eingeladen." Ich schiebe lautstark den Stuhl zurück und greife nach dem Brief. Der Blick in Jacksons Augen lässt mich zusammenfahren. Er ist kalt und misstrauisch. So kalt, es schaudert mich. Instinktiv sehe ich zu Trisha. Doch die ansonsten so freundliche Frau scheint tief in Gedanken versunken. Bin ich übers Ziel hinausgeschossen? Es könnte doch eine Chance sein, dass sich Jackson mit seinem Vater versöhnt. Was auch immer zwischen ihnen vorgefallen ist. Er hat wenigstens ein lebendes

Elternteil. Wie kann er so nachlässig mit diesem Geschenk umgehen? Aber: Steht es mir wirklich zu, mich hier einzumischen? Es liegt mir auf der Zunge, alles abzublasen.

Doch, was hätte ich davon?

KÖNIG

Louisa

„Wow, das ist ja ein Palast und kein Haus! Du hast mir nicht gesagt, dass die Kingsleys die Könige von Australien sind.“ Das meinte Nadia dann wohl mit *„dickem Fisch geangelt*“. Ich kann mich nicht zurückhalten, und lehne mich aus dem Fenster, damit ich nichts von der Anfahrt auf das monströse Gebäude, das inmitten einer Parklandschaft liegt, verpasse. Vergessen ist die Erschöpfung nach der stundenlangen Anreise. Ich mache einen Schnappschuss und sehe über meine Schulter. Jackson, der den Range Rover steuert, der am Flughafen für uns reserviert war, blickt stur geradeaus. Er ignoriert mich, wie er es seit der Einladung seines Vaters getan hat. Langsam bilde ich mir ein, die kurze, schöne Phase unserer Ehe war nur ein Hirngespinst. Ich habe ihm die letzten Nächte nicht wie geplant die kalte Schulter zeigen können. Denn er ist seitdem nicht in unserem Schlafzimmer aufgetaucht. Obwohl ich cool bleiben wollte, habe ich mich jede Nacht in den Schlaf geweint. Doch seit wir auf dem Weg nach Sydney sind, regt sich Trotz in mir. Warum sollte ich nicht meinen Schwiegervater besuchen dürfen? Jackson kann nicht über mein Handeln bestimmen.

„Du hättest nicht mitkommen müssen“, sage ich zum gefühlt hundertsten Mal, während ich Zoe das Foto schicke. Er reagiert nur mit einem unbestimmten Grunzen. Ich lehne mich im Sitz zurück und seufze. Plötzlich kommt mir der eindrucksvolle Palast vor uns nur noch protzig und kühl vor. Wenn doch Zoe dabei wäre. Sie schafft es immer, den brummeligen Jackson mit ihrem Lachen aus der Reserve zu locken. Mein Lächeln kehrt zurück, als Zoe auf meine Nachricht mit *„Wow das ist ja ein Palast und kein Haus! Ist der Dad von Jackson ein König?“* antwortet. Manchmal ist es unheimlich, wie ähnlich wir denken.

Als ich aufblicke, sind wir schon am Eingang. Jackson seufzt leise, als er den Motor abdreht, so als läge eine schwere Aufgabe vor ihm. Das schlechte Gewissen nagt an mir. Doch das Mitgefühl vergeht, als er aussteigt und in der offenen Haustür verschwindet, ohne auf mich zu warten. Ja, so kenne ich meinen Mann!

Meine neuen Turnschuhe versinken im Kies. Jackson hat mich am Flughafen in Sydney neu eingekleidet. Angeblich, weil ich in meinen Jeansshorts und dem Tanktop nicht angemessen für Henry Kingsley gekleidet bin. *Angemessen*! Wie das klingt. Mein Hochzeitskleid war ebenfalls nicht schick genug. Nun trage ich ein hochgeschlossenes, ärmelloses Kleid mit gesticktem Lochmuster, das in der Taille gerafft ist. Der Stoff fällt weich. Es ist toll, und am liebsten wollte ich im Geschäft ein paar Drehungen machen, um den hellgelben Glockenrock schwingen zu lassen. Doch das Preisschild, das Jackson nicht schnell genug vor mir verbergen konnte, hat mir schlagartig die Laune verdorben. Wer bitte schön gibt tausend Dollar für ein Kleid aus, nur weil auf dem Label ein italienischer Doppelname steht? Jackson wollte noch passende hochhackige Sandalen dazu kaufen, aber ich habe insistiert. In meinem Alter wäre es völlig okay, schlichte weiße Leinenturnschuhe zu einem Kleid zu tragen. Ha! Als hätte ich gewusst, dass ich über Kies laufen muss. Ich straffe die Schultern und folge Jackson ins Haus. Eine Bedienstete wartet auf mich. Im Gegensatz zu Trisha wirkt ihr Lächeln aufgesetzt und mein eigenes wird angestrengter. Was habe ich mir nur angetan?

Ich kann nicht weiter darüber nachgrübeln, denn der Mann, mit dem ich vor meiner Ankunft in Australien einige Videocalls hatte, kommt mit einem strahlenden Lächeln eine große Marmortreppe hinab. Ich sag ja: ein König.

„Louisa, endlich! Wie freue ich mich, dich persönlich kennenzulernen." Er schließt mich in seine Arme. Ich bin so verblüfft, dass ich seine Umarmung erwidere. Wir lösen uns voneinander und er hält meine Hände fest in seinen. Er erscheint mir emotional ergriffen. Nach Jacksons Schilderungen hatte ich ein ganz anderes Bild von Henry Kingsley. Plötzlich ändert sich die Spannung in der Luft und ich weiß, Henry und sein Sohn haben sich entdeckt. Henry lässt mich los. Endlich. Ich atme auf.

„Danke für die Einladung, Henry. Ich freue mich auch sehr. Schließlich habe ich dir zu verdanken, ein neues Zuhause gefunden zu haben." Henrys Lächeln ist breit. Doch ich sehe, wie sein Blick über meine Schulter immer wieder zu seinem Sohn huscht, den er schließlich mit einer kurzen Bewegung seines Kinns begrüßt. Wenn mein Dad hier stünde, hätte ich ihn schon an mich gerissen. Aber Gefühle sind bei den Kingsleys nicht angesagt. Dann hakt Henry meinen Arm in seinen und führt mich plaudernd in einen angrenzenden Raum. Aus den Augenwinkeln sehe ich, wie Jackson uns argwöhnisch im Blick hält. In seiner Hand hält er einen Tumbler, in dem sich bernsteinfarbene Flüssigkeit befindet. Er hat seinen Vorsprung offenbar gut genutzt.

. . .

Wir sind erst bei der zweiten Vorspeise – ja, das gibt es – und ich zähle bereits die Minuten, wann dieses zähe Dinner endlich vorbei ist. Die Anstrengung der Reise macht sich bemerkbar. Ich wäre gern gestern schon angereist. Doch Jackson hat insistiert, eine Nacht reiche aus. Ich habe erst nachgegeben, als er mir eine Sightseeingtour vor dem Rückflug morgen Mittag zugestanden hat. Henry hat ein paar „Freunde" eingeladen. Doch ich habe auf dem ersten Blick gesehen, dass keine Herzlichkeit in seinem Blick ist, als er mir die Gäste vorstellt. Es scheint sich vielmehr um eine willkommene Gelegenheit zu handeln, geschäftliche Deals zu besprechen. Wie in echten Märchenfilmen sitzt Jackson am anderen Ende der Tafel. Ich habe versucht, ihm mit einem Blick darüber zum Lachen zu bringen. Doch er ignoriert mich immer noch. Ich fühle mich einsamer denn je, als mich mein Tischnachbar nach Golfplätzen in Illinois ausfragt. Als ob ich davon eine Ahnung hätte. Schnell verliert er die Geduld und wendet sich lieber seiner Tischnachbarin zur Linken zu. Mir ist es recht. Ich passe nicht hierhin. In diese oberflächliche, falsche Welt. Plötzlich kann ich bestens nachvollziehen, warum Jackson sich ins Outback zurückgezogen hat. Kein Wunder, dass er keinen Bock mehr auf diese ganze Fassade hatte. Schade, mein Telefon liegt oben im Zimmer. Ich sehne mich nach Zoe und würde mich gern mit ihr über diese ganze Veranstaltung lustig machen. Vielleicht könnte sie mir ein Foto vom Sonnenuntergang in *Masangi* schicken. Ob es wohl Tänze bei dem Dorffest gibt? Wie dumm, dumm, dumm ich war, nach Sydney zu reisen. Selbst die Aussicht, morgen die Sehenswürdigkeiten der Stadt kennenzulernen, kann mich plötzlich nicht mehr aufheitern. Dabei hat es mir Spaß gemacht, im Internet den Trip zusammenzustellen. Ich hätte Zoe mitnehmen sollen. Was, wenn mir etwas geschieht und ich sie allein auf dieser Welt zurücklasse? Beim nächsten Bissen, der nach nicht anderem schmeckt als Steak aber laut der Schwärmerei meines Tischnachbarn feinstes Kobe-Filet ist – was immer das auch ist –, beruhige ich mich. Denn zum ersten Mal nach Dads und Moms Tod weiß ich, dass Zoe bei Jackson und Trisha in guten Händen wäre. Sie würden sie sicherlich nicht fortschicken. Kurz denke ich darüber nach, aber ich weiß es einfach. Am liebsten möchte ich zu Jackson stürzen und ihm in Dankbarkeit um den Hals fallen. Mich an seinen Hals schmiegen und seinen Duft einatmen, der mir Wärme gibt. Ich schiele zum anderen Tischende, und er kann nicht schnell genug den Kopf drehen. Er hat mich beobachtet. Und plötzlich ist mir wohler. Der nächste Bissen schmeckt schon besser. Sogar köstlich. Selbst wenn mir Trishas Hochzeitsburger lieber wäre. Spätestens beim Bananensorbet an Tralala, bei dem ich mich zurückhalten muss, nicht den Teller abzuschlecken, bin ich mit dem Palastleben versöhnt. Es könnte aber auch an der Weinreise liegen, die die

Gerichte begleitet hat.

Nach dem Essen schiebt mich Henry neben Jackson, drapiert uns vor einem riesigen Kamin und erhebt sein Glas. Als Jackson seine Hand in mein Kreuz legt, fällt zum ersten Mal seit Stunden die Anspannung von mir ab. Doch als ich mich leicht zurücklehne und in die Wärme der Handfläche schmiegen möchte, zieht er sie rasch zurück. Henry verliert sich in ausgeschmückte Erzählungen, wie sehr er es bedauert habe, als meine Mom, eine liebe Freundin, den Kontinent verlassen habe, doch nun der Kreis geschlossen sei und *blablabla*. Der Alkohol macht es schwer, mit dem Blick nicht abzuschweifen und stattdessen das große Familienportrait zu studieren, das während des Essens in meinem Rücken hing. Das muss die Familie Kingsley sein. Der Mode nach, die die abgebildeten Personen tragen, ist es nicht aktuell. Die Familie hat sich auf der großen Marmortreppe im Foyer postiert. Zwei hübsche Mädchen in ähnlich konservativem Outfit blicken am Rand des Bildes mit ernstem Blick zum Künstler. Henry kann ich darauf nicht erkennen. Das Bild bestätigt meine Vermutung, dass Herzlichkeit in dieser Familie fehlt. Etwas im Blick des rechten Mädchens erregt meine Aufmerksamkeit. Da Henry meinen Namen erwähnt, bleibt mir keine Zeit, genauer hinzusehen. Aber ich kann morgen ja Jackson fragen. Der spannt sich neben mir bei jedem Wort mehr an. Die Energie, die von ihm ausgeht, macht mich wahnsinnig. Henry ist zwar ein Langeweiler. Aber so schlimm nun auch wieder nicht.

Meine Kehle ist ausgedörrt, als Henrys Ansprache auf das *schöne Paar* endlich endet. Ich leere den Champagner in einem Zug. Ganz schön beschwipst, falle ich ein paar Stunden später in das riesige Himmelbett, das in meinem Einzelzimmer auf mich wartet. Warum ich nicht mit meinem Ehemann gemeinsam untergebracht bin, habe ich nicht gefragt. Was für ein grässlicher Abend! Obwohl ich müde und benebelt bin, finde ich keine Ruhe. Ich sehne mich nach der Station. Trotz der Abgeschiedenheit des Palasts, ist durch die Nachtluft der Verkehr der großen Stadt zu hören. Der Himmel ist von Licht eingetrübt. Kein Stern ist zu sehen. Eigentlich sollte ich mich hier wohl fühlen, weil ich es aus Chicago nicht anders kenne. Doch wenn ich die Augen schließe, sehne ich mich nach den klaren, ruhigen Nächten der Station, fernab von Lichtverschmutzung.

Immer wieder kehren meine Gedanken zurück zu Jackson und der Pein, die sich den Abend über auf seinem Gesicht gespiegelt hat. Was ist nur zwischen seinem Vater und ihm vorgefallen, dass die Kluft zwischen den beiden so groß ist? Da sieht man mal: Geld macht nicht glücklich. Wenn mich meine Freunde in Chicago zu einem Festessen anlässlich meiner Hochzeit eingeladen hätten, hätte es zwar nicht sechs Gänge, sondern eher drei Pizzen in Familiengröße gegeben. Und statt Champagner hätten wir Cola oder Billigwein – *Château Migraine*, wie ihn Susan nennt – vom Laden an der Ecke getrunken. Aber es wäre ein vergnüglicher Abend mit Menschen gewesen, die ich mag und denen etwas an mir und meinem Glück liegt. Vor meinem inneren Auge sehe ich uns am Tisch sitzen und lachen. Zoe wäre dabei gewesen und Jackson hätte mich über den Rand seines Glases mit diesem verlangenden Blick angesehen ...

Ein Geräusch reißt mich aus den Gedanken. Wie zerspringendes Glas. Ein Blick aufs Display meines Telefons zeigt mir, dass ich mich erst vor einer Stunde von Jackson und Henry verabschiedet habe. Ich setze mich auf und lausche, während ich versuche, die Benommenheit durch den Alkohol abzuschütteln. Ob die beiden sich gegenseitig an die Gurgel gehen? Es wäre Jackson zuzutrauen. Von plötzlicher Unruhe ergriffen, greife ich nach dem seidenen Bademantel, der auf meinem Bett neben einer Orchidee lag. Wie in einem Hotel. Als ich auf Zehenspitzen die marmorne Treppe hinunterschleiche, höre ich Jackson, der sich offensichtlich keine Mühe gibt, seine Wut zu verbergen.

„Ich habe mein Soll erfüllt!", dringt seine dunkle Stimme durch die schwere Holztür. Henry erwidert etwas. Doch da er im Gegensatz zu Jackson nicht brüllt, kann ich ihn nicht verstehen.

Ich schleiche weiter und der Marmorboden fühlt sich kalt unter meinen nackten Füßen an. Zum ersten Mal seit ich in Australien bin, friere ich. *„Soll* *erfüllt*", was meint er damit? Etwa mich? Instinktiv ziehe ich den Bademantel enger um meine Schultern. Ich weiß, *der Lauscher an der Wand hört seine eigene Schand* und so. Aber ich kann nicht anders, als das Ohr gegen die Tür zu pressen.

FAMILIENSINN

Louisa

„… Es liegt in deiner Hand, Jackson. Du kannst nicht wollen, dass das Vermögen deiner Mutter dadurch gefährdet ist. Wir müssen uns schützen.“

„Du kannst nicht ernsthaft wieder Mom ins Spiel bringen. Es reicht!“

„Es geht auch um dein Erbe, Jackson.“

Jackson schnaubt. „Ich brauche das Geld nicht.“

„Du willst doch nicht ewig in der Pampa bleiben. Ich habe es verstanden, du wolltest mir zeigen, dass du es allein schaffst. Das habe ich zur Kenntnis genommen. Ich bin sogar stolz auf dich. Jetzt erwarte ich Familiensinn.“

„Familiensinn? Woher sollte ausgerechnet ich wissen, was das ist?“

„Es ist doch nur eine kleine Sache. Eine Unterschrift, und die Angelegenheit wäre vom Tisch. Mehr wird nicht von dir verlangt und dann kannst du meinetwegen für immer glücklich in deinem Outback leben. Du wirst sie doch soweit im Griff haben, dass du das hinbekommst."

„Im Griff haben?" Jackson lacht bitter. „Wir wissen beide, was du damit meinst. Aber ich bin nicht wie du und ich werde es hoffentlich auch niemals sein."

„Ich habe beobachtet, wie die Kleine dich anhimmelt. Sie ist total verknallt in dich. Das wird ein leichtes Spiel." Ich schließe vor Scham die Augen. Bin ich wirklich so offensichtlich?

Es ist einen Moment Ruhe und dann nähern sich Schritte der Tür. Panisch blicke ich mich im Foyer nach einem Versteck um.

„Sag bloß, sie hat dir den Kopf verdreht?" Henrys Stimme klingt kalt. Die Schritte halten an. Mein Herz pocht fast schmerzhaft gegen mein Sternum. „Ah, habe ich also ins Schwarze getroffen! Kein Wunder, die Kleine ist sexy!"

„Rede nicht so von ihr!"

Henry lässt sich offenbar nicht von Jacksons tödlichem Ton beirren. „Du solltest mir dankbar sein. Welche Frau hätte sich schon auf einen traumatisierten Loser wie dich eingelassen?" Mein Herz setzt einen Moment aus. Ich höre ein Rascheln und Henrys Keuchen und bin kurz davor, die schwere Tür aufzureißen und in den Raum zu stürzen. Nur ist mir noch nicht klar, ob ich Jackson davon abhalten soll, Henry zu erwürgen oder seinem Vater selbst die Augen auskratzen möchte. Wer spricht so mit seinem einzigen Sohn?

Eine Tür knallt. Vermutlich ist Jackson durch eine der Terrassentüren in den Garten geflohen. Henrys leises Lachen jagt mir einen Schauer über den Rücken. Das Klingen von Glas verrät mir, dass auch Henry dem Cognac zugetan ist, wenn es Stress gibt.

Ich schlüpfe durch die schwere Eingangstür nach draußen, nehme den Weg eng am Haus entlang und finde Jackson in dem kleinen Pavillon, den ich am Nachmittag von meinem Zimmerfenster aus bewundert habe.

„Ich wusste gar nicht, dass du rauchst?" Er zuckt zusammen und im Mondlicht kann ich erkennen, er benötigt einen Moment, seine Gesichtszüge unter Kontrolle zu bringen. Jeden Moment erwarte ich, dass er mich wegschickt. Wie er es in den vergangenen Tagen getan hat. Er stößt den Rauch lange aus, bevor er mich mit einer Antwort überrascht. „Tue ich nicht. Ich brauchte nur etwas zur Beruhigung und habe mich daran erinnert, dass meine Mutter früher hier einen Vorrat hatte. So schmecken sie auch." Beim nächsten Zug verzieht er das Gesicht. „Ich dachte, du schläfst schon."

Ermutigt erklimme ich die paar Stufen zum Pavillon und sein Blick streift meine nackten Beine, als ich mich neben ihn auf die marmorne Bank setze. „Gibst du mir auch eine?" Er mustert mich kurz, dann greift er unter die Bank. Ich nehme eine Zigarette aus der zerknitterten Packung.

„Danke." Er gibt mir Feuer und ich paffe ein wenig unbeholfen an dem Glimmstängel. Ich erwarte einen Kommentar, doch er sagt nichts. Gemeinsam pusten wir den Rauch in die Nachtluft. Es ist schön, neben ihm zu sitzen und nicht mehr von ihm wütend angeblitzt zu werden. Aber es schmeckt eklig und nach ein paar Zügen drücke ich die Zigarette am Boden aus. Er lacht leise und ich lächle. Dafür hat es sich gelohnt.

„Was hat er von dir verlangt?", frage ich.

Jackson spannt sich an. „Du hast also gelauscht?"

„Ihr wart nicht gerade leise."

Er stöhnt leise „Vergiss es. Es ist nichts. Ich werde es nicht tun und alles ist gut."

Ich seufze, als ich erkenne, dass auch Bohren hier nicht weiterhilft. „Ihr werdet euch wohl nie mehr vertragen, oder?" Jackson löscht seine Zigarette ebenfalls und verstaut das Päckchen wieder unter der Bank. Gerade, als ich denke, er ignoriert diese Frage, antwortet er: „Nein, ich kann ihm nicht verzeihen, was er meiner Mutter ... was er unserer Familie angetan hat. Mir ist heute klar geworden, er wird sich niemals ändern. Egal, was ich auch versuche."

Ich greife nach seiner Hand und zu meinem Erstaunen, winden sich seine Finger um meine. Ich genieße die Wärme seiner Hand, lehne mich gegen ihn und wir lauschen den Zikaden. Das Haus liegt eingerahmt von Bäumen vor uns. Nur zwei Fenster sind noch erleuchtet. „Wie ist es gewesen, hier aufzuwachsen? Den ganzen Park zum Spielen zu haben. Zoe hätte diesen Pavillon sicherlich zum Prinzessinnenschloss umgebaut und Teepartys mit ihrer geliebten Puppe *Daisy* abgehalten“, flüstere ich.

Jackson lacht leise. „Ich war selten hier. Das Haus gehörte meinen Großeltern mütterlicherseits. Ich habe nur als Kleinkind hier gelebt, kann mich aber nicht mehr daran erinnern. Als Mom und Dad nach deren Tod hier eingezogen sind, war ich bereits im Internat. Danach bin ich zur Uni nach London und war, wenn überhaupt, nur zu Feiertagen hier. Mom hat diesen Pavillon geliebt. Angeblich hat sie hier in der Kindheit mit ihrer Schwester gespielt.“ Ich lächle und stelle mir die beiden Mädchen auf dem Familienportrait vor, wie sie hier verstecken spielen.

„Wo ist deine Tante? Lebt sie noch?“

„Ich kann mich wenig an Tante Elena erinnern. Sie ist als junge Frau gestorben.“ Er seufzt. „Diese Familie ist verflucht.“ Er kramt wieder nach der Zigarettenpackung, dreht sie jedoch nur in seinen Fingern. „Er gibt mir die Schuld an Moms Tod. Und er hat recht“, sagt er unvermittelt. Ich wage kaum zu atmen. Seine Finger zittern und ich drücke sie leicht.

„Es war am Weihnachtsabend. Die Gäste der Gesellschaft waren gerade fort. Meine Eltern haben sich gestritten. Wie so oft. Mom hat Henry vorgeworfen, eine Affäre mit einer anderen Frau zu haben. Nicht das erste Mal. Dass er sie nur wegen des Geldes geheiratet hat. Du musst wissen, Henry hat den Namen Kingsley nur wegen der Hochzeit mit meiner Mutter bekommen. Er war zuerst nur ein Angestellter im Imperium der Kingsleys. Und trotzdem hatte er sich wie der König von Sydney aufgeführt. Seine Affären waren oft Thema." Er stößt die Luft aus und kickt einen Kieselstein fort. „Dad hat nur gelacht. Wie immer. Er hat so eine Art, einem das Gefühl zu geben, man mache aus einer Mücke einen Elefanten. Das hat er wirklich perfektioniert. Mom ist völlig aufgewühlt aus dem Haus gelaufen. Sie hatte getrunken und war außer sich. Sie saß schon hinter dem Steuer. Ich habe sie überredet, mich fahren zu lassen." Er fährt sich mit der freien Hand durchs Haar. Ich halte weiter die Luft an und kann mir ausmalen, wie es weitergeht.

„Es war schwer, sich aufs Fahren zu konzentrieren. Mom hat auf dem Beifahrersitz gewütet und geweint. Ich war zu sehr damit beschäftigt, sie zu beruhigen, als auf den Verkehr zu achten. Dann griff sie plötzlich ins Lenkrad, wollte sofort umkehren. Das Manöver kam so unerwartet, dass ich nicht schnell genug reagieren konnte. Wir sind frontal mit einem entgegenkommenden Lieferwagen zusammengestoßen. Zum Glück wurde der Fahrer nur leicht verletzt." Er berichtet in monotoner Stimme, teilnahmslos. So als würde er einen Polizeibericht ablesen. Ich schlucke trocken und lege meinen Kopf auf seine Schulter. „Mom ist gestorben. Und ich habe eine verbrannte Körperhälfte. Wenn wir doch nur nicht in dieses verdammte Auto gestiegen wären.“ Seine Stimme versagt.

„Dich trifft keine Schuld, Jackson“, flüstere ich.

Er lacht bitter. „Es fühlt sich nicht so an.“

Ich umfasse sein Gesicht mit beiden Händen, drehe seinen Kopf zu mir. Selbst im Dunkeln kann ich das Brennen in seinem Blick sehen. Die Zikaden übertönen das Rauschen in meinen Ohren. „Dich trifft keine Schuld“, wiederhole ich und lege meine Lippen auf seine. Er schmeckt nach Whiskey und Zigarette. Ungewohnt. Was als trostspendender Kuss beginnt, wird drängend. Mit einem kehligen, fordernden Laut hebt er mich rittlings auf seinen Schoß, vergräbt eine Hand in meinem Hintern, die andere in meinem Haar und gibt mir das Gefühl, er möchte mich ganz in sich ziehen. „Ich brauche dich, Lou“, raunt er.

„Ich bin da“, keuche ich, als ich das nächste Mal Luft hole. Ob ich ihm sagen soll, dass ich ihn auch brauche? Diese Tage ohne ihn waren unerträglich. Mir hat die Balance gefehlt, das Wechselspiel zwischen Brummeligkeit und heißen Nächten. Ich kann alles ertragen, nur nicht, von ihm ignoriert zu werden.

Begleitet von unseren fordernden Lauten und flachen Atemzügen, befreie ich ihn aus seiner Hose. Er schiebt mein Nachthemd hoch und wir seufzen beide erleichtert auf, als er mit einem Stoß ich mich eindringt. Er flüstert meinen Namen und ich fange ihn von seinen Lippen auf. In heftigen Stößen nimmt er sich, was er von mir braucht, schiebt mich vor und zurück, während er kleine Bisse meinen Hals hinabverteilt. Sein Begehren wird drängender, unkontrollierter, seine geflüsterten Worte rasend. Ich gewinne den Wettlauf und stöhne gegen die warme Haut unter seinem Ohr. Er folgt mir. Mit einem heftigen Ruck ergießt er sich in mir und vergräbt sein Gesicht zwischen meinen Brüsten, wo mein Herz für ihn schlägt.

Als sich unsere Atmung beruhigt hat, flüstert er: „Es tut mir leid." Ich weiß nicht, was genau ihm leidtut. Aber es ist auch egal. Er ist noch in mir und zum ersten Mal seit Jahren kommt eine zufriedene Ruhe über mich. Als würde sich all das Suchen, von dem ich nicht wusste, dass es mich in Unruhe versetzt hat, an den richtigen Platz fügen. Es ist so klar. Verblüfft lache ich auf.

Ich liebe ihn. Ich bin für ihn da. Für immer.

Sanft küsse ich ihn auf die Schläfe und wiege ihn in meinen Armen. Es brennt mir auf der Zunge, es ihm zu gestehen.

„*She'll be apples.* Alles wird gut", flüstere ich stattdessen den Spruch, den Trisha mir beigebracht hat, und die Zikaden halten genau in diesem Moment die Luft an.

ZU HAUSE

Louisa

Am nächsten Morgen erwache ich in Jacksons Armen, die Gliedmaßen ineinander verwoben, sein Herzschlag an meinem Ohr.

„Bist du wach?", frage ich flüsternd. Verschlafen blinzelnd lächelt er mich an und zieht mich enger an sich. Ich verdränge den Gedanken, dass ich vor nicht allzu langer Zeit schon einmal dachte, das Eis zwischen uns wäre damit endgültig gebrochen. Ich will einfach jeden kostbaren Moment mit ihm genießen. Als meine Hände träge seinen Bauch hinabwandern, begegnet mir schon auf halber Strecke des schmalen Pfads an Haaren ein willkommenes Hindernis. „Ah, du bist wach!", kichere ich und er grunzt als Antwort und drückt seine Erregung gegen meine Hand.

„Das bin nicht ich, sondern mein *Didgeridoo*“, raunt er und küsst hungrig meinen Hals entlang.

„Dein Didgeridoo, aha!“, erwidere ich grinsend.

„Probier es aus. Das Horn vibriert, wenn man oben hineinbläst und die Schwingungen verbinden dich mit dem Traumzeitvolk.“

Ich pruste los. „Erzähl mir nicht, australische Frauen fallen auf so einen platten Spruch rein. Du bist der Einzige, der durch die Schwingungen eine Traumzeit erlebt.“ Er zuckt mit den Schultern, aber seine Augen blitzen. Ich bin froh, dass die Stimmung im Vergleich zu gestern Nacht ausgelassen ist. Lachend verschwinde ich mit dem Kopf unter der Bettdecke, um ihm zu demonstrieren, dass der Spruch sehr wohl bei mir gewirkt hat. Dem aufgeregten Kribbeln zwischen meinen Beinen nach zumindest. Doch ein lautes Klopfen an der Tür lässt uns zusammenfahren.

„Steht auf ihr Schlafmützen. Es ist schon Mittag.“ Henrys Stimme klingt trotz seiner neckenden Worte kühl. Jackson erstarrt und der ausgelassene, sinnliche Moment ist vorbei.

„Mittag? O nein, unser Sightseeing!“ Ich angle nach meinem Handy und schnalze mit der Zunge. Es ist tatsächlich fast zwölf Uhr. Das werden wir bis zu unserem Abflug nicht mehr schaffen.

„Ich verspreche dir, wir holen es nach“, sagt Jackson und sein Blick ist dabei so ehrlich, dass ein Flirren in meiner Magengrube die entgangene Sydney-Tour vergessen lässt.

Wenig später nehmen wir ein schnelles Frühstück ein. Henry leistet uns Gesellschaft. Dem ungeduldigen Fingertrommeln entnehme ich den stillen Tadel, ihm seine kostbare Zeit zu stehlen. Jackson versenkt seine Nase in einer Tageszeitung, während er ungerührt an seinem Kaffee schlürft. Ich sitze auf dem Pulverfass und meine Hand zittert, als ich mir Milch in den Tee gieße. Ja, ich Kaffeesüchtige trinke tatsächlich Tee. Ich konnte den hübschen Gazebeutelchen und kleinen Kännchen nicht widerstehen. Meine Sorge, dass erneut ein Streit vom Zaun bricht, ist unbegründet. Henry und Jackson benehmen sich so, als hätte es die Auseinandersetzung am Vorabend nicht gegeben. Diese Art, mit Konflikten umzugehen, ist mir fremd. In meiner Familie wurde weitergestritten, oder man hat sich offiziell versöhnt. Ich beiße kopfschüttelnd in meinen Toast, als Henry einen großen Briefumschlag zu mir hinschiebt. „Louisa, ich bitte dich, diese Papiere durchzusehen und gegenzuzeichnen. Es sind reine Formalitäten deinen Aufenthalt hier betreffend und deine Ansprüche nach der Heirat mit meinem Sohn.“ Ich bin ein wenig überrumpelt und erinnere mich daran, dass eine Unterschrift gestern Nacht Thema des Streits war. Ich ziehe den Umschlag zu mir heran. „So etwas wie ein Ehevertrag? Ist es dazu nicht zu spät?“

Henry winkt ab, doch ich habe das Gefühl, Jackson versinkt noch mehr in seiner Zeitung.

„Mach dir keine Gedanken. Wie gesagt, nur

Papierkram, der ein wenig Ordnung in die ganzen Angelegenheiten bringt. Ich hätte mir gewünscht, dich damit nicht behelligen zu müssen. Am besten du unterzeichnest, dann hast du die Sache aus dem Kopf."

Ich bin zwar vergleichsweise jung, aber ich bin nicht dämlich. Ich straffe meine Schultern und lege den Umschlag ungeöffnet auf meinen Schoß. „Danke, Henry, ich werde mir die Sachen in Ruhe durchsehen, wenn wir wieder auf der Station sind."

Henry kneift die Augen zusammen und räuspert sich. „Das ist doch zu kompliziert, und das Porto können wir uns sparen. Wenn du magst, können wir gleich zusammen alles durchgehen. Es dauert nur zehn Minuten."

Jackson faltet geräuschvoller als nötig seine Zeitung zusammen und schiebt den Stuhl zurück. „Dad, du hast meine Frau gehört. Sie meldet sich, wenn sie alles durchgelesen hat. Jetzt ist keine Zeit, ich habe ihr versprochen, auf dem Weg zum Flughafen einen kleinen Schwenker zum Hafen zu machen. Damit sie das Wahrzeichen Sydneys wenigstens von Ferne gesehen hat." Er hält mir die Hand hin, die ich dankbar ergreife und mich von ihm hochziehen lasse. Henry scheint diese Entwicklung nicht zu gefallen. Er setzt an, etwas zu sagen, überlegt es sich aber dann anders.

„Selbstverständlich, Louisa. Nimm dir Zeit. Und wenn du Fragen haben solltest, ruf mich einfach an."

„Das mache ich, Henry. Danke für deine Gastfreundschaft und den netten Abend gestern. Ich hoffe, wir sehen uns bald wieder.“ Wie leicht mir diese Lüge fällt. *And the Oscar goes to …*

Als wir nach einer langen Rückreise endlich wieder auf der Station ankommen und ich Zoe den kleinen Ansteck-Koala überreiche, den ich am Flughafen in einem Souvenirshop entdeckt habe, ist meine Welt wieder in Ordnung. Tief sauge ich den Duft nach Eukalyptus, Schafen und australischem Busch ein.

Ich bin zu Hause.

Die Wochen fliegen dahin. Das Leben in Australien ist zu meinem Leben geworden und ich kann es verraten: Ich bin glücklich. Jackson ist aufmerksam und zärtlich, also alles, was ich in der ersten Zeit vermisst habe. Es ist sogar so, als habe es die ersten Unstimmigkeiten nie gegeben. Fast könnte ich mir einbilden, wir hätten uns auf natürlichem Wege kennengelernt. Aber mal ehrlich: Was ist heutzutage beim Dating noch normal? Meine Freundin Cathy hat ihre neue Liebe auch über ein Online-Portal getroffen, bei dem eine künstliche Intelligenz alle Vorlieben, Abneigungen und Hobbys durchgesiebt hat. Das ist doch wenig anders, als sich in einen wildfremden Mann zu verlieben, für den man ans andere

Ende der Welt gezogen ist und den man vorher nur über einen Videocall kannte, oder? Auf jeden Fall werde ich Tag für Tag mehr zur Australierin. Trisha hat mir das Rezept für den *Mud Cake* gezeigt. Mein anfangs mickriger Kräutergarten wächst und gedeiht, nachdem Mick und Jackson ein Sonnensegel für mich gespannt haben. Beim Wort „Barbie" denke ich nicht mehr an vollbusige Püppchen, sondern an das leckere Kiwi-Chutney und saftige Spareribs von Trisha. Jackson hat mir noch ein paar Flugstunden gegeben und endlich kann ich mir merken, wo der Autopilot ist. Mittlerweile würde ich mir sogar zutrauen, allein zu Nadia zu fliegen, aber Jacksons Gesichtsausdruck nach diesem Vorschlag lässt mich zweifeln.

Mick hat sein Versprechen gehalten und fährt Zoe ein paarmal die Woche zur Schule ins Dorf. Auch sie ist hier angekommen. Sie plappert abwechselnd mit mir, Trisha und Jackson über alles, was ihr in den Sinn kommt. Jackson muss schon ein Loch im Bauch haben, vor lauter Fragen. Aber es scheint ihm nichts auszumachen. Im Gegenteil, ich habe beobachtet, wie stolz er auf sie ist, wenn sie etwas nach dem ersten Erklären begreift. Er hat sein Versprechen gehalten und auch ihr das Fliegen beigebracht. Ich bin vor Sorge tausend Tode gestorben. Aber sie hat nach der Landung so gestrahlt, dass ich mir die Erleichterung nicht habe anmerken lassen. Offenbar mit wenig Erfolg, denn Jackson hat mich fest umarmt und mir einen kurzen Moment gegeben, bis sich mein Herzschlag wieder beruhigt hat. Wieder ein Moment, in dem es mir auf der Zunge lag, ihm meine Gefühle zu gestehen.

Es gibt viele davon.

Ich helfe Trisha auf der Station, wo es nur geht. Aber meine wirkliche Erfüllung habe ich als Lehrerin in der Fernschule *„School of Air“* gefunden. Nach einer kurzen Einarbeitung an der Seite von Angela, die dafür noch einmal auf die Station gekommen ist, durfte ich allein meine zehn Schüler betreuen. Zu unterrichten erfüllt mich mehr als jede andere Tätigkeit, die ich bisher ausgeführt habe. Die Kinder sind viel engagierter, als ich es aus amerikanischen Klassen kenne. Vielleicht, weil es nur wenige Schulstunden am Tag gibt und sich die Kinder ansonsten langweilen oder ihre Pflichten auf den Farmen erledigen müssen. Nicht zu vergessen, dass die Klassen sehr klein sind. Anfangs fiel es mir schwer, jedem gerecht zu werden, weil ich die Körpersprache über die Videochats schlecht lesen konnte. Die Kinder sitzen auch oft in Räumen, in denen sie nicht allein sind. Also war ich sehr abgelenkt von einer kochenden Mutter im Hintergrund oder dem ein oder anderen Familienmitglied, das in die Kamera winkte. Doch der Mensch gewöhnt sich an alles. Mittlerweile kenne ich meine Kinder und deren Familien, kann abschätzen, wann sie abgelenkt sind oder nicht und freue mich über den Elan, den sie an den Tag legen, wenn es etwas Neues zu lernen gibt.

„Lou, Telefon!“ Trisha hält mir den Festnetzhörer hin, als ich in die Küche komme. Ich verdrehe die Augen und kann mir denken, wer es ist. Seit meiner Abreise aus Sydney hat Henry gefühlt zweimal täglich angerufen und danach gefragt, ob ich die Papiere bereits unterschrieben habe. Ich werfe einen Blick auf den Umschlag, der noch ungeöffnet in der Küche liegt. Trisha gibt vor, weiter an den Pasteten zu arbeiten, die es zum Dinner gibt. Aber mir kann sie nichts vormachen. Ihre Ohren sind gespitzt.

„Louisa, wie geht es dir?“ Ich übersetze Henrys Satz mit: *hast du endlich unterschrieben?* Doch es bereitet mir eine diebische Freude, ihn jedes Mal zappeln zu lassen. Also berichte ich ausschweifend vom Frühstück, von den Schädlingen, die ich heute per Hand von den Tomaten gepflückt habe und von meiner Vormittagsklasse. Henry zeigt eine Engelsgeduld. „Und, gibt es Fragen zu den Papieren, die ich dir mitgegeben habe?“, fragt er endlich.

„Tut mir leid, ich bin noch nicht dazu gekommen“, erwidere ich wie bisher jedes Mal. Ein kaum hörbares Zungenschnalzen, das ich bei den ersten Malen für ein Hintergrundgeräusch gehalten habe, ist das einzige Zeichen seiner Ungeduld. Als ich auflege, reißt mich Trishas Kichern aus den Gedanken.

„Das ist er nicht gewohnt, glaub mir“, sagt sie.

„Was ist er nicht gewohnt?“

„Na, er muss zum ersten Mal warten. Ein Wunder, dass er noch nicht persönlich hier aufgeschlagen ist.“

Ich erschrecke. „Du meinst, das würde er tun?“

Sie zuckt mit den Schultern. „Er war noch nie hier. Aber ich habe auch noch nicht erlebt, dass er so hartnäckig jemandem hinterhertelefoniert wie dir. Normalerweise springen alle, wenn er mit den Fingern schnippt.“ Ich erschaudere bei der Vorstellung von Henry auf der Station und nehme den Briefumschlag von der Fensterbank. Vielleicht ist der Inhalt ja harmlos. Nur, dann wäre es seltsam, warum Henry darauf besteht, dass ich endlich unterschreibe. Trisha reicht mir ein spitzes Küchenmesser und ich öffne den Umschlag an der Längsseite. Wie erwartet, befinden sich darin mehrere Dokumente, die auf den ersten Blick wie Verträge zwischen mir und Henry aussehen.

Ein Dokument sieht einen hohen Betrag ein Jahr nach Eheschließung für mich vor. Vor lauter Nullen ist mir ganz schwindelig. Ich überfliege zwei weitere Verträge. „Beratervertrag, Finanzverwaltungsvertrag“, murmle ich und scanne die Seiten, die vor juristischen Begriffen nur so strotzen. Ich verstehe nur die Hälfte. Grob zusammengefasst, erhalte ich eine Summe und beauftrage Henry damit, sie zu verwalten. In einem weiteren Dokument verzichte ich auf jeglichen weiteren Anspruch am Vermögen der Kingsleys. Als ob ich den hätte! „Was soll das?

Wieso sollte mir Henry nach einem Jahr so viel Geld zahlen? Was hat er davon? Und was habe ich mit dem Vermögen der Kingleys zu tun? Hat er Angst, dass ich Jackson ausnehme?“, frage ich mich selbst. Vielleicht sollte ich meinen Mann fragen? Doch dann erinnere ich mich an den Streit an jenem Abend und die selbstzerstörerische Stimmung, in der Jackson im Anschluss war. Nein, ich sollte ihn damit nicht behelligen. Außerdem weiß ich, wie er zu den Papieren steht. Schon auf dem Weg zum Flughafen in Sydney musste ich ihn davon abhalten, den Umschlag ungelesen fortzuwerfen. „Ich traue ihm nicht. Und du solltest es auch nicht“, waren seine Worte, als ich den ramponierten Umschlag aus dem Abfallkorb an einer Tankstelle geborgen habe.

„Kennst du jemanden, der sich mit juristischem Kram auskennt?“, frage ich Trisha. Sie tippt sich an die Stirn, während sie nachdenkt. „Frag Roger, der ist Jurist.“

Ich lache auf. „Wow. Standesbeamter, Tierarzt und jetzt auch noch Jurist? Vielleicht hätte ich besser Roger heiraten sollen?“

„Zu spät!“, ertönt Jacksons tiefe Stimme von der Küchentür. Er gibt mir einen besitzergreifenden Kuss, der mir die Knie aufweicht. Zum Glück sitze ich. Sein Blick schweift über die Dokumente auf dem Tisch. Scheinbar unbeteiligt, geht er zur Spüle und schrubbt sich die Hände. Doch mich kann er nicht täuschen. Er hat sie gesehen und er weiß, dass ich heute kapituliert und den Umschlag geöffnet habe. Ich habe mittlerweile feine Antennen für seine Stimmungen. An der Art, wie er die Schultern hochzieht und die Kiefer zusammenpresst, merke ich ihm die plötzliche Anspannung an. Ich wechsle einen Blick mit Trisha, die es ebenfalls bemerkt haben muss.

„Außerdem steht Roger eher auf Jackson", versucht Trisha, die Stimmung aufzulockern. Dass Roger schwul ist, habe ich mir schon beim letzten Besuch in der Bar gedacht, als ich beobachtet habe, wie er nur Augen für einen jungen Mann hatte, der laut Jackson neu in der Runde war.

Jacksons Lächeln gerät schief. Brummelnd verlässt er die Küche, und ich bin froh, ihn nicht mit hineingezogen zu haben.

„Gib ihm Zeit. Alles, was mit Henry zu tun hat, macht ihn misstrauisch und übellaunig. Aber seit du da bist, ist es schon viel besser geworden, glaub mir", sagt Trisha. Ich zucke mit den Schultern. Es ärgert mich, dass er mir noch nicht traut. Nach all der Nähe, die sich in den vergangenen Wochen zwischen uns eingestellt hat. Oder habe ich mir das wieder nur eingebildet? Der Mann macht mich wahnsinnig. Ich habe mich für eine selbstbewusste Frau gehalten. Aber dieser Tanz auf rohen Eiern, wenn es darum geht, Themen zu meiden, verunsichert mich einfach. Es ist noch viel zu tun in unserer Beziehung. „Es ist schon fünf. Ist noch etwas von dem Gin da?", frage ich, als ich die Dokumente wieder in den Umschlag stopfe. Mir doch egal, wenn sie zerknittern. Seit Sydney habe ich keinen Alkohol mehr angerührt. Doch jetzt gerade sehne ich mich nach einem kleinen Schwips. Trisha zieht eine Schnute und schüttelt den Kopf. „Das solltest du in deinem Zustand lieber sein lassen.

VERTRAG

Louisa

Trishas Worte sind wie ein Stromschlag. Zustand? Was meint sie? Meine Hand geht instinktiv zu meinem Bauch. *Bin ich etwa schwanger?* Da Jackson und ich es wie die Karnickel treiben, würde es mich nicht wundern. Aber fühlt man sich nicht ganz anders, wenn man schwanger ist. Morgendliche Übelkeit und so? Und woran meint Trisha, es zu erkennen? Heute Morgen im Badezimmerspiegel ist mir nichts aufgefallen. Also kein Leuchten in den Augen oder ein Bäuchlein oder so. Allerdings sind meine Brüste sehr empfindlich. Ist es das? Mein Herzschlag legt einen Takt zu. O mein Gott. Könnte es wirklich so sein?

„Wie kommst du darauf? Bist du sicher?", frage ich sie.

Sie zuckt mit den Schultern. „Sicher ist nur der Tod.“

Toller Spruch! Frustriert schiebe ich den Stuhl zurück.

„Ich nehme an, es gibt keinen Drogeriemarkt in der Nähe, der vierundzwanzig Stunden am Tag geöffnet hat?“

„Nein. Da du meinem Urteil nicht traust, könntest du etwas bestellen oder, wenn es sehr dringend ist, kommen die *Flying Doctors*. Aber ich würde es nicht riskieren, sie wegen eines Schwangerschaftstests herzubemühen. Vielleicht könnte Nadia dich beim nächsten Besuch untersuchen?“

Mist, das hört sich so an, als müsse ich mich mindestens zwei Wochen gedulden, bis ich Gewissheit habe. Trisha ist mit der Natur stark verbunden, wie alle in ihrem Stamm. Ich muss ihr glauben. Doch Gewissheit wäre besser. Plötzlich habe ich das dringende Bedürfnis für mich zu sein.

Wenig später liege ich in unserem Bett und bin mir nicht mehr so sicher, ob es eine gute Idee war, allein zu sein. Meine Gedanken nehmen an Fahrt auf. Wenn es stimmt, was wird Jackson sagen? Hat er seine Meinung geändert, seit wir das letzte Mal dieses Thema hatten? Ist er bereit für ein Kind?

Falls nicht, hätte er es sich vorher überlegen sollen.

Trotz meiner Aufgewühltheit kommt plötzlich bleierne Müdigkeit über mich. Meine Lider fühlen sich an, als würden Gewichte sie nach unten ziehen. Ich gebe auf und flüchte mich in den Schlaf.

Als ich am nächsten Morgen die Augen aufschlage, fühle ich mich nicht wesentlich ausgeruhter. Jackson steht angezogen vor mir und mustert mich mit kritischem Blick.

„Guten Morgen“, krächze ich.

„Was ist mit dir los?“ fragt er. Sofort kommt meine Grübelei von gestern wieder hoch. Ich richte mich auf und schlinge das Laken wie ein Schutzschild um mich. In diesem Moment beschließe ich, Jackson erst etwas zu sagen, wenn ich sicher bin. Wozu ihn unnötig beunruhigen?

„Nichts, was soll sein?“

„Du warst nicht beim Dinner und mir scheint, das Frühstück willst du auch verschlafen. Bist du krank?“ Ich schüttle den Kopf. Es liegt mir auf der Zunge zu sagen: *Nein, im Gegenteil.* Aber ich lasse es. „Nein, es war nur ein bisschen viel in letzter Zeit und ich musste einmal durchschlafen. Dazu komme ich ja sonst nicht.“ Ich zwinkere ihm zu und hoffe, die Anspielung auf unsere heißen Nächte lenkt ihn ab. Er lächelt und schon will ich mich entspannen, als sein Blick auf den Umschlag fällt, den ich gestern nach meiner Flucht aus der Küche achtlos auf meinen Nachttisch geworfen habe.

„Ist es Henry? Macht er dir Stress?“ Jacksons Stimme klingt gepresst.

„Nein." Ich lasse das Laken sinken. Sofort senkt sich sein Blick auf meine Brüste. Ich kann fast sehen, wie sich sein Blick vor Lust verdunkelt.

„Vergiss Henry und komm her. Gib mir endlich einen Kuss", flüstere ich und streife das Laken ab. Seine Brust hebt und senkt sich sichtbar, als er meinen nackten Körper betrachtet. Ich winde mich unter seinem Blick. Als er immer noch keinen Schritt auf mich zumacht, umfasse ich meine Brüste und beginne schamlos, sie zu kneten. Dieser Mann lässt mich fühlen wie Venus persönlich. Mit einem kapitulierenden Knurren stürzt er sich auf mich und für eine Stunde entfliehe ich selig der Wirklichkeit.

„Kaffee?", frage ich, als sich unsere Atmung beruhigt hat.

Er grinst „Du bist ein Engel!"

Ich greife nach einem T-Shirt. In der Küche treffe ich auf Kylie, die aus dem Fenster starrt. Sie zuckt vor Schreck zusammen, als ich sie anspreche. Offenbar war sie innerlich meilenweit weg. „Sorry, ich will nur einen Kaffee holen." Ihr Blick scannt einmal über meinen Körper. Mir ist bewusst, dass ich genau nach dem aussehe, was ich getan habe. Mein Haar wird ein Vogelnest sein, meine Lippen geschwollen und die Wangen sind, dem leichten Brennen nach, von Jacksons Bartstoppeln leicht angeraut. Es ist mir gleich. Ich weiß, meine Augen leuchten vor Glück. Und darauf kommt es an. Nach den letzten Jahren habe ich ein wenig Glück verdient. Ich recke herausfordernd das Kinn und Kylie trifft die weise Entscheidung, ihren Mund zu halten.

Mit zwei vollen Bechern kehre ich ins Schlafzimmer zurück. Jackson ist eingedöst, und ich gönne mir ein paar Sekunden den Anblick zu genießen. Das T-Shirt, das er immer trägt, ist hochgerutscht und gibt ein wulstiges Narbengewebe über seiner rechten Hüfte frei. Ich nehme an, die Narben ziehen sich über seine komplette rechte Seite. Das habe ich mir schon gedacht, wenngleich ich nicht verstehe, weshalb er meint, es vor mir verbergen zu müssen. Mein Herz zieht sich zusammen, als ich mir ausmale, welche Schmerzen und welches Trauma er durchlebt haben muss. Behutsam stelle ich die Tassen ab und ziehe mein Shirt über den Kopf. Ich setze mich nackt neben ihm aufs Bett und präge mir jeden Inch seines Körpers ein. Plötzlich kann ich nicht widerstehen und streiche mit den Fingerspitzen sanft über die empfindliche Haut. Jackson reißt die Augen auf und dreht sich blitzschnell zur Seite. Vom anderen Ende des Betts starrt er mich finster an.

„Sorry, ich wollte dir nicht wehtun." Ich hebe beide Hände in einer beruhigenden Geste, wie ich es bei einem sprungbereiten Raubtier machen würde.

„Dir ist klar, das ist eine Grenze, die du nicht überschreiten sollst."

„Aber es hat nicht wehgetan?“, ignoriere ich seine Worte.

„Nein, aber darum geht es nicht. Es geht um Vertrauen.“ Er schnaubt und springt aus dem Bett. Dabei stößt er gegen den Nachttisch und der Umschlag fällt hinunter. Jackson starrt auf die Dokumente, die sich aufgefächert haben. Mit dem Rücken zu mir, schlüpft er in seine Jeans. Ich lege ihm die Hand auf die Schulter. „Hey, warum bist du so gereizt? Wenn du willst, werfe ich den Umschlag weg.“

„Du hattest schon mehr als drei Wochen Gelegenheit dazu. Offenbar liegt dir daran, bei Henry hoch im Kurs zu stehen. Immerhin hast du ihm den Wunsch erfüllt, mich zu heiraten. Was habt ihr noch ausgemacht?“

Seine Worte treffen mich wie ein Faustschlag in den Magen. Wie kann er jetzt wieder zehn Schritte zurückgehen? Ich schlucke eine bissige Erwiderung hinunter und versuche, einen klaren Kopf zu bewahren.

„Du musst mir endlich vertrauen, Jackson. Du bist mir wichtig. Sehr. Willst du dich unser ganzes Eheleben vor mir verstecken? Willst du ewig darauf herumreiten, aus welchen Motiven ich dich geheiratet habe?“

„Unser *ganzes Eheleben*!“, schnaubt er abfällig. „Wir haben nur ein Jahr, was genau stellst du dir vor?“

Nur ein Jahr? Wovon redet er? Ich habe Mühe,

meine Gesichtszüge im Zaum zu halten, als er in einem Schubfach nach Socken sucht. Langsam steigt auch in mir die Wut. Dieser Stimmungswechsel, gerade als ich dachte, wir hätten in den letzten Wochen einen entscheidenden Schritt gemacht, macht mich schwindelig. Vielleicht liegt es auch an der Schwangerschaft, sollte Trisha recht haben. Mir wird nun tatsächlich etwas übel. Aber ich schiebe es auf die Wut. Ich verschränke meine Arme vor der Brust. Sein Blick huscht zu meinen Brüsten, die durch die Bewegung hochgedrückt werden. Er schluckt. Doch mir ist es gerade so was von egal.

„*Ein Jahr?* Was meinst du?" Ob das mit dem Vertrag zu tun hat, der nach Ablauf eines Jahres die Zahlung einer großen Geldsumme an mich vorsieht? Es kann nicht anders sein. Ich atme tief ein, um die aufkeimende Panik zu bekämpfen.

Er lacht trocken. „Tu bloß nicht so, du lässt dir das doch gut bezahlen, dass du es ein Jahr mit mir aushältst. Zwei Millionen Dollar!" Sein Kinn zuckt Richtung Umschlag.

„Ich habe das schon gelesen, aber nicht verstanden. Ich habe es für eine Probezeit oder so gehalten und auch nicht begriffen, weshalb Henry mir so viel Geld zahlen will. Ich habe mein ganzes Leben umgekrempelt, um mit Zoe hier ein neues Leben aufzubauen. Von nur einem Jahr war nie die Rede."

Er reibt sich den Nacken und stürmt leise vor sich hin fluchend aus dem Zimmer. Mir ist danach, die Kaffeetassen gegen die Wand zu schmettern. Ich habe keine Zeit, nach meinem T-Shirt zu greifen. Also renne ich ihm mit gerafftem Laken nach. Ich erwische ihn auf dem Pfad zur Küche und ziehe ihn am Arm zurück.

„So leicht kommst du mir nicht davon. Ich streite anders als die Kingsleys. Wir bringen das jetzt zu Ende. Beantworte meine Frage: Was meinst du mit einem Jahr?"

„Genau das, was ich gesagt habe. Henry hat von mir verlangt, dass ich dich heirate. Es wäre nur für ein Jahr. Danach würde jeder wieder seiner Wege gehen. Er meinte, dieses Jahr wäre ich meiner Mutter schuldig. Aber ich dachte, das hätte sich erledigt. Wir haben uns gut verstanden. Wir wären auch länger miteinander ... ausgekommen. Und jetzt sehe ich, Henry bietet dir diese Summe an, wenn du gehst. Ich hätte mir denken können, dass du es nur auf das Geld abgesehen hast!"

Ich blinzle ihn an und versuche, das Brennen in meinen Augen zu ignorieren. „Ein Jahr ...? Davon wusste ich nichts." Er schnaubt. Es ist offensichtlich, dass er mir nicht glaubt. Verzweifelt versuche ich einen neuen Ansatz. „Aber die Dinge haben sich wirklich geändert. Ich ..." Ich kann den Satz nicht zu Ende bringen. Es gäbe keinen schlechteren Zeitpunkt, ihm meine Liebe zu gestehen. Vor allem, wenn er so cool tut. Ich atme tief ein und lasse die Luft in einem Strom ausfließen. Es hilft. „Hätte ich das mit dem einen Jahr gewusst, wäre ich in Chicago geblieben", sage ich und bin selbst über die Fassung in meiner Stimme erstaunt. Bang warte ich auf seine Reaktion. Wenn er auch etwas für mich empfindet, wäre jetzt seine Chance, mir ein Zeichen zu geben.

Er hebt die Brauen. Der arrogante Gesichtsausdruck von unserem Hochzeitstag ist wieder da. „Das wäre vermutlich für uns alle besser gewesen, Louisa. Lass uns den Rest der Zeit durchstehen. Dann ist Henry glücklich. Und du hast ausgesorgt."

Seine Worte, vor allem der volle Name, den er schon lange nicht mehr benutzt hat, hallen von den Hauswänden wider. Wie kann er es wagen? Ich weiß, er hatte eine schwierige Kindheit, hat schwere, nicht nur äußerliche Narben von dem tragischen Unfall und er hasst seinen Dad. Er ist tief verletzt, doch das gibt ihm noch lange kein Recht, mich wie eine Hure zu behandeln.

„Für uns *alle*?", wiederhole ich seine Worte. Plötzlich meine ich zu wissen, was er damit sagt. Beißende Eifersucht macht sich in mir breit. Wie ein Gift dringt es durch alle Poren. Ich will mich nicht auf sein Niveau hinab begeben, doch es bricht einfach aus mir heraus: „Du meinst für Kylie und dich!"

Er kneift die Augen zusammen und mustert mich forschend. Ein spöttisches Glimmen tritt in seine Augen. „Glaub, was du willst."

Er streitet es nicht ab! Oder doch? In diesem Moment hasse ich ihn fast. Weil er Macht über mich hat. Weil er mir nicht traut. Weil ich vielleicht sein Kind in mir trage. Weil Zoe und ich von ihm abhängig sind. Weil er mich schwach macht. Das kann nicht Liebe sein! Liebe macht stark, hat Mom immer gesagt. Plötzlich resigniere ich. Will ich wirklich so sein? Bin das noch ich?

„Du willst wirklich, dass ich nach Chicago zurückgehe?“, frage ich flüsternd. Alles in mir schreit danach, mich ihm an den Hals zu werfen und ihn anzuflehen, nicht das Falsche zu sagen. Äußerlich bleibe ich cool.

„Reisende soll man nicht aufhalten.“ Er setzt seinen Hut auf und lässt mich zitternd stehen. Unbewegt blicke ich seinem breiten Rücken hinterher, als er Richtung Flugpiste verschwindet. Das Rotorengeräusch setzt ein und durch einen Tränenschleier sehe ich kurz darauf die Maschine fortfliegen.

„Mistkerl“, murmle ich. Ausgerechnet Kylie kommt in diesem Moment den Weg entlang und mustert meine Aufmachung. Mit stolz gerecktem Kinn raffe ich das Laken über meiner Brust zusammen und laufe zum Schlafzimmer zurück. Erst hinter der verschlossenen Tür lasse ich meinen Tränen freien Lauf.

ÜBERRASCHUNG

Louisa

„Hat er sich gemeldet?“

Ich schüttle den Kopf. Trisha stellt ein Tablett auf den Nachttisch und seufzt, als sie entdeckt, dass ich das Frühstück nicht angerührt habe. Seit gestern liege ich im abgedunkelten Zimmer und hänge meinen ebenso dunklen Gedanken nach.

„Henry hat schon wieder angerufen“, sagt Trisha und tätschelt meine Hüfte. Ich knurre. Wenn mir einer gestohlen bleiben kann, dann Henry Kingsley. Wenn er nicht wäre, wäre ich noch in Chicago. Vielleicht hätte sich für Zoe und mich eine Lösung ergeben. Eine, die tausendmal besser gewesen wäre, als ans andere Ende der Welt zu ziehen, sich von einem Mann schwängern zu lassen, der zu viele Dämonen bekämpft und der mir das Herz gebrochen hat. Es fühlt sich zumindest so an. Ein dumpfer Schmerz in der Brust, der mir den Appetit raubt. So tief im Tränental war ich noch nie. Ich warte auf den Moment, an dem es wieder aufwärts geht. Mom hat gesagt, das ist das Gute daran, wenn man ganz unten am Tiefpunkt angekommen ist: *Es kann nur aufwärtsgehen.*

Also warte ich darauf.

Selbst Zoe geht mir aus dem Weg. Sie hat die ersten Stunden versucht, zu mir durchzudringen. Ich konnte ihr nicht die Wahrheit sagen. Sie liebt die Station. Sie liebt die Tiere, sie liebt eigentlich alles hier. Wie wird sie reagieren, wenn sie erfährt, dass von uns nach einem Jahr erwartet wird, die Zelte wieder abzubrechen? Das Leben ein weiteres Mal auf null zu stellen. O Gott! Was habe ich ihr angetan? Zum Glück hatte sie geplant, ein paar Tage im Dorf zu verbringen, um mit Kiah an einem gemeinsamen Schulprojekt zu arbeiten. Erst wollte sie mich nicht allein lassen. Doch wir waren beide erleichtert, als ich sie endlich überreden konnte, zu gehen. Ich wollte nur schlafen und in Ruhe vor mich hin leiden.

„Du solltest etwas essen. Du bist nicht mehr nur für dich allein verantwortlich."

Ich schließe die Augen und unterdrücke zum x-ten Mal heute die Tränen. Wenn ich nicht daran denke, stimmt das mit der Schwangerschaft nicht.

„Ich habe Suppe gemacht. Du brauchst nicht zu kauen und sie ist nahrhaft." Trisha hält mir eine Schüssel unter die Nase, aus der es dampft. Es duftet köstlich und mein Magen zeigt zum ersten Mal seit Stunden, dass es ihn gibt. Schwerfällig hieve ich mich auf und lehne mich gegen das Kopfende. Wie eine Vogelmutter ihr Küken füttert mich Trisha Löffel um Löffel und ich öffne brav den Mund.

„Eine Dusche wäre auch nicht schlecht“, sagt Trisha naserümpfend. „Du willst Jackson doch nicht so gegenübertreten, wenn er zurückkommt. Er wird sicher bald kommen.“

Mein Appetit vergeht so schnell, wie er gekommen ist. Unwirsch schiebe ich den Löffel zurück. Etwas Suppe tropft auf das Laken.

„Du hast recht. Er soll nicht denken, ich leide.“ Trisha kneift die Augen zusammen. „Du musst nicht immer stark sein, Lou. Es ist völlig okay, wenn man mal schwach ist und andere für sich sorgen lässt.“

Ich stoße die Luft aus. „Ich bin nicht stark. Ich bin stinkwütend.“

„Es ist nie etwas zwischen Kylie und Jackson gewesen. Auch wenn sie das gerne so gehabt hätte“, sagt Trisha völlig aus dem Zusammenhang. Ich schlucke. „Woher willst du das wissen?“ Sie hebt die Augenbrauen, als fände sie es absurd, dass ich an ihren Worten zweifle. Doch ich bin nicht überzeugt. „Sie ist hübsch“, flüstere ich.

„Ja, das ist sie. Aber sie ist nicht du. Glaub mir, du hast Jacksons Herz in dem Moment gehabt, als er das erste Mal dein Foto sah.“ Verblüfft sehe ich sie an.

„Du hättest ihn bei eurem Videocall sehen

sollen. Er wäre fast ins Handy gekrochen, um in Chicago wieder rauszukommen. Noch Stunden später hatte er diesen Ausdruck im Gesicht. So als wäre ihm die Jungfrau Maria persönlich erschienen." Sie verzieht bei dem Gedanken ihr Gesicht und zum ersten Mal seit Stunden lächle ich. Trisha, die an den Traumlegenden ihrer Ahnen hängt, und die Jungfrau Maria passen einfach nicht zusammen.

„Aber er sagt, er will nur ein Jahr mit mir verheiratet sein."

„Hat er das gesagt? Das glaube ich nicht." Ich kneife die Augen zusammen, als ich versuche, mir seine genauen Worte ins Gedächtnis zu rufen. Ich habe ihn so verstanden. Aber ich war zu emotional, um auf jedes seiner Worte zu achten. Ein kleiner Hoffnungsschimmer keimt in mir auf. Trotzdem schüttle ich den Kopf.

„Lou, ich weiß, er ist ein Dickschädel. Aber er liebt dich. Es fällt ihm nicht leicht, sich das einzugestehen. Er weiß nicht, wem er trauen kann, wer ihn wirklich liebt und wer ihn nur ausnutzen will. Mit dem Namen *Kingsley* trägt man eine schwere Bürde. Das ist so wie bei den *Kennedys* in Amerika."

„*Du* liebst ihn", weise ich sie auf das Offensichtliche hin.

Trisha lächelt und zum ersten Mal seit Stunden wird mir davon ein wenig warm. „Ja, das tue ich. Aber das ist etwas anderes. Und man darf nicht vergessen, ich wurde sehr lange von Henry dafür bezahlt, bei ihm zu sein. Vielleicht liegt genau darin seine Angst."

„Ich verstehe dich nicht." Sie beginnt wieder, mich zu füttern und ich bin zu gespannt auf ihre Antwort, um zu protestieren.

„Auch du bist über Henry in sein Leben gekommen. Du brauchtest Geld oder zumindest Sicherheit. Und er dachte, auch du wüsstest, dass eure Ehe nur auf ein Jahr angelegt ist. Obwohl er in dich verliebt ist, sind das eine Menge Gründe für ihn, dir zu misstrauen. Dass du seit Wochen diesen Umschlag mit dir herumschleppst, ist so etwas wie eine stetige Mahnung an ihn, vorsichtig zu sein. Sich dir nicht zu öffnen. Er ist im Leben oft enttäuscht worden – besonders von Frauen, die es nur auf den Namen Kingsley abgesehen hatten."

„Aber, ich liebe ihn." Ich schaue zu dem Haufen Papierschnipsel vor dem Bett, zu dem ich Henrys Unterlagen in meiner Wut zerfetzt habe.

„Hast du ihm das gesagt?", fragt sie und tätschelt meine Hand. Sie benötigt keine Antwort. Ich seufze und fahre mir mit beiden Händen durchs Haar. *Igitt, fettig.* „Ich brauche dringend eine Dusche." Trishas Miene hellt sich auf. „Du wirst sehen, das wirkt Wunder. Und vielleicht kommt dein Mann bald zurück und ihr könnt euch aussprechen. Glaub mir, er leidet genauso wie du. Er kann dir nicht lange fernbleiben."

„Ist etwa wieder dieser Zauber im Spiel?"

Trisha lächelt geheimnisvoll. „War er das jemals?"

Sie nimmt das Tablett und lässt mich mit meinen Gedanken allein. Auf ins Bad!

Als ich gerade den Schaum aus dem Haar spüle, höre ich das Geräusch eines Motors. Mein Herz beginnt wie wild zu schlagen. Ich drehe das Wasser ab, trockne mich nur flüchtig ab. Das feuchte Haar fasse ich in einem losen Pferdeschwanz zusammen. Das erstbeste T-Shirt und eine Yogapants müssen genügen. Ich stürme aus dem Zimmer, bereit, mich in Jacksons Arme zu werfen und ihn endlich von meiner Liebe zu überzeugen.

Meine Schritte werden langsamer, als ich die Person erkenne, die ich am wenigsten sehen möchte.

„Louisa, du siehst wie immer wunderschön aus."

Wers glaubt! Er umarmt mich, wie es seine Art ist, und ich blicke über seine Schulter hilflos zu Trisha, die jede unserer Gesten im Auge behält.

„Henry, ich wusste gar nicht, dass du kommst."

„Ich war gerade in der Gegend und dachte, ich statte euch mal den längst fälligen Antrittsbesuch ab. Zu meinem Bedauern muss ich hören, mein Sohn ist nicht auf der Station." Trisha verzieht ihr Gesicht, als hätte sie in eine saure Zitrone gebissen. Ich kann sie verstehen. Es scheint, als hätte Henry den Zeitpunkt seines Besuchs perfekt abgepasst, um mich allein zu erwischen.

„Ich muss mich ums Abendessen kümmern. Ich habe nicht mit einem Gast gerechnet", murmelt sie und lässt mich mit Henry alleine stehen. Am liebsten würde ich ihr hinterhereilen. Einen Moment stehen wir befangen auf dem Platz vor dem Haupthaus. Ich liebe diesen Ort, doch heute sehe ich ihn mit Henrys Augen: staubiger Boden, eine Ansammlung von Häusern im Niemandsland. Er wird niemals verstehen, weshalb Jackson diesen Ort dem Palast vorzieht.

„Ja, Jackson musste … er musste auf ein Treffen der Farmergenossenschaft nach Alice Springs. Er wird bald zurück sein", improvisiere ich. Bei keiner anderen Person kommen mir die Lügen so überzeugend über die Lippen. Henrys scharfer Blick sagt mir, dass er mir kein Wort glaubt. Doch er hakt nicht nach.

„Und da lässt er seine hübsche, frischgebackene Ehefrau allein zurück?" Etwas an diesem Satz lässt mir einen Schauder über den Rücken laufen. Sein Blick geht über meine Schulter und seine Augenbrauen heben sich. Ich sehe mich um und entdecke Kylie, die den Weg zwischen den Lagerräumen entlangkommt. Als sie uns entdeckt, blickt sie neugierig zu Henry, der sich gleich aufrechter hinstellt. Ich stöhne innerlich. So ein Schwerenöter. Obwohl ich erleichtert sein sollte, wenn Henrys Aufmerksamkeit nicht mehr mir gilt. Henry begrüßt Kylie mit ein paar charmanten Worten, die sie kichernd zurückgibt. Okay, ich scheine die einzige Frau zu sein, die Henry Kingsley nicht attraktiv findet. Aber ich bin ja auch total in meinen launenhaften und streitsüchtigen Ehemann verliebt. Mein Blick sucht den Himmel ab, doch es bleibt still. Fast bin ich erleichtert. Vielleicht schaffe ich es, Henry zu verabschieden, bevor Jackson zurückkommt. Er würde sich vermutlich wieder in den schwärzesten Farben ausmalen, wie ich mit seinem Vater unter einer Decke stecke.

Ich zeige Henry die Station und plappere viel. Hauptsache, er fragt nicht nach den Dokumenten. Als Trisha die Glocke zum Dinner läutet, bin ich erleichtert. Das Essen verläuft schweigsam. Zumindest sagen Trisha und ich kaum ein Wort. Kylie und Mick, die von Henry ausdrücklich dazugebeten wurden, sind ausgelassen. Offenbar ist es für sie eine große Ehre, mit einem Kingsley zu dinieren. Henry scheint es nichts auszumachen, dass wir uns nicht extra umgezogen haben. So viel zu „angemessener" Kleidung. Ich hoffe, es fällt nicht auf, wenn ich nur vorgebe, am Wein zu nippen.

Nach dem Kaffee ziehen sich Kylie und Mick zurück. Trisha verabschiedet sich und macht sich auf den Weg. Sie murmelt etwas von einem Gewitter, das angesagt ist und vor dem sie es ins Dorf schaffen möchte. Ihre warme Hand auf meiner Schulter soll mir Kraft geben und dient zugleich als Entschuldigung, mich mit Henry allein zu lassen. Doch es ist mir lieber, wenn jemand bei Zoe ist. Sie fürchtet sich vor Blitz und Donner. Dann kommt der Moment, den ich gerne bis in alle Ewigkeit aufgeschoben hätte: „Louisa, offenbar hast du Klärungsbedarf, ansonsten hättest du die Dokumente schon zurückgeschickt."

Ich spiele mit dem Kaffeelöffel. „Ich ... die Dokumente sind leider beschädigt."

Er legt den Kopf schief. „Das ist kein Problem, ich habe einen Satz Kopien mitgebracht." Er hebt die Aktentasche, die er in der Hand hält.

War ja klar! Meine Hoffnung, das Thema damit vom Tisch zu bekommen, war lächerlich. Ich reiße mich zusammen. Schließlich brauche ich Antworten. Und der Mann, der mein neues Leben minutiös geplant hat, ist die ideale Person dafür. „Stimmt es, dass du Jackson erzählt hast, ich hätte mich nur für ein Jahr auf diese Ehe eingelassen?" Er lächelt. Jedenfalls wirkt er nicht ertappt.

„Hast du es also endlich herausgefunden. Ich hatte bereits bei eurem Besuch in Sydney mit dieser Frage gerechnet. Ihr redet wohl nicht viel miteinander, oder? Aber ich vermute, ihr habt Besseres zu tun." Ich muss mich das erste Mal in meinem Leben stark zurückhalten, jemandem keine Ohrfeige zu verpassen.

„Warum hast du mir diesen Punkt verschwiegen?"

Unbeirrt wischt er einen Krümel von seinem Schoß. „Glaub mir, es war in deinem Interesse. Ich hätte Jackson nicht dazu überreden können, sich länger als ein Jahr auf diese Sache einzulassen. Aber das war er seiner Mutter schuldig. Und dir war daran gelegen, eine dauerhafte Lösung für dich und deine Schwester zu finden. Also habe ich mich einer kleinen Notlüge bedient, die euch beiden einen Schubs in die richtige Richtung gegeben hat. Nicht ganz fair, das gebe ich zu. Aber notwendig."

Notlüge? Glaubt er wirklich selbst an diese Version?

„Ich werde die Papiere nicht unterschreiben." Ich verschränke beide Arme vor der Brust. Er beugt sich vor. „Du hast kein Interesse daran, nach einem Jahr eine Abfindung in Höhe von zwei Millionen Dollar zu erhalten?" Er mustert mich wie ein Exemplar einer seltenen Spezies. Ich zucke mit den Schultern. „Ich will euer Geld nicht. Alles, was ich wollte, war die Chance auf ein Leben in Sicherheit. Aber ich bin nicht käuflich." Seine Fingerspitzen tippen ungeduldig auf den Tisch. „Jeder ist käuflich. Nun gut, dann unterzeichne wenigstens die Verzichtserklärung. Damit ich davon ausgehen kann, du machst keine Ansprüche gegen meine Familie geltend."

Ich schüttle den Kopf. „Das habe ich sowieso nicht vor und das hatte ich auch nie. Darf ich dich daran erinnern, dass du es warst, der mich in Chicago aus heiterem Himmel kontaktiert hat? Du wolltest mich mit deinem Sohn verheiraten. Wenn dir so daran gelegen ist, dass ich keine Ansprüche geltend mache, weshalb dann all die Mühe? Du hättest mich einfach mein Leben weiterleben lassen können."

Er holt tief Luft und ich spüre, es zum ersten Mal geschafft zu haben, seinen Panzer an Geschäftsmäßigkeit zu durchdringen. Seine Finger lassen das stetige Trommeln und fahren durch sein Haar, das noch dicht ist. Im Gegensatz zu Jackson, der fast schwarze Haare hat, ist seine Haarfarbe eher dunkelblond.

„Ich war es deiner Mutter schuldig", sagt er plötzlich und ich brauche eine Weile, um den Satz zu verstehen. Plötzlich scheint die Luft vor Elektrizität zu vibrieren. Schon immer habe ich mich gefragt, was Mom dazu gebracht hat, Australien den Rücken zu kehren. Ob ich nun Antworten darauf bekomme? Mein Herz pocht wie wild.

„Wieso warst du es ihr schuldig?", krächze ich und ärgere mich darüber, meine Aufregung so schlecht zu verbergen.

„Weil du meine Tochter bist."

DRAMA

Louisa

„Ich bin was?“ Tausend Gedanken wirbeln in meinem Kopf und mir gelingt es nicht, einen losen Strang zu fassen und einen von ihnen festzuhalten.

„Ich bin dein Vater“, erklärt er wenig hilfreich. Ich schüttle den Kopf. Klingt fast wie in einem Blockbuster-SciFi-Film. Dass ich überhaupt daran denke, ist für mich ein Zeichen, dass ich kurz vor einem Nervenzusammenbruch stehe. „Das habe ich verstanden, aber, wie kann das sein? Mein Dad …“

Er unterbricht mich. „Dein Dad ist nicht dein biologischer Vater. Das bin ich.“

„Bist du auch Zoes Vater?“

Er lacht. „Nein. Da war deine Mutter längst weg.“

Ich schlucke. „Also du und Mom wart ein Paar, als sie noch in Australien war?“

Er reibt sich das Kinn. „Nicht ganz. Deine Mutter Elena war die große Schwester meiner Frau.“

Ich blinzle. „Elena? Meine Mutter hieß Emily.“ Vielleicht liegt hier eine Verwechslung vor?

Er seufzt. „Elena ist der wahre Name deiner Mutter. Elena Kingsley.“

Meine Mutter war eine Kingsley? Mir schwirrt der Kopf. „Du meinst, Mom war die Schwester von Jacksons Mutter, also deiner Frau?“ Henry nickt mit einem diabolischen Lächeln.

Mom hatte eine Affäre mit dem Mann ihrer Schwester?

Mein Dad ist nicht mein Dad?

Zoe ist nur meine Halbschwester?

Dann kommt der Gedanke, der all das in den Schatten stellt: Wenn ich Henrys Tochter bin und Jackson Henrys Sohn, dann ist Jackson ... mein Bruder!

Mir wird übel. Speiübel. Und es hat nichts mit meinem Zustand zu tun. Ich schaffe es aus dem Esszimmer gerade noch bis zur Spüle in der Küche, als ich das Dinner wieder von mir gebe. Ich würge und versuche zwischendurch Luft zu holen. Zumindest ist er mir nicht gefolgt. Diese Demütigung wäre unerträglich. Nach einem Schluck Wasser kühle ich die brennenden Wangen mit einem feuchten Geschirrtuch. Ich kann nicht länger aufrecht stehen und lasse mich kraftlos auf einen Küchenstuhl sinken. Der Stich, den allein der Gedanke in mein Herz fahren lässt, ist kaum auszuhalten. Instinktiv geht meine Hand zu meinem Unterleib. Das Kind! Ein lauter Schluchzer bricht aus mir hervor. Dachte ich tatsächlich eben noch, die Tatsache, dass Jackson wusste, diese Ehe wäre nur auf ein Jahr angelegt, wäre schlimm? Dass ich am Tiefpunkt meines Lebens angelangt war? Das, was hier gerade abgeht, ist tausendmal schlimmer!

Plötzlich spüre ich eine schwere Hand auf meiner Schulter und ich zucke zusammen. Henry ist mir in die Küche gefolgt. Will er mich etwa trösten? Das ist absurd! Wenn er es wusste, wie konnte er je zulassen, dass ich meinen Bruder heirate? Ich entwinde mich seinem Griff und straffe meine Schultern.

Mich wie eine willenlose Marionette von Henry manipulieren zu lassen, muss ein Ende haben.

„Du erzählst mir jetzt die ganze Geschichte. Sofort!“, presse ich hervor. Henry nickt und zieht sich einen Küchenstuhl zurück. Seine Finger beginnen wieder auf den Tisch zu trommeln. Dieser Tisch! Ich schließe die Augen und versuche nicht daran zu denken, wie ich hier das erste Mal mit Jackson ... mit meinem Bruder ... Sex hatte. Eiseskälte macht sich in mir breit und ich lenke meine Energie dahin, Henry zuzuhören.

„Da gibt es nicht viel zu erzählen. Deine Mutter und ich hatten eine Liebesaffäre.“

„Aber du warst mit ihrer Schwester verheiratet!? Das hätte Mom niemals gemacht!“

Er zuckt mit den Schultern. „Deine Mom war …“ Seine Augen bekommen einen hitzigen Ausdruck. „… ein wildes Ding. Sehr sexy. Und sie stand immer in Konkurrenz zu ihrer Schwester. Deine Mom war die Erstgeborene und konnte es wohl nicht ertragen, dass ihre Schwester zuerst einen Mann abgekommen hat. Also hat sie alles darangesetzt, mich zu verführen.“

„Du lügst!“ Wie kann er es wagen, so von Mom zu reden?

„Deine Mom war nicht die Heilige, für die du sie hältst. Es war nur eine Nacht. Aber dann ging ihr wohl auf, was sie ihrer Schwester angetan hat. Als Elena bemerkte, sie war schwanger, wollte ich meiner Frau alles beichten. Aber davon wollte sie nichts hören. Kurz darauf ist sie in den USA mit deinem Dad zusammengekommen und hat ihm wohl vormachen können, das Kind sei von ihm. Nicht gerade das Verhalten einer anständigen Frau, oder?“

Ich starre ihn an. Das Bild, das er von Mom und Dad zeichnet, passt einfach nicht. Die beiden hatten eine liebevolle, auf Vertrauen basierende Beziehung. Das kann nicht sein!

„Warum bist du dir so sicher, dass ich nicht von Dad bin?“ Er lacht und greift nach meiner Hand. Ich will sie ihm entwinden, aber er schnalzt mit der Zunge. „Geduld, Louisa, du wirst es gleich sehen. Als ich dich in Sydney sah, ist es mir sofort aufgefallen.“ Er legt unsere beiden rechten Hände nebeneinander auf die Tischplatte. Ich blinzle einen Moment, dann begreife ich, was er mir zeigen will. Die Form unserer Hände ist identisch. Sogar der kleine Hubbel am ersten Glied meines rechten Mittelfingers stimmt mit dem an seinem überein. Es ist, als hätte jemand eine exakte Kopie unserer Finger angefertigt. Ich schlucke eine weitere Welle der Übelkeit hinunter, als meine letzte Hoffnung, dies alles wäre ein Irrtum, schwindet.

„Warum?“, krächze ich.

„Warum was?“

Nichts hält mich mehr auf dem Stuhl und er kippt mit einem lauten Klappern nach hinten auf den Steinfußboden, als ich aufspringe. „Warum hast du mich aus Chicago geholt? Und erzähl mir nicht, es war väterliche Fürsorge. Du hast dich vierundzwanzig Jahre lang einen Dreck um mich geschert. Und wie pervers musst du sein, wenn du es zulässt, dass mein Bruder mich schwängert?“ Sofort weiß ich, einen Fehler begangen zu haben. Sein Blick geht zu meinem Unterleib und ein Glitzern tritt in seine Augen. Er wirft den Kopf in den Nacken und lacht. Es klingt nicht freudig, eher unheimlich. Genau in diesem Augenblick donnert es in der Ferne. Das Gewitter, das für heute angesagt war, nähert sich. Kein Vergleich zu dem Sturm, der in meinem Inneren tobt.

„Du bist kranker, als ich dachte, wenn du das zum Lachen findest“, sage ich.

„Unterschreib die Papiere, Louisa. Niemand muss von dem Skandal erfahren. Nach einem Jahr erhältst du von mir eine stattliche Summe. Ich lege auch noch etwas drauf, wenn du sofort gehst. Und du kannst mit deiner Schwester und deinem Kind in die Heimat zurückkehren. Oder wohin du gehen willst. Du wärst dann eine reiche Frau."

Wieder die Papiere! Seine Worte rühren etwas in mir. Warum ist es ihm so wichtig, dass ich unterschreibe? Was hat er davon? Dann ist es plötzlich glasklar und ich werde ruhig.

„Ich bin die Erbin der Kingsleys, ist es nicht so? Mom war die Erstgeborene. Ich kenne das Testament nicht. Aber ich vermute, dass ihre Schwester Alicia nie Anspruch auf das Erbe gehabt hätte, wäre Mom nicht aus Australien weggegangen. Und du somit auch nicht." Ein Muskel unter seinem rechten Auge beginnt wie wild zu zucken und ich weiß, ins Schwarze getroffen zu haben. „Und jetzt bin ich hier. Wenn ich nicht auf meine Ansprüche verzichte, verlierst du alles."

Als er schweigt, stütze ich mich auf dem Tisch ab und beuge mich zu ihm. Nah in seine Komfortzone. Die Machtverhältnisse haben sich gedreht. „Wenn du glaubst, ich lasse dir auch nur einen Cent nach dem Elend, das du über mein Leben gebracht hast, irrst du dich gewaltig. Und ich werde herausfinden, was du Mom angetan hast. Deine Version jedenfalls stinkt zum Himmel. Und nun verlasse auf der Stelle mein Haus." Ein Donnergrollen, nun schon näher, unterstreicht meine Worte. Er erhebt sich langsam und streicht sich das Revers seines Jacketts glatt. Ganz der coole Geschäftsmann.

„Bist du sicher, dass du das willst, Louisa? Das wird ewig an deinem Ruf haften. Da helfen dir die Millionen der Kingsleys nicht. Und was würde es für Jackson bedeuten? Glaubst du, er würde dich noch anrühren? Ich habe nichts zu verlieren. Er hasst mich sowieso. Was wird deine Schwester davon halten? Wie sie es wohl findet, wenn man sich in der Schule hinter ihrem Rücken das Maul zerreißt? Wäre es nicht besser, jetzt zu gehen? Mit einem finanziellen Polster?“

Seine Worte schnüren mir die Luft ab. Doch ich bleibe stark. Immerhin weiß ich jetzt, Jackson wusste von der ganzen Sache nichts. Und dass Henry Kingsley nichts zu verlieren hätte, wenn dieser Skandal ans Licht kommt, glaubt er doch wohl selbst nicht. Diese Bemerkung offenbart mehr als jede andere, wie er selbst jetzt noch versucht, mich in seinem Sinne zu manipulieren. So etwas würde ein wahrer Vater niemals tun.

„Raus hier!“

Er greift in die Aktentasche zu seinen Füßen und zieht einen neuen Umschlag heraus, den er auf den Tisch wirft. „Allein du hast es in der Hand, diese Entwicklung zu verhindern. Unterschreib oder erfahre, wie es ist, von der Gesellschaft gebrandmarkt zu sein!“

Als ich mich nicht rühre, seufzt er. „Du wirst

schon noch zur Vernunft kommen." Mit diesem Worten lässt er mich in der Küche stehen und ich kann endlich durchatmen. Wenig später höre ich, wie sein Flugzeug abhebt. Gerade, als der erste Blitz durch die Nacht zuckt und der Regen einsetzt.

Als ich sicher bin, dass er fort ist, wird mir klar, zum ersten Mal allein auf der Station zu sein. Abgesehen von Kylie und Mick. Es ist gespenstisch still, bis auf die Geräusche des Regens, der an Heftigkeit zunimmt. Erst als ich meinen Blick fokussiere, wird mir bewusst, dass ich schon wieder auf den Küchentisch starre. Er ist wie das Sinnbild für das Undenkbare, das in meinem Leben geschieht. Ich empfinde Abscheu vor mir selbst. Wie konnte ich das zulassen? Wie naiv ich war! Plötzlich erscheint mir dieser Raum, den ich so liebe, in dem ich stundenlang mit Trisha gelacht und geplaudert habe, in dem Zoe oft sitzt und sich in die *School of Air* einloggt, unerträglich und abweisend. Der Gedanke an Trisha, die seit meiner Ankunft auf der Station meine beste Freundin und Mutterersatz war, löst auf einmal wilde Hektik in mir aus. Ich muss sie sofort sehen und um Rat fragen. Ich muss ins Dorf!

Ohne jeden Zweifel, Trisha würde mich mit offenen Armen empfangen, schnappe ich mir den Schlüssel für den Jeep vom Schlüsselbord neben der Tür. Die Sehnsucht nach ihr ist brennend. Schon sehe ich mich vor meinem inneren Auge, wie mich Trishas wärmende Umarmung besänftigt und Zoes blaue Augen mir so viel Liebe und Vertrauen schenken, dass die Abscheu vor mir selbst schmilzt. Der prasselnde Regen, der von den Dachrinnen der Bungalows tropft, bremst meine Ungeduld. Ich werde heute Nacht nicht mehr zurückkehren. Vielleicht sollte ich sogar ein paar Tage einplanen. Eine Art Auszeit, in der ich in Ruhe darüber nachdenken kann, was der nächste Schritt wäre. Außer Atem haste ich ins Schlafzimmer und packe einen Waschbeutel sowie frische Unterwäsche und ein paar Kleidungsstücke. Den Kindle und die Ladekabel stopfe ich zuletzt in die Tasche, die schon prall ist. Viele Sachen besitze ich nicht und in meiner Hektik habe ich viel zu viel eingepackt. Durch den starken Regen, begleitet von Blitzen, laufe ich zum Jeep, werfe meine Tasche auf die Rückbank und versuche, aus den vielen Geräten auf der Konsole schlau zu werden. Seit Jahren bin ich nicht mehr gefahren, schon gar nicht Schaltwagen und auf der falschen Seite. Ich sehne mich nach einem Autopiloten. Als mir der Wagen dreimal absäuft, möchte ich fast aufgeben. Aber der Gedanke an mein einsames Bett und die schlaflose Nacht, die mich sicherlich erwartet, verbieten mir, aufzugeben. *Come on, das schaffst du!*, feuere ich mich selbst an. Dann habe ich plötzlich den Dreh raus, der Gang greift und mit quietschenden Reifen verlasse ich die Station über den Feldweg, aus dem Trisha jeden Morgen kommt. Im Rückspiegel sehe ich Kylie, die im erleuchteten Türrahmen des Haupthauses steht und ihre Hand erhoben hat. So, als wollte sie mir zum Abschied winken. Grimmig gebe ich mehr Gas.

Schon nach wenigen Minuten verschwinden die Lichter der Station im Rückspiegel und werden durch Dunkelheit ersetzt. Durch die Scheibenwischer, die wie wild hin- und herwedeln, versuche ich blinzelnd den Straßenverlauf zu erkennen. Die Piste, die sonst staubig Richtung Westen führt, ist schlammig, und ich muss das Lenkrad fest umfassen, um den Wagen auf Spur zu halten. Zum Glück ist es ein Vierradantrieb. Mit jedem anderen Fahrzeug wäre ich längst im Graben gelandet. Im Scheinwerferlicht taucht eine Abzweigung auf. Ich trete auf die Bremse. Regentropfen tanzen im Licht der Scheinwerfer und prallen in den Pfützen des Bodens ab. Es wirkt, als würde es nach oben regnen. Nervös nage ich an meiner Unterlippe und versuche mich zu entsinnen, ob der Weg zum Dorf nach links oder rechts war. Ich weiß es nicht. Es ist eine Fifty-fifty-Chance. „Links", murmle ich entschlossen und hoffe, es ist richtig. Zur Not könnte ich umkehren. Ja, das werde ich tun. *Masangi* ist nicht länger als eine halbe Stunde weg. Sollte ich dann immer noch nicht dort sein, werde ich umkehren. „Ist doch ganz einfach", ermutige ich mich selbst.

Nach zwanzig Minuten sinkt meine gute Stimmung. Ich kann außer dem Lichtkegel des Autos nicht viel erkennen, aber von hier aus müsste ich doch schon die Lichter von *Masangi* sehen können, oder? Aber draußen ist es weiterhin stockdunkel. Ich nehme mir vor, diesem Weg noch fünf Minuten zu geben und dann meinen Plan umzusetzen, umzukehren und den rechten Weg zu wählen. Das Fahren ist anstrengend und das monotone Geräusch des Motors und des Regens lenkt nicht gerade von meinen wilden Gedanken ab. Hat Mom wirklich ihre Schwester hintergangen? Hat sie Dad angelogen? Aber warum sollte sie auswandern und auf ihre Erbschaft verzichten? Sogar ihren Namen ändern? Macht das Sinn? Immer wieder kommt mir das Bild von Henrys und meiner Hand vor Augen. Es kann nicht anders sein. In einem hat er nicht gelogen: Wir sind miteinander verwandt. Gibt es eine andere Möglichkeit, dass sich unsere Hände ähneln, und er nicht mein Vater ist? Jacksons Hände sehen anders aus.

Es passiert so schnell, ich habe keine Chance. Ein Blitz erhellt die Nacht. Im Licht überqueren plötzlich große Gestalten die Fahrbahn, ihre kräftigen Schenkel beleuchtet von meinen Scheinwerfern. *Kängurus!* kann ich gerade noch denken, als ich im Affekt das Steuer herumreiße, um ihnen auszuweichen. Der Jeep kommt von der Straße ab. Die Bremsen blockieren und ich rutsche auf einem Schlammfeld durch Büsche und Sträucher, die über die Seiten des Jeeps peitschen. Schreiend versuche ich zu lenken und den Hindernissen auszuweichen. Der Jeep rutscht eine Böschung hinab, die Schnauze nach unten. Ich schreie weiter. Mit einem Satz setzt der Jeep auf und kommt zum Stehen. Ich pralle hart mit der Brust gegen den Gurt, den ich zum Glück angelegt hatte. Endlich hat die Holperpartie ein Ende. „Danke, danke, danke!", flüstere ich meinem Schutzengel zu und habe dabei irgendwie Trisha im Kopf. Schniefend, ich hatte gar nicht bemerkt, dass ich angefangen habe zu weinen, blicke ich mich um und mache eine Bestandsaufnahme. Ich bin im Nirgendwo. Ein kurzes Gasgeben zeigt mir, ich stecke fest. Die Reifen drehen durch. Ich muss auf sandigem Boden sein. Vermutlich ein Flussbett oder so. „Okay, ruhig bleiben. Was soll ich machen? Was soll ich machen?" Fast lache ich hysterisch, weil ich dachte, dieser Tag könnte nicht noch schlimmer werden und jetzt so etwas. Doch ich reiße mich zusammen. Ich schnalle mich ab und drehe mich zum Rücksitz, um in der Tasche nach meinem Handy zu suchen, das ich geistesgegenwärtig dort hineingeworfen habe. „Nein, nein, nein!", fluche ich, als ich null Balken Empfang sehe. War ja klar. *Murphy's Law* und so. Fieberhaft versuche ich mich an diese Survival-Show zu erinnern, die Zoe im Fernsehen verschlungen hat. Der Typ dort konnte sich mit den einfachsten Mitteln aus jeder vertrackten Lage befreien. Das kann doch nicht so schwer sein. Zur Not werde ich die Nacht hier verbringen und wenn es hell ist, zurück zur Station laufen. So weit entfernt bin ich nicht. „Ja, Lou McGyver. Du schaffst das! Schlimmer gehts nimmer!" Ich gebe nun doch dem Drang nach, zu kichern. Es sieht mich ja keiner. „Was für ein

Scheißtag!" Ich lache so sehr, dass mir Tränen die Wangen hinablaufen. Okay, das Lachen wird weniger und ich schluchze und fluche abwechselnd. Gott, ist es still hier draußen. Auf einmal vermisse ich den stetigen Straßenlärm der amerikanischen Großstadt. „*Die alone*" oder „*Death in the Outback*" ist der Titel des Hollywoodfilms, der zu meinem einsamen Tod in der Einöde passt. Ob Scarlett Johansson die Hauptrolle übernehmen würde? Obwohl sie nicht die geringste Ähnlichkeit mit mir hat und zu alt wäre. Ich grüble nach Alternativen und bin gerade damit beschäftigt, in meiner Hosentasche nach einem Taschentuch zu kramen, als ich es höre. Eine Art Grollen. Oder ist es nur der ferne Donner des sich entfernenden Gewitters? Durch das rechte Fenster nehme ich eine Bewegung wahr. Dann erhält der Jeep einen Stoß, als würde eine Herde Mammuts mit ihm Fußball spielen. Ich knalle mit dem Kopf gegen den Seitenholm. Bevor ich noch begreife, was geschieht, kippt das Fahrzeug zur Seite, Schlamm dringt von allen Seiten ins Innere und ich kann nicht anders, als zu schreien, schreien, schreien. *Zoe! Jackson! Trisha!* denke ich.

Dann wird alles dunkel.

VERLUST

Jackson

Blau. Keine einzige Wolke trübt den Morgenhimmel. Die Luft ist klar und die Sicht reicht etliche Kilometer. Der heftige Regen der vergangenen Nacht hat die staubige Luft geklärt. Und meinen Verstand. Wie konnte ich nur so dumm sein? Wie konnte ich Lou so stehen lassen, um meine dummen, dummen Wunden zu lecken? Schon gestern Abend bin ich zum Entschluss gekommen, dass ich zu Kreuze kriechen muss und mich notfalls vor ihr in den Staub werfen werde, sollte sie mich zappeln lassen. Die zwei Tage ohne sie haben mir gezeigt, wie sehr sie schon Teil meines Lebens, Teil meines Herzens geworden ist. Ich brauche sie. Ihr Lachen, ihre Lebensfreude, ihren Mut, ihre Zuversicht, ihre Sinnlichkeit … ich könnte noch ewig weitermachen. Nie hätte ich erwartet, es könnte so sein. Wie befriedigend, nein *erfüllend* es ist, jedes Detail von ihr zu kennen. Die spezielle Art, wie sie einschläft. Wie ein Kind, das dagegen ankämpft, bis schließlich die Lider zufallen, die Glieder zucken und sie von einem Moment zum nächsten ausgeknipst ist, wie ein Licht. Wie ihre Haut duftet nach einer Dusche, oder die Stelle an ihrem Ohr nach einem schweißtreibenden Nachmittag im Garten. Wie ihr Körper sich anfühlt, wenn er gegen meinen gepresst ist. Wie tief befriedigend es ist, für sie und Zoe zu sorgen. Lou hat das Wunder der Liebe und Freude in mein Leben gebracht. Zum ersten Mal kann ich mir vorstellen, ein Leben voller Lachen zu führen, eine Familie zu haben, Glück zuzulassen, aus dem ewigen Kreislauf der Selbstvorwürfe und des Hasses auf meinen Vater auszubrechen und zu leben. Wie konnte ich ihr jemals das Gefühl geben, es mache mir nichts aus, wenn sie zurück nach Chicago geht? Sie wusste offensichtlich nichts von der Begrenzung der Ehe auf ein Jahr. Sie ist in diesem Spiel genauso Henrys Marionette wie ich. Doch anstatt mich schützend vor sie zu stellen, habe ich sie allein gelassen. Das wird sich nun ändern! Ich habe es satt, Henry so viel Macht über mein Leben zuzugestehen. Damit ist ein für alle Mal Schluss!

Schon gestern wollte ich nichts mehr, als den Flieger zu besteigen und auf dem kürzesten Weg zu ihr zurückzukehren. Doch das Wetter hat mir einen Strich durch die Rechnung gemacht. Josh, der Fluglotse von Timber Creek hat mir verboten, zu starten.

Und das, obwohl er den Flugverkehr sonst recht nachsichtig regelt. Also habe ich noch eine ungeduldige Nacht bei Roger verbracht. Ich glaube, ich habe ihn in den Wahnsinn getrieben, da ich nicht stillsitzen konnte und zwischen Bangen, ob Lou mir jemals verzeiht und goldenen Zukunftsplänen eine Spur in seinen Holzboden getreten haben muss. Roger ist Standesbeamter, Jurist, Tierarzt und mein bester Freund, seit ich ins Outback gezogen bin. Ich konnte ihm endlich alles erzählen. Er hat in seiner besonnenen Art zugehört und mit seinen Fragen genau die wunden Punkte in mir hervorgekitzelt. Natürlich halte ich mich nicht für entstellt. Ich trage die Narben des Unfalls eher wie einen Schutzpanzer und nutze sie manchmal, um Reaktionen aus den Leuten hervorzulocken. Das hilft, deren Charakter auszuloten. So, wie ich es bei Lou am Tag unserer Hochzeit versucht habe. Ihre Reaktion hat mich allerdings irritiert. Wer ist *„froh"*, wenn jemand Narben davonträgt? Mittlerweile habe ich begriffen, was sie damit meinte. Sie hat ihre Eltern verloren und für sich und ihre Schwester ums Überleben gekämpft. Was sind da ein paar Narben? Lou rückt alles ins rechte Licht.

Wenn jemand meinen Körper berühren darf, dann ist es meine Frau. Ich mag es, wenn ihre zarten Finger zaghaft über das empfindliche Narbengewebe streichen und jedes Mal mehr Mut finden, mich zu erkunden. Es war nicht das erste Mal, dass sie mich dort berührt hat. So, wie wir die vergangenen

Wochen übereinander hergefallen sind, ließ sich das gar nicht vermeiden. Ich kann mir mein unwirsches Verhalten an jenem Morgen nur mit der Wut auf Henry und diesen verdammten Umschlag erklären, der seit Wochen wie eine unangenehme Erinnerung an seine zwielichtigen Machenschaften erst in der Küche und dann auch noch im Schlafzimmer lag. Doch ich weiß selbst, diese Erklärung wird bei Lou nicht reichen. Ich kann mir von Henry nicht mein Leben bestimmen lassen und sollte endlich wieder der Mann sein, der ich vor dem Unfall war. Erst Lou hat mich dazu gebracht, zu erkennen, dass ich nicht bin wie er. Niemals ein Henry Kingsley sein werde!

Roger hat mir freudig auf die Schulter geschlagen, als ich endlich zu dieser Erkenntnis kam. Er sollte noch die Berufsbezeichnung „*Turbo-Therapeut*" in sein Repertoire aufnehmen.

Bei Sonnenaufgang konnte ich endlich starten. Die Landschaft unter mir, die nach dem Regen grün und satt im Morgenlicht schimmert, macht mir Hoffnung. Die Entscheidung, ins Outback zu ziehen, war die beste meines Lebens. Erst hier konnte ich mich auf die wesentlichen Werte im Leben konzentrieren. Fernab von den gesellschaftlichen Verpflichtungen eines *Kingsley* in Sydney. Diese Weite. Nichts als Natur. Freiheit. Eigenständigkeit. Und Liebe!

Ein Stück rechts von Trishas Dorf, dessen Häuserdächer blinken und mir immer als Orientierung dienen, hat ein Strom aus Schlamm das in den

Sommermonaten ausgetrocknete Flussbett zurückerobert. Inmitten der Schlammmassen blinkt etwas Metallisches. Ich vergesse es sofort, denn vor mir kann ich die Umrisse der Station erkennen. Mein Herz klopft wie wild, als ich in Gedanken meine Entschuldigung durchgehe. Ich habe sogar Rogers Idee aufgenommen, unsere Hochzeit noch einmal zu feiern. Mit einer richtigen Zeremonie und den Farmern der Umgebung als Gästen.

Der Propeller dreht sich noch, als ich bereits auf die Piste gesprungen bin und Richtung Haupthaus laufe. Ob sie schon aufgestanden und in der Küche ist? Sollte sie noch im Bett liegen, würde es mir meine Entschuldigung erleichtern. Bislang habe ich sie mit sinnlichen Attacken stets dazu bringen können, sich mir hinzugeben. Egal, wie sauer sie auf mich war. Meine Hose wird eng bei dem Gedanken, auf welche Weise ich ihre Wut vertreiben könnte. Vor meinem inneren Auge sehe ich ihre schlafende Gestalt unter den Laken, ihr blumiger Duft liegt im Raum, ihr süßes kleines Schnarchen, ihr warmer Hals, … Gott, es hat mich total erwischt. Meine Schritte werden noch schneller. *Lou! Vergib mir! Ich liebe dich! Bleib bei mir!*

Kylie lässt vor Schreck eine Tasse fallen, als ich die Tür aufreiße und in die Küche stürme. Ich muss einen wilden Anblick abgeben, mit zerknitterter Kleidung und zerzaustem Haar. Außer ihr ist niemand dort.

„Wo ist sie?“, blaffe ich Kylie an, deren Hand sich über ihr Herz gelegt hat.

„Wo ist wer? Trisha? Sie hat doch heute ihren freien Tag.“

Ungeduldig winke ich ab. „Wo ist meine Frau?“

„Lou?“

Ich verdrehe die Augen. Kylie ist nicht gerade die hellste Kerze auf der Torte. „Ja, Lou. Habe ich noch andere Frauen?“

Sie stellt sich aufrechter hin und etwas in ihrem Gesicht verändert sich. Ich kann nicht ganz fassen, was.

„Sie ist fort“, sagt sie und kurz huscht ein Lächeln über ihre Lippen.

Ich verstehe nichts. „Fort?“

„Ja, sie hat ihre Sachen gepackt und ist gestern Nacht mit dem Jeep weggefahren.“ Ein dumpfer Schmerz keimt in meiner Brust auf. Bin ich zu spät? Hat Lou mich verlassen? Dann schüttle ich den Kopf und meine Gedanken klären sich. Das würde Lou niemals tun. Sie würde mit großem Trommelwirbel gehen, sich nicht fortstehlen wie ein Dieb in der Nacht.

„Das kann nicht sein!“, sage ich zu Kylie. Sie zuckt nur mit den Schultern. „Henry Kingsley war gestern hier. Danach war sie sehr aufgewühlt. Ich wollte sie noch zurückhalten, wegen des Unwetters, aber sie hat mich nicht mehr gehört.“ Sie wendet sich wieder ihrer Küchenarbeit zu, als hätte sie nicht soeben die Mutter aller Bomben fallen lassen. *Henry war hier?* Mein Hals ist wie zugeschnürt. Plötzlich erscheint mir Lous Flucht nicht mehr so absurd. Was hat er angestellt? Einen Moment stehe ich wie gelähmt im Raum und starre auf ihre schmalen Schultern. Ich weiß, Kylie steht auf mich. Sie hat im Laufe der vergangenen Jahre mehrfach durchblicken lassen, dass sie alles für mich tun würde. Ein tiefes Dekolleté hier, ein vielsagender Augenaufschlag dort, eine flüchtige Berührung im Vorbeigehen. Aber sie hat mich kaltgelassen. Genau wie alle anderen Frauen bisher. Frauen, die es in erster Linie auf den Namen *Kingsley* angelegt haben. Alle, bis auf Lou. *Meine Lou!*

Ich mache auf dem Absatz kehrt und laufe durch den Garten zum Masterschlafzimmer. Ich vergeude keine Zeit mit Anklopfen und reiße auch hier die Tür auf. Sofort komme ich zum Halt. Das Bett ist gemacht. Auf dem Bettüberwurf liegen ein paar Gegenstände. Ein paar Schranktüren auf der gegenüberliegenden Seite des Zimmers sind aufgerissen. Das weiße Kleid, das Lou bei unserer Trauung anhatte, hängt halb auf dem Bügel. Es wirkt, als habe jemand hastig Kleidungsstücke aus dem Schrank gezerrt. Mir wird kalt. Das kann nicht sein! Das würde Lou niemals tun. Sie ist eine Kämpferin. Sie streitet sich, findet eine Lösung und lässt mich zappeln. Hält mir den Spiegel vor und bringt mich zur Vernunft.

Niemals würde sie aufgeben. Würde sie mich aufgeben.

Oder?

Mit wenigen Schritten bin ich im Bad. Auch hier bestätigt sich meine schlimmste Vermutung. Ihr Waschbeutel ist weg und sämtliche Döschen, Tuben und die dicke Rundbürste sind nicht mehr da. Nur ihr blumiger Duft hängt noch in der Luft. Ist das das Einzige, was von ihr bleibt? Es ist, als habe man mir die Luft zum Atmen genommen. Meine Beine geben nach, ich sacke auf den Badezimmerboden und lehne mich gegen den Türrahmen. Ein paarmal schlage ich meinen Hinterkopf dagegen. Teils, um den Schmerz abzulenken, teils, um mich zu bestrafen. Das habe ich mir ganz allein eingebrockt. Ich war kalt zu ihr, dieser warmherzigen, freundlichen Frau. Habe sie von mir geschoben, damit sie bloß nicht merkt, wie sehr ich ihr verfallen bin. Habe darauf vertraut, sie bleibt trotz allem bei mir und schenkt mir ihre Stärke und Zuversicht. Nun ist es zu spät.

Denk nach, Jackson! Kann ich sie noch aufhalten? Fahrig berge ich das Telefon aus meiner Hosentasche und schaffe es kaum, Lous Nummer zu wählen. Das ist das erste Mal, dass ich meine Frau auf dem Handy anrufe. Erst beim dritten Anlauf gelingt es. Eine Computerstimme erklärt mir, der Anrufer ist nicht erreichbar. *Oder will nicht erreichbar sein.* Ich stöhne und versenke das Gesicht in beiden Händen. Wie soll sie mir jemals vertrauen nach dem, was ich ihr angetan habe? Ich kann nichts tun, als sie ziehen zu lassen. Wenn ich sie liebe, muss ich sie gehen lassen. Wer will schon mit einem übellaunigen Monster wie mir zusammenleben? Ich reibe mir über die Augen, die plötzlich genauso brennen, wie der Klumpen in meiner Brust. Plötzlich sehne ich mich nach der Person, die mich in den letzten Jahren in solchen Situationen immer aus meiner dunklen Spirale der Selbstzerfleischung zerren konnte: Trisha! Der Gedanke an sie lässt eine kleine Flamme der Hoffnung aufkeimen. Vielleicht ist Lou im Dorf!? Ich hebe das Handy, das in meiner Hand zittert.

„Na, sieh mal einer an. Du lebst noch", schlägt mir Trishas Spott entgegen. Gott sei Dank ist sie erreichbar! „Ist Lou bei dir?", frage ich ohne Umschweife.

„Lou? Nein. Sie ist auf der Station." Meine Hoffnung sinkt ins Bodenlose. Mit den Fingern versuche ich, den Anflug von Kopfschmerz an den Schläfen fortzukneten.

„Nein, sie ist nicht hier." Meine Stimme muss Trisha verraten haben, wie es um mich steht. „Das kann nicht sein!" Ich lache trocken. So weit war ich heute auch schon. „Kylie sagt, sie habe gestern Abend im Regen den Jeep genommen."

„Den Jeep? Wo wollte sie hin?"

„Tja, das ist die große Frage. Fort? Zurück nach Chicago?" Die Kralle, die mein Herz langsam aber sicher zerquetscht, dreht bei diesem Gedanken eine Umdrehung weiter.

„Das ist doch Unsinn. Sie würde Zoe niemals zurücklassen."

Ich reiße meine Augen auf. „Zoe ist bei dir?" Schon beginne ich, mich aufzurappeln.

„Ja, sie schläft noch. Sie hatte dieses Wochenende ein Schulprojekt hier im Dorf." Vage erinnere ich mich daran, dass mir Zoe davon erzählt hat. Trisha hat recht. Lou würde niemals ohne ihre Schwester gehen. Die Erkenntnis macht es nicht besser. Kylie sagt, sie sei mit dem Jeep los. Wenn es hier nur ansatzweise so geregnet hat wie in Timber Creek, dann war das eine dumme Entscheidung. Die Feldwege durchs Outback sind bei Regen schlammig und gefährlich. Die Dunkelheit ist allgegenwärtig und die Scheinwerfer eines Fahrzeugs reichen gerade mal ein, zwei Meter vors Fahrzeug. Tiere kreuzen die Fahrbahn. Die nächste Möglichkeit zur Rast und zum Tanken ist vier Stunden entfernt. Kann Lou überhaupt fahren? Seit sie hier ist, habe ich sie nicht ein einziges Mal im Jeep gesehen. Wenn ich an ihre Panik beim Fliegen denke, ist das sicherlich nicht ihre Stärke. Was, wenn sie ins Dorf zu Trisha und Zoe wollte und sich verfahren hat? Was, wenn ihr etwas zugestoßen ist? Der Schmerz, zurückgewiesen zu sein, verblasst und weicht schlagartig der Sorge.

„Jackson, du musst sie finden!" Trishas Stimme ist schrill. Ich reiße die Tür des Land Rovers auf, den ich für Notfälle im Schuppen geparkt habe.

„Das werde ich. Mach dir keine Sorgen." Ich bin

selbst verwundert, wie gelassen ich klinge. Schon bin ich auf dem Weg Richtung *Masangi*. Bei der ersten Weggabelung stoppe ich. Kennt Lou den Weg? Könnte sie hier falsch abgebogen sein? Ich treffe eine Entscheidung und biege links ab. Instinktiv weiß ich, dass das richtig ist. Mein Blick ist auf die Landschaft links und rechts der Fahrbahn gebannt.

Wo zum Teufel ist Lou?

WASSER

Louisa

Das Brummen eines Flugzeugs weckt mich aus dem Dämmerschlaf, in dem ich mich seit Stunden befinde. Blinzelnd sehe ich mich um. Es muss Morgen sein, das Tageslicht bricht durch die getrockneten Schlammschichten auf den Fenstern. Mein Kopf dröhnt und die Zunge klebt vor Durst am Gaumen. Die Beule auf meiner Stirn pocht. Als ich nach dem Aufprall wieder zu Bewusstsein kam, musste ich mich erst orientieren. Es hat eine Weile gedauert, bis mein Verstand wieder funktionierte und ich begriffen habe, was für ein verdammtes Glück ich hatte. Der Jeep befand sich wohl am Rand oder ist von den Schlammmassen noch weiter an die Ufer des Flussbetts geschoben worden. Oder der Schlamm war insgesamt nicht so viel. Nur etwa ein Drittel des Innenraums wurde davon überflutet. Ein paar Meter weiter in der Flussmitte und ich wäre vielleicht nie wieder aufgewacht. Doch außer dem dumpfen Kopfschmerz tut mir nichts weh. Außer vielleicht mein Rücken, da ich die Nacht über keine bequeme Sitzposition gefunden habe. Begleitet vom Geräusch des Regens habe ich versucht, bis zum Morgen ein wenig zu schlafen. Zu allem anderen war ich zu schwach.

Aufgerüttelt vom Flugzeugbrummen zerre ich am Fensterhebel und schaffe es tatsächlich, das Fenster einen Spalt hinunterzukurbeln. Der festgebackene Schlamm löst sich in großen Stücken von der Scheibe. Es wird etwas heller im Innenraum. Durch den Fensterspalt sehe ich die Maschine im makellos blauen Himmel.

„Jackson!", rufe ich, als ich den blauen Stern unter den Tragflächen erkenne. Vollkommen sinnlos. Meine Stimme verhallt im Wageninneren. Es gelingt mir, das Fenster weiter zu öffnen. Ich setze einen Fuß auf die Mittelkonsole und stecke den Kopf hinaus. Die Maschine ist weg. Ich blicke mich um und meine Vermutung bestätigt sich. Der Jeep liegt am Rand des Flussbetts, halb auf der Uferböschung. Die Fahrerseite steckt im Schlamm. Die Beifahrerseite, aus der ich schaue, ist verschont geblieben. Ich entdecke mein Handy im Fußraum des Beifahrersitzes. Mit einigen Verrenkungen gelingt es mir, es zu bergen. Doch es ist ohne Saft. Ein frustrierter Schrei muss sein. Er schreckt eine Gruppe Kängurus auf, die auf der gegenüberliegenden Seite des Flusses grast, oder was immer die da machen. Ich erschrecke mich mindestens genauso wie sie und bin froh, dass sie mich kurz darauf wieder vergessen zu haben scheinen. Die Viecher sind gigantisch groß. Boxen die nicht sogar? Und gibt es in Australien nicht wahnsinnig giftige Tiere? Spinnen und Schlangen? Zoe wüsste sicherlich, wie viele Arten. Zoe! Ob ich sie je wiedersehe? Misstrauisch beäuge ich den Schlamm und die Böschung, die zwischen mir und der Straße liegt. Kurz überlege ich, ob ich ausharre, bis mich jemand findet. Mein Kopf wäre sehr dafür. Aber nach ein paar Minuten gerate ich ins Grübeln. Ob mich überhaupt jemand vermisst? Trisha und Zoe sind nicht auf der Station. Nun bereue ich, Kylie nicht gesagt zu haben, dass ich zu Trisha wollte. Und Jackson? Was, wenn er denkt, ich hätte ihn verlassen? Die Untätigkeit macht mich ganz hibbelig. Es gibt keine andere Lösung, als mich selbst zu retten. Kurz überschlage ich, wie lange der Weg zur Station sein wird. Zu Fuß ein paar Stunden. Mehr nicht, oder?

Ohne unnötigen Lärm öffne ich die Beifahrertür und klettere auf den Jeep. Die Kängurus sind ein Stück weitergezogen. Wenigstens etwas. Ich starre auf den Schlamm um das Fahrzeug. Ob ich hineinspringen und bis zum Ufer laufen kann? Oder ist der Schlamm tiefer als er aussieht und ich werde versinken? Bilder von Menschen, die in die Untiefen von Treibsand gezogen werden, poppen vor meinem inneren Auge auf. Horden von Spinnen rasen auf mich zu, während ich mit dem Sog des Sandes kämpfe. Urgh! Ein paar schlechte Filme zu viel im Leben. Dann schüttle ich über mich selbst den Kopf. Das ist Schlamm und kein Treibsand! Und bisher habe ich jeden Tag im Kräutergarten gearbeitet, ohne von Spinnen oder Schlangen gefressen zu werden. Ich muss es wagen. Ich springe hinab und halte mich für den Notfall an den Rädern des Jeeps fest. Doch die Schlammlawine ist durch die Sonne bereits auf der Oberfläche festgebacken. Mit wenigen großen Sätzen stehe ich auf dem sicheren Ufer. Die Aktion, so kurz sie war, lässt Schweißtropfen meinen Rücken hinabrinnen. Ich fühle mich bereits erschöpft und möchte mich am liebsten unter einem Busch im Schatten zusammenrollen und ausruhen. Doch wer weiß, welche Tiere hier in der Wildnis sind, die nur auf Beute warten. Krokodile? Dingos? Mit einem Mal sehne ich mich nach Chicago. Da konnte ich gewiss sein, dass ich nach spätestens zwei Minuten auf einen Menschen treffen würde. Nach weiteren fünf auf einen Polizisten. Andererseits sind Dingos auch nicht schlimmer als Kriminelle. Rasch schiebe ich den Gedanken fort und konzentriere mich darauf, mich an trockenen Zweigen die Flussböschung hinaufzuziehen. Oben an der Straße angekommen, orientiere ich mich kurz. Von den Spuren, die die Reifen des Jeeps gestern Nacht quer zur Straße gezogen haben müssen, ist nichts mehr zu sehen. Der starke Regen hat alles fortgewaschen. Von hier oben ist der schlammverkrustete Jeep kaum auszumachen. Er ist perfekt getarnt. Nicht auszudenken, was geschehen wäre, wenn ich nicht in der Lage gewesen wäre, mich selbst zu befreien. Die Entscheidung, auszusteigen, war gut. Mit neuem Mut laufe ich los und bete, dass ich die richtige Richtung wähle. Schon nach etwa zweihundert Metern fühlt es sich an, als hätte ich Blei an den Füßen. Gott, habe ich Durst! Ich konzentriere mich auf die zehn Meter vor mir und versuche nicht an die endlose Strecke zu denken, die bis zur Station noch vor mir liegt. Visionen von eisgekühlter Cola verdrängen den Schmerz über Henrys Offenbarung. Auch dieses Thema schiebe ich rigoros fort. Ich habe keine Kraft dafür übrig. Nach einer halben Stunde verwerfe ich die Cola. Wer braucht Cola! Nie wieder werde ich den Wasserhahn laufen lassen, wenn ich mir die Zähne putze. Alles wird gut, wenn ich nur ein Glas Wasser bekomme. Ein Brummen reißt mich aus der Trance. Ich blicke hoch und sehe etwa einen halben Kilometer entfernt im flirrenden Licht ein Fahrzeug auf mich zukommen. Meine Lebensgeister regen sich. Winkend hüpfe ich auf der Mitte der Straße auf und ab. Der Wagen nimmt an Fahrt auf und kommt näher. Mit quietschenden Reifen kommt er kurz vor mir zum Stehen. Die Tür wird aufgerissen und ich kann nicht anders als laut zu Schluchzen, als ich Jackson ausmache, der auf mich zurennt.

„Lou!“

Jackson, meine Liebe. Jackson, mein Ehemann. Jackson, mein Bruder!

„Lou!“ Er breitet seine Arme aus und ist fast bei mir.

Filmreif falle ich in Ohnmacht, als er mich erreicht hat.

Wieder ein Erwachen. Diesmal in meinem Bett. Der Ventilator fächelt mir Luft zu und das Beste: Eine große Karaffe Wasser steht auf meinem Nachttisch. Ich richte mich auf und trinke so gierig, dass mir die Hälfte des Inhalts das Kinn hinunterläuft. Die Matratze neben mir gibt nach. „Vorsichtig, Liebes.“ Jackson! Ich schließe die Augen bei dem Schmerz, der durch mein Herz jagt. Er legt seinen Arm um mich und nimmt mir das leere Glas ab. Ich kann nicht anders, als mich ihm zu entwinden. Dabei sehnt sich mein ganzer Körper danach, Henrys Worte einfach zu ignorieren und mich in seine Arme zu werfen. Er spürt wohl meine Zurückhaltung und mustert mich forschend. Ich weiche seinem Blick aus. Die Vorstellung, es ihm sagen zu müssen, ist unerträglich. Am liebsten würde ich mich in ein Parallel-Universum beamen. Eines, in dem wir eine Zukunft haben. Seine Stimme zittert und er greift nach meiner Hand. Ich bringe es nicht fertig, sie ihm zu entziehen. Es fühlt sich zu gut an.

„Lou! Ich weiß, ich habe Mist gebaut. Ich habe Dinge gesagt, die dich verletzt haben. Bitte, glaub mir. Ich habe nichts davon gemeint. Du bist mein Leben! Ich brauche dich! Bitte verlass mich nicht!" Als ich den Kopf schüttle, höre ich ihn tief Luft holen. Er nimmt meine Hand, führt sie unter sein Hemd und legt meine Handfläche auf das vernarbte Gewebe auf seiner rechten Seite.

„Du darfst mich überall berühren. Ich habe es nicht so gemeint. Ich vertraue dir, Lou!" Ich ziehe die Hand zurück und die Verzweiflung in seinem Blick bringt mich fast um den Verstand. Werde ich es wirklich fertigbringen, ihm noch den letzten Dolchstoß zu versetzen? Sollte ich vielleicht Schluss machen, ohne ihm etwas zu sagen? Ich könnte aus seinem Leben verschwinden, ohne dass er diese Scham empfindet, die mich seit gestern Abend bis in jede Faser meines Körpers erfüllt. *Ich bin mit meinem eigenen Bruder verheiratet.* Dann hätte er die Chance, mich irgendwann zu hassen und ein neues Leben zu beginnen. Wenn nur dieser Kopfschmerz nicht wäre. Ich kann nicht klar denken. Ich reibe mir die Stirn. Er springt auf und geht ins Bad. Nach einer Minute kommt er mit einem gekühlten Tuch wieder, das er mir auf die Stirn legt. Seine Fürsorge macht es nicht besser.

„Tut mir leid. Ich wollte dich nicht überfallen. Das hat Zeit. Werde erst wieder ganz okay. Dann können wir reden." Ich schüttle den Kopf, soweit es der Schmerz zulässt.

„Ich kann nicht, Jackson. Es geht nicht", meine

Stimme klingt heiser. Ich greife nach dem Wasserglas, das er wieder gefüllt hat und leere es.

Er ist so nah. Er duftet nach Jackson und Glück. O Gott, warum ich? Warum wir? Tränen laufen mir übers Gesicht. Jacksons Blick wird panisch. „Lou, bitte. Triff keine voreiligen Entscheidungen. Wir werden über alles reden. Ich kann dir alles erklären." Doch es ist, als wäre ein Damm gebrochen. Ich vergrabe mein Gesicht im Kissen und kann gefühlte Stunden nicht aufhören zu schluchzen. Dann schlafe ich wieder ein.

Das nächste Mal als ich aufwache, ist es dunkel. Jackson liegt auf seiner Seite des Bettes und hat einen Arm um meine Hüfte geschlungen. Er schläft und ich kann mich nicht an ihm sattsehen. Ich liebe diesen Mann. Ich habe noch keinen Menschen im Leben so leidenschaftlich geliebt, wie ihn. Wie soll ich nur ohne diese Liebe weiterleben? Ich kann nicht widerstehen und fahre seine Wangenlinie mit dem Zeigefinger nach. Er schlägt die Augen auf und lächelt sofort. Seine linke Hand legt sich über meine und er schmiegt sein Gesicht in sie. „Geht es dir besser?", fragt er flüsternd. Es liegt so viel Hoffnung in seiner Stimme, dass mir wieder bang wird.

„Geht es Zoe gut?", frage ich. Ich habe jedes Zeitgefühl verloren und könnte nicht sagen, ob ich hier seit Stunden oder Tagen liege.

„Ja, sie ist heute Nachmittag mit Trisha aus dem Dorf gekommen. Du hast uns einen ganz schönen Schrecken eingejagt."

„Der Jeep ... es tut mir leid.“

Er lächelt kurz. „Mach dir darüber keine Sorgen. Mick und ich werden ihn aus dem Schlamm ziehen. Du hast verdammtes Glück gehabt. Aber es ist kein Wunder, dass dein Schutzengel dich liebt.“ Er blickt mich so warm und liebevoll an, dass ich es nicht ertrage, ihm weiter in die Augen zu sehen. Ich fixiere die gegenüberliegende Wand. Er berührt eine Wunde an meiner Hand. Ich zucke zusammen und untersuche meine Finger. Sie sind zerkratzt und ich erinnere mich an die Anstrengung, die es gekostet hat, das Fenster im Jeep herunterzukurbeln. Ein Beweis, dass es tatsächlich geschehen ist. Obwohl es mir vorkommt, wie in einem anderen Leben.

„Wir müssen reden, Jackson.“

Er nickt. „Ja, wir reden und finden für alles eine Lösung. Ich werde mich grundlegend ändern, ich verspreche es dir. Keine Mauern mehr. Ich liebe dich, Lou. Ich weiß, ich hätte es dir längst sagen sollen. Ich liebe dich.“

Ich schlucke den Knoten in meinem Hals hinunter. „Jackson, Henry war hier.“ Kurz flackert Enttäuschung über seine Züge. Wie gern hätte ich ihm auch gesagt, was ich für ihn empfinde. Aber das geht jetzt nicht mehr.

„Ja, das weiß ich. Kylie hat es mir erzählt. War er schlimm? Hat er Ärger wegen der Unterlagen gemacht?“ Ich lache trocken. Wenn es doch nur das wäre! Meinetwegen kann er das gesamte Erbe der Kingsleys für sich haben. Ich will nur Jackson. Als

Ehemann, nicht als Bruder. Ich hole tief Luft. „Hör zu, er hat mir etwas gesagt, was uns beide betrifft.“

Jacksons Miene verdunkelt sich. „Was er auch gesagt hat, du darfst ihm kein Wort glauben. Er ist ein Meister im Manipulieren.“ Ich stöhne auf und vergrabe mein Gesicht in den Händen. „Wenn es doch nur so wäre!“ Er zieht meine Hände sacht zu sich und küsst die wunden Fingerkuppen. „Hey. Was immer es ist. Wir beide zusammen sind stark. Er kann uns nichts anhaben.“ Ich ertrage diesen Blick nicht. Wie oft habe ich mir in den Wochen seit unserer Hochzeit gewünscht, dass es so zwischen uns ist. Dass er sämtliche Mauern fallenlässt. Ich will ihm nicht wehtun. Nicht, wenn er sich so geöffnet hat.

„Jackson. Er hat etwas Furchtbares gesagt. Etwas, das unsere Liebe unmöglich macht.“

Er runzelt die Stirn. „Ich verstehe nicht. Unmöglich? Niemals!“

Augen zu und durch: „Du bist mein Bruder.“

Er schüttelt den Kopf und lächelt spöttisch. „Wie kommt er darauf? Ich bin ein Einzelkind.“

„Halbruder“, korrigiere ich mich. „Henry ist auch mein Vater. Er hatte mit meiner Mom eine Affäre.“ Jacksons Lächeln fällt in sich zusammen. Er springt auf. „Und diese Lügengeschichte glaubst du ihm?“ Obwohl ich dachte, meine Tränen für die nächsten Jahre vergossen zu haben, werden meine Wangen wieder feucht. „Ich muss ihm glauben. Er hat es beweisen können.“ Jackson reißt seine Augen auf. „Wie? Hatte er eine Geburtsurkunde? So etwas kann man fälschen." Ich schüttle den Kopf und erzähle ihm von unseren Händen. Als ich ende, sinkt er kraftlos neben mir aufs Bett. „Du glaubst tatsächlich, es ist wahr", flüstert er. Ich zucke mit den Schultern. „Es sieht alles danach aus, Jackson." Wir schweigen eine Weile. Ich hätte vermutet, dass er bei dieser Nachricht aufspringt, rumbrüllt und irgendetwas zerschmettert, doch er ist ruhig. Teuflisch ruhig.

„Okay. Das ist doch egal. Wir sind nicht miteinander aufgewachsen. Außerdem sind wir nur Halbgeschwister. Das ist alles zusammen moralisch nicht so verwerflich, als wären wir echte Geschwister, oder?" Er sieht er mich an. In seinen Augen liegt so viel Hoffnung.

„Sag etwas, Lou. Das ist doch nicht dasselbe wie ... wie *Inzest*."

Das Wort hallt durch den Raum und mein Magen dreht sich um. Als ich nicht reagiere, überschlägt sich seine Stimme. „Außerdem weiß doch keiner, dass wir Geschwister sind. Wir erzählen es einfach niemandem. Ich liebe dich, Lou. Das kann uns doch keiner nehmen!"

„Aber *wir* wissen es, Jackson. Und Henry weiß es ebenfalls. Und das war noch nicht alles. Unsere Mütter waren Schwestern. Meine Mom ist deine Tante Elena. Sie ist nicht als junge Frau gestorben, sondern nach Amerika gegangen. Dort hat sie sich Emily genannt und meinen Dad geheiratet."

Jackson springt auf. Die Energie, die ich von ihm kenne, ist wieder da. „Dieser Schweinehund Henry!“ Er fährt sich wie wild durchs Haar und lässt plötzlich die Arme sinken. Sämtliche Energie scheint aus ihm gewichen. „Dir ist das Erbe wichtiger als unsere Ehe.“ Es klingt wie eine Feststellung. Wild schüttle ich den Kopf. „Nein, wie kannst du das nur denken? Meinetwegen kann Henry alles haben. Aber er hätte uns immer in der Hand. Und wir müssten mit dem Gedanken leben, dass er uns verraten könnte. Ich weiß nicht, ob ich das ertragen könnte. Ich weiß nicht, ob ich Zoe das antun könnte.“ Meine Stimme ist nur noch ein Flüstern. „Es gibt keine andere Lösung, Jackson. Wir müssen uns trennen. Das mit uns war ein schöner Traum. Zu schön, um wahr zu sein. Und nun ist er vorbei.“

Jackson hat sein Gesicht in den Händen verborgen. Als er aufblickt, ist sein Gesicht verzerrt. Der Mund schief. Die Augen groß. Die Narben scheinen prominenter. Er wirkt verletzlicher denn je und gleichzeitig grimmiger, sollte das möglich sein.

„Ich möchte einen letzten Kuss“, verlangt er und seine Stimme klingt heiser. Sein Blick liegt brennend auf meinen Lippen. Ich schließe die Augen. Ich weiß genau, was er damit bezweckt. Er will mir zeigen, wie sehr ich mich irre. Wie unsere Liebe und der Magnetismus, der zwischen uns herrscht und diesen Sog auslöst, wann immer er in der Nähe ist, jegliche Hürden überwinden kann. Aber es wäre falsch. Doch ich will es selbst so sehr. Ein letzter

Kuss! Ich halte ihm mein Gesicht entgegen. Er senkt seinen Mund auf meinen und küsst mich. Ein sanfter, schmerzhaft schöner Kuss, der mich von meinen Lippen bis zu meinen Zehenspitzen und zurück wärmt. So hat er mich noch nie geküsst. So hat mich noch niemals jemand geküsst. Es ist so zärtlich, so echt, dass ich mit ihm verschmelze. Seine Hand gleitet über meine Wange und er neigt meinen Kopf, um sich besseren Zugang zu verschaffen. Seine Zunge findet meine. Unsere Münder bewegen sich in perfekter Abstimmung. So, als hätten wir diesen Kuss eintausend Mal eingeübt. Meine Hand legt sich auf seine Brust und ich spüre seinen Herzschlag an meinem Puls. Ich habe diesen Mann in den vergangenen Wochen kennengelernt. Seine raue, sexy Seite und seine Verletzlichkeit, den Schmerz, der in ihm wütet. Und nichts möchte ich mehr, als ihn zu beschützen, ihn zu halten und zu sagen, dass alles gut werden wird. Und dasselbe von ihm zu hören.

Aber das wird es nicht. Ohne ihn kann es nie wieder gut werden.

Für eine ganze Weile bleiben wir so und vergessen die Wirklichkeit. Küssen uns nur. Mehr nicht. Die sexuelle Spannung, die sonst zwischen uns aufflammt, bleibt gedimmt. Das hier ist viel intimer. Ich kann mich nicht erinnern, mich jemals jemandem so verbunden gefühlt zu haben. Es zählt nur dieser Kuss.

Zum Abschied.

Wir lösen uns voneinander. Unsere Lippen geschwollen, nach Luft schnappend. Die Hoffnung in seinen Augen, ich würde meine Meinung ändern, bringt mich fast um. Ich kann es nicht mehr ertragen, ihn anzusehen und drehe mich zur Wand. „Wir sollten niemandem etwas sagen. Auch nicht Trisha und schon gar nicht Zoe. Es würde sie killen. Wie soll sie etwas verstehen, was wir selbst kaum begreifen?“, füge ich hinzu.

„Denkst du das wirklich?“, fragt er und ich merke seiner Atmung an, dass er sich zurückhalten muss, mich anzuflehen. Mit mir zu debattieren und zu streiten, mich notfalls mit anderen Methoden zu überzeugen. Doch er hält sich zurück.

Ich kann nicht antworten, sondern starre auf meine Hände. Wann wache ich endlich aus diesem Albtraum auf?

Wenig später höre ich, wie Jackson das Schlafzimmer verlässt.

Ich sollte mich leichter fühlen.

OHNMACHT

Louisa

Zoe schließt die Augen, holt tief Luft und bläst die dreizehn Kerzen aus, die Trisha in den Schokoladenguss ihres Geburtstagskuchens gesteckt hat. Als sie die Augen wieder öffnet, huscht ihr Blick erst zu Jackson, dann zu mir, sodass ich mir ausrechnen kann, was genau ihr Geburtstagswunsch ist. Wenn sie wüsste, wie mein innigster Wunsch ihrem im Ergebnis gleichkommt! Ich reibe mir die Arme. Es ist schlagartig Herbst geworden, so als hätte das Wetter sich den Geschehnissen auf der Station gebeugt. Ich hätte nie gedacht, dass ich mich nach der Hitze des australischen Sommers zurücksehne. Doch die Kälte kommt aus meinem Inneren. Da hilft auch nicht die Jacke, die ich mir jetzt überstreife.

Seit drei Wochen leben Jackson und ich im

Zustand der Starre und versuchen, uns so gut wie möglich aus dem Weg zu gehen. Er ist aus dem gemeinsamen Schlafzimmer ausgezogen und wie zu Beginn unserer Ehe richtet er es so ein, dass wir uns tagsüber kaum sehen. Nur zu den gemeinsamen Mahlzeiten, und wenn es sich absolut nicht umgehen lässt. Dann vermeiden wir es, uns in die Augen zu sehen. Wenn es doch geschieht, steht in seinem Blick, was sich in meinem spiegeln muss: absoluter Schmerz, absolute Sehnsucht.

Es ist hart. Verdammt hart. Dass Trisha und Zoe nicht eingeweiht sind, warum wir unsere Beziehung innerhalb eines Tages von hundert auf null heruntergeschraubt haben, macht es nicht leichter. Beide hängen uns im Nacken. Trisha hat schon ein paarmal versucht, mit mir zu reden. Ich schätze, bei Jackson hat sie es auch schon probiert. Aber sie drängt nicht und behält uns nur mit fragenden Augen im Blick.

Zoe hat das gesamte Spektrum an Emotionen durchwandert. Erst war sie wütend auf mich. Hat mich angezickt, Jackson zu verzeihen, was immer er auch angestellt haben mag. *So schlimm könne es nicht sein.* Dann hat sie es mit Tränen versucht. Mich angefleht, *über meinen Schatten zu springen.* Wenn es doch so einfach wäre! Dann war sie besorgt und hat mir Tees gekocht und Massagen angeboten. Nicht gut für mein schlechtes Gewissen. Seit ein paar Tagen hält sie still und ich sollte erleichtert sein. Doch ich weiß, dass das Thema weiter in ihr brütet. Sie beobachtet uns und lauert auf eine Chance, uns miteinander zu versöhnen. *Als ob wir Einfluss auf die Situation hätten!* Dunkle Ränder liegen unter ihren Augen und selbst ihr Geburtstag, der sonst der schönste Tag im Jahr für sie ist und von dem sie seit Wochen erzählt hat, kann nicht das Leuchten in ihre Augen zaubern, das dort war. Ihre Furcht, Jackson und ich könnten uns trennen und wir müssten die neu gefundene Heimat verlassen, sitzt offenbar tief. Mehr als einmal war ich in Versuchung, ihr oder Trisha alles zu erzählen. Ich habe kaum Kraft, morgens aufzustehen. Jackson so nah zu wissen, ihn täglich zu sehen, doch nicht zu ihm zu können, saugt jede Energie aus mir. Die fragenden Blicke von Trisha und Zoe zermürben mich zusätzlich. Ich weiß nicht, wie lange ich noch durchhalten kann. Vielleicht wäre es tatsächlich besser, Australien zu verlassen. Doch wo sollte ich hin? Ich habe es noch nicht einmal fertiggebracht, meinen Freundinnen Cathy und Susan davon zu erzählen, dass ich in einer Ehe mit meinem Halbbruder lebe. Die Scham sitzt zu tief. Nachdem ich ihnen beim letzten Videochat gestanden habe, wie sehr ich mich in Jackson verliebt habe, würde eine Rückkehr nach Chicago nur Fragen aufwerfen. Fragen, die ich nicht beantworten möchte. Am liebsten würde ich das Thema verdrängen. Aber die Sehnsucht nach Jackson lässt das nicht zu. Diese Spannung zwischen uns ist schlimmer als die Sehnsuchtsphase in unserem Honeymoon. Damals konnte ich Trishas

Zauber dafür verantwortlich machen. Und ich hatte die Wahl, ob ich der Sehnsucht nachgebe oder nicht. Jetzt habe ich keine Wahl. Ich habe mich noch nie im Leben so ohnmächtig gefühlt. Zum Glück hat mich mein Job als Lehrerin ablenken können. Doch auch meinen Schülern ist aufgefallen, dass ich mich verändert habe. Wir lachen nicht mehr so viel im Unterricht.

Zoe lächelt traurig, als sie das erste Stück Torte abschneidet und an Kiah weiterreicht. Ein paar Kinder des Dorfes sind eingeladen, heute mit ihr zu feiern. Mick und Jackson haben im Schuppen eine Art Disco eingerichtet, mit Musikboxen und Lichtorgel. Trisha hat mit mir zusammen Fingerfood gezaubert, das wir den Kids später bringen. Limo und Cola ist kaltgestellt. Die verzierte Schokotorte steht auf einem Biertisch. Überall hängen Girlanden. Alles könnte so perfekt sein. Zoe hat sich seit Jahren eine echte Party gewünscht. Doch dafür war nie Geld oder Platz da. An ihrem Geburtstag war höchstens eine Freundin eingeladen. Und Kino und Popcorn für drei Personen habe ich mir vom Munde abgespart. Nicht zu glauben, dass ich die gesamte Zeit Millionenerbin war. Es *bin*, wenn ich die Kraft hätte, mich mit Henry anzulegen und es darauf anzulegen, dass er mit Schlamm um sich wirft. Sprich: die Beziehung zwischen uns Halbgeschwistern an die Presse zu geben. Manchmal male ich mir aus, wie ich nach Sydney gehe, Henry aus dem Palast kicke und mit Zoe dort ein Leben im Überfluss führe. Die Presse wird sich schon beruhigen, spätestens wenn ein nächstes Opfer gefunden wird, dessen Schicksal die Verkaufs- und Klickzahlen steigert. Doch der Gedanke reizt mich gar nicht. Ich möchte hierbleiben. Genau wie Zoe. Henry kann sich mein Geld dahin schieben, wo die Sonne niemals hinscheint!

Außerdem habe ich seit drei Wochen keinen Piep von Henry gehört. Er lässt mich vermutlich zappeln, nachdem er die Bombe gezündet hat. Seltsam ist es dennoch, nachdem er die Wochen davor so erpicht darauf war, dass ich diese blöden Papiere unterschreibe. Vermutlich sollte ich den ersten Schritt machen, bevor er, wie angedroht, die ganze Geschichte an die Öffentlichkeit bringt. Aber ich kann es nicht. Allein der Gedanke an ihn verursacht mir Gänsehaut.

Trishas warme Hand auf meiner Schulter reißt mich aus den Gedanken. „Warum so grimmig, Lou? Heute ist ein Freudentag. Komm, wir lassen die Kids allein." Benommen blicke ich mich um. Jackson und Mick sind schon fort.

Ich folge Trisha. Das Lachen der Kinder weht uns hinterher. Die ersten Takte von „*Down Under*" erklingen und werden unter dem begeisterten Kreischen der Kids lauter gedreht. Nie hätte ich gedacht, dass dieser Oldie von *Men at Work*, den Mom oft vor sich hingesummt hat, in Australien tatsächlich so etwas wie eine Hymne ist. Die Scheunenwände vibrieren. Wie gut, dass es hier keine Nachbarn gibt, die sich über Lärm beschweren! Trisha seufzt glücklich. „Es tut so gut, dass endlich Leben auf der Station ist.“ Sie plappert weiter und erzählt von einem Kindergeburtstag von Jackson, als die Großeltern eine große Hüpfburg gemietet hatten und die Gäste sogar Ponyreiten konnten. Die Geburtstage mit Mom und Dad kommen mir in den Sinn. Wie sie morgens mit einer Torte voller Kerzen ans Bett kamen und *Happy Birthday* sangen. Wie die ganze Familie im Schlafanzug um mein Bett stand und mir dabei zusah, wie ich mein Geschenk ausgepackt habe. Meistens gab es nur das eine von meinen Eltern und ein selbst gemaltes Bild von Zoe. Unsere Familie bestand nur aus uns vieren. Aber das Schöne waren die Liebe und der Zusammenhalt. Armer Jackson. Ich kann mir Henry noch nicht einmal ansatzweise beim *Happy-Birthday*-Singen vorstellen. Noch nicht einmal in einer Jeanshose statt seines Anzugs, geschweige denn im Schlafanzug. Wer braucht schon eine Hüpfburg?

Aus den Augenwinkeln sehe ich Jackson, der mit Mick vor dem Koala-Baum steht und etwas bespricht. Ich muss einfach hinschauen, denn *Stippy*, Zoes Lieblingskoala, den Jackson nach den Buschbränden von einem Koala-Hilfsprojekt übernommen hat, hängt wie ein Kleinkind auf Jacksons Hüfte. Geistesabwesend streichelt Jackson ihn hinterm Ohr. Das Bild ist herzerweichend. Man kann sich leicht vorstellen, dass Jackson ein liebevoller Dad wäre.

Bei dem Gedanken wird mir übel.

Ich hätte längst eine Schwangerschaft durch einen Test oder einen Besuch beim Arzt bestätigen lassen sollen. Aber ich weiß auch so, dass Trisha recht hat. Mein Körper verändert sich. Meine Brüste sind geschwollen, die Farbe der Brustwarzen ist dunkler und blaue Adern schimmern unter der zarten Haut dort durch. Es kann nicht anders sein. Ich bin tatsächlich schwanger. Ich dachte immer, ich freue mich wahnsinnig, wenn ich ein Kind in meinem Leib trage. Und irgendwie ist es auch aufregend. Der Gedanke an die kleine Erdnuss in meinem Unterleib, die ich als neuen Mensch in diese Welt lasse, lässt meinen Puls hochschnellen. Doch dann erinnere ich mich daran, welche Wirklichkeit das Kind erwartet und die stille Freude bricht wie ein Kartenhaus in sich zusammen. Und, ist es nicht auch möglich, dass es genetische Komplikationen gibt? Der Gedanke lässt mich erschaudern. Was tue ich meinem Kind an? Wäre es nicht besser, wenn es gar nicht auf die Welt käme? Aber diesen Gedankenpfad möchte ich gar nicht erst beschreiten. Ich bin jetzt schon hoffnungslos in die Erdnuss verliebt und könnte noch mehr Verlust kaum ertragen. Also denke ich am besten gar nicht darüber nach. Auch nicht daran, dass ich es Jackson früher oder später beichten muss. Aber die Furcht, wie er reagieren wird, schnürt mir jedes Mal die Luft ab.

Lieber später als früher.

Kaum habe ich den Gedanken zu Ende gedacht,

als ein Schwall Übelkeit mich überrollt. Das ist neu. Plötzlich flimmert es vor meinen Augen und das Würgen setzt ein. Ich schaffe es gerade noch, mich über einen Eimer zu beugen, der neben dem Haupthaus inmitten eines Blumenbeets steht. Mein ganzer Körper krümmt sich und scheint sich von innen nach außen zu stülpen. Ich kann zwischendurch kaum nach Luft schnappen. Trishas warme Hände halten mir das Haar aus der Stirn. Eine Hand streichelt über meinen Rücken und ich höre beruhigende Worte. Jackson? Minutenlang kann ich nicht klar denken. Als die schlimmste Attacke vorbei ist, dreht Trisha den Wasserhahn im Blumenbeet auf. Sie nimmt den Schal von ihrem Hals, benetzt ihn mit Wasser und kühlt damit meine hitzigen Wangen.

„Was ist los? Warum geht es Lou schlecht?" Ich schließe die Augen. So peinlich! Ich will für ihn attraktiv sein, auch wenn er tabu ist. Sogleich schöpfe ich noch ein wenig Wasser in meine Hände und versenke mein Gesicht darin, das jetzt aus anderen Gründen glüht.

„Warum fragst du sie nicht selbst? Sie steht auch hier", antwortet Trisha mit schnippischem Tonfall. So habe ich sie noch nie mit Jackson sprechen gehört.

Er ignoriert ihren Einwand. „Ich habe dich gefragt, warum sie nicht okay ist. Und?"

Sie stößt genervt die Luft aus. „Es geht ihr ausgezeichnet, Jackson. Es ist alles so, wie es sein soll."

„Trisha!", zische ich. Ich könnte sie erwürgen.

Innerlich zähle ich von zehn an rückwärts und zähle die Sekunden die Jackson braucht, um eins und eins zusammenzuzählen. Vielleicht hilft es, wenn ich die Blätter auf dem Gummibaum anstarre.

„Was hast du da gesagt!?", bricht es bei Sekunde sieben keuchend aus ihm heraus. Er dreht mich am Arm zu sich. Es ist das erste Mal seit Wochen, dass er mich berührt und sofort wird der Drang, mich an seinen Hals zu werfen und mein Gesicht an dem nun wie wild zuckenden Pulspunkt dort zu pressen, übermächtig. Aber erst müsste ich den Mund ausspülen.

„Lou, sag, das ist nicht wahr!"

Trisha lacht trocken. „Ich habe gedacht, meine Erziehung hätte mehr bei dir bewirkt. Du kannst nicht wie ein Affe wochenlang über deine Frau herfallen und es dann nicht glauben, wenn sie schwanger ist."

Endlich traue ich mich, Jackson in die Augen zu sehen. Sein Mund schnappt auf und zu wie ein Fischmaul und seine Finger, die noch meinen Arm umkrallen, drücken fast schmerzhaft zu. Seine Augen wiederholen stumm die Frage. Ich zucke mit den Schultern. „Ich weiß es nicht. Ich habe keinen Test gemacht." Gott, ist das meine Stimme? Sie klingt so piepsig. Ich räuspere mich.

„Wer braucht denn einen Test?", ruft Trisha. Die Ungeduld ist ihr anzuhören. „Das sieht doch jeder, dass du schwanger bist. Also rauft euch gefälligst zusammen. Für euer Kind." Als wir nicht auf sie reagieren, sondern uns nur weiter anstarren, erlebe ich zum ersten Mal, dass sie die Geduld verliert. „Am liebsten würde ich euch irgendwo einsperren. Ich habe das Drama langsam satt.“ Sie zerrt an meinem anderen Arm und zieht mich mit sich Richtung Küche. Jackson muss wohl oder übel seinen Griff lockern. Aber Trishas Trick wirkt. Er folgt uns. Der Schock steht ihm ins Gesicht geschrieben. Ich weiß nicht, was ich erwartet hatte? Vielleicht, dass er ein Scheunentor eintritt? Dass er schreit und Henry verflucht? Stattdessen diese Ruhe. Unheimlich. Ich bin wie in Trance, und das liegt nicht nur an meiner Schwangerschaftsübelkeit.

Endlich weiß er es, dreht sich in Endlosschleife durch meine Gedanken.

In der Küche angekommen, kramt Trisha die Flasche Gin aus den Tiefen des Küchenschranks und gießt einen ordentlichen Schluck ein. Unwirsch schiebt sie das Glas vor Jackson, der einen Stuhl hervorgezogen hat, sich schwerfällig draufsetzt und vor sich hinstarrt. „Trink, damit der belämmerte Gesichtsausdruck verschwindet.“ Sie zuckt entschuldigend mit den Achseln, als ihr Blick auf mich fällt. „Tut mir leid, Liebes. Ich mach dir einen Tee. Und dann redet ihr. Wie zwei Erwachsene. Ich möchte nicht, dass einer von euch die Küche verlässt, bevor die Sache geklärt ist.“ Sie hantiert mit dem Wasserkocher und hängt einen Teebeutel in einen Becher. Es tut gut, ihre vertrauten Handgriffe zu verfolgen. Langsam komme ich runter. Vermutlich ist es das

Beste, wenn wir endlich miteinander reden. So, wie wir die vergangenen Wochen nebeneinander hergelebt haben, hätte ich keine weitere Woche durchgehalten. Diese Ungewissheit, wie er auf die Schwangerschaft reagieren wird, war nicht gerade gesund.

Als der Tee dampfend vor mir steht, zieht Trisha sich selbst einen Stuhl zurück und setzt sich darauf. Jackson verschluckt sich am Gin, den er gerade an die Lippen gesetzt hat.

„Du willst doch nicht etwa dabei sein?“, fragt er röchelnd und klärt seinen Hals.

Trisha faltet geduldig die Hände vor ihrer Brust.

„Doch. Denn ich traue euch nicht.“

WOMBATSHIT

Louisa

Jackson und ich tauschen einen unbehaglichen Blick. Uns beiden ist klar, dass wir unser Geheimnis nicht länger für uns behalten können.

Trisha zieht die Augenbrauen hoch. „Ich warte! Wer von euch möchte anfangen?“ Jackson wirft ihr einen mörderischen Blick zu.

„Wir können nicht zusammen sein“, beginne ich zaghaft und spiele nervös mit dem Schildchen des Teebeutels. Jackson fängt meine Finger ein und verschlingt sie mit seinen. Die Berührung ist so schön, dass ich kurz die Augen schließen muss. Ich habe ihn so sehr vermisst. Als ich Tränen unter den Lidern spüre, reiße ich sie rasch wieder auf.

„Das ist doch Wombat-Würfelshit“, sagt Trisha und verschränkt die Arme vor der Brust. Jackson verschluckt sich ein zweites Mal. „Wombat? Du meinst wohl Bullshit?", hake ich nach. Sie zuckt mit den Achseln. „Wer braucht schon Bullshit! Wir sind schließlich in Australien. Das wollte ich immer mal sagen und es gab bisher keinen passenderen Moment als diesen. Und jetzt hört endlich auf, um den heißen Brei herumzureden und sagt mir, warum ihr so einen Mist denkt."

„Henry hat mir etwas mitgeteilt, das eine Beziehung zwischen mir und Jackson unmöglich macht." Ihr Blick verengt sich. Sie erwartet wohl nichts Gutes, wenn der Name Henry Kingsley ins Spiel kommt.

„Er hat mir erzählt, dass er mein Vater ist. Er hatte eine Affäre mit seiner Schwägerin Emily ... äh ... Elena, meiner Mom."

Trisha schreit auf. „Du bist das *Kind*?"

Verwirrt sehe ich sie an. „Ich denke schon. Ich bin das Kind von Elena und Henry. Als sie schwanger wurde, ist sie in die USA geflüchtet."

„Wegen einer Affäre?" Ihre Stimme klingt belegt.

„Ja, er hat gesagt, ihr wäre bewusst geworden, was sie ihrer Schwester, also Jacksons Mom, angetan hätte und dann habe sie alles hinter sich lassen wollen."

Trisha flucht leise vor sich hin und schüttelt den Kopf. „Und du glaubst ihm?"

Ich nehme einen Schluck Tee und verbrenne mir prompt die Zunge. „Ja, er hat mir gezeigt, wie identisch unsere Hände sind. Es gibt keine andere Möglichkeit, als dass ich von ihm abstamme." Trisha winkt ab. „Das meine ich nicht." Ich sehe sie an. Sie neigt sich vor. Ihr Blick ist auf unsere ineinander verschlungenen Hände gerichtet.

„Das, was Henry eine *Affäre* nennt, war vermutlich keine. Henry hat sich Elena aufgezwungen. Sie hat behauptet, er habe sie vergewaltigt." Ich schnappe nach Luft. Ihre Worte lösen den Knoten in meiner Brust, der sich dort eingenistet hat, seit ich angenommen hatte, Mom habe ihre eigene Schwester hintergangen. Aber ich fühle mich alles andere als erleichtert. Das Bild von Henry, der Mom Gewalt antut, raubt mir die Luft. Die Übelkeit wallt wieder auf und ich nehme rasch einen Schluck Tee. Meine Finger zittern so sehr, dass mir fast der Becher entgleitet. Ich sehe zu Jackson, wie er die Nachricht verarbeitet. Er wirkt alles andere als überrascht.

„Du wusstest davon?", frage ich ihn.

Er stößt die Luft aus und gießt sich noch einen Schluck Gin ein. „Nicht von deiner Mom, nein. Aber, dass Henrys Methoden, Frauen ins Bett zu bekommen, fragwürdig waren, ist mir nicht neu. Das war etwas, das meine Mutter ihm in jener Nacht im Streit vorgeworfen hatte. Du weißt, die Nacht, in der der Unfall war und sie es nicht mehr ertragen hat, bei ihm zu sein."

„Ob Alicia wusste, dass Henry sich auch an ihrer Schwester Elena vergangen hatte?", frage ich, obwohl ich weiß, dass es ihm nicht leicht fällt darüber zu reden. Jackson drückt meine Hand. „Das weiß ich nicht, Lou." Einen Moment versinke ich im Schmerz seiner Augen.

„Aber *ich* weiß es", sagt Trisha, die ich kurz vergessen hatte. „Es tut mir leid, Jackson. Aber Alicia wusste es. Ich war damals recht neu im Haushalt der Kingsleys. Aber ich habe in jener Nacht miterlebt, wie deine Mutter zusammen mit Henry die Spuren der Tat verwischt hat. Vielleicht waren Drogen im Spiel. Ich kam gerade die Dienstbotentreppe hinauf …"

Fünfundzwanzig Jahre zuvor

… Das Haus ist in der Nacht unheimlich. Und so kalt, dass ich den Marmorfußboden sogar durch die dünnen Sohlen meiner Flipflops spüre. Ich überlege, ob ich sie ausziehen soll. Flipflops sind nicht gerade die Schuhe, die man tragen sollte, wenn man durch ein Haus schleicht und nicht entdeckt werden möchte. Nicht, dass die zusätzliche Arbeit in der Bäckerei, zu der ich mich jede Nacht wegschleiche, etwas Verbotenes wäre. Aber ich weiß nicht, was Nanny Welsh davon halten würde. Vermutlich würde die Kinderfrau der Kingsleys, der ich direkt unterstellt bin, es für inakzeptabel halten, dass ich nicht meine ganze Arbeitskraft auf „die Familie" verwende. Sie hält die Kingsleys für so etwas wie die Royals von Australien und kann mir nicht oft genug

sagen, welche Ehre es für mich ist, dass ich diesen Job bekommen habe. Dabei ist sie nur sauer, dass ich ausgewählt wurde, ihr bei der Betreuung des kleinen Jackson zu helfen, und nicht irgendeine Cousine von ihr. Ich denke, sie hält sich für etwas Besseres, weil sie weiß ist. Mehr als einmal hat sie mich „Kartoffelnase" genannt und wollte damit wohl eine Reaktion von mir provozieren, die mich den Job kostet. Aber so bitter das ist: Als australische Ureinwohnerin bin ich es gewohnt, angepöbelt und für minderwertig gehalten zu werden. Vielleicht versteht sie auch nur nicht, dass ich nicht vor Ehrfurcht erstarre, wenn mich ein Mitglied der Kingsley-Familie direkt anspricht. Dabei sind das „ganz normale Leute, die auch täglich verdauen", wie meine Mamang immer gesagt hat. Die hatten nur Glück, dass sie in eine reiche Familie geboren wurden. Ich seufze, als ich die abgewetzten Stufen der Dienstbotenstiege hinaufschleiche und die Tüte mit den Küchlein fester greife, die jeder Mitarbeiter der Bäckerei nach der Schicht mitnehmen darf. Ich lächle bei dem Gedanken daran, wie sich Jackson jedes Mal freut, wenn ich ihm eins zustecke. Es ist unser kleines Geheimnis. Denn Nanny Welsh hat Zucker strikt von der Ernährungsliste gestrichen. Wer weiß, ob sie mir deswegen kündigen würden? Doch ich kann nicht widerstehen. Er ist einfach zu niedlich. Diese süßen Pausbacken des Fünfjährigen und dazu diese leuchtend blauen Augen. Unwirklich. Dass ich den Job bekommen habe, war jedenfalls wie ein Sechser im Lotto. Leider nicht mit dem entsprechenden Geldregen. Auf der untersten Stufe der Dienstbotenskala reicht mein Verdienst allein nicht aus, um Koorong zu helfen.

Koorong! Die Sorge um meinen Sohn lässt mich schlucken. Eine kalte Hand greift nach meinem Herzen. Was habe ich nur falsch gemacht? Er hatte all die Liebe dieser Welt. Als sein Vater vor zwei Jahren bei einem Unfall ums Leben kam, ist der knapp Achtzehnjährige auf die schiefe Bahn geraten. Seit zwei Monaten sitzt er im Parklea Correctional Centre in Untersuchungshaft. Angeblich hat er mit Drogen gehandelt. Aber das kann ich mir nicht vorstellen. Er raucht noch nicht einmal! All meine Ersparnisse, mein Gehalt und auch die Einkünfte aus der Bäckerei gingen bisher für den Anwalt drauf. Da kann Nanny Welsh noch so die Nase rümpfen. Ich brauche jeden Cent. Bloß nicht die Hoffnung verlieren. Zum Glück habe ich hier im Haus ein eigenes Zimmer, für das ich keine Miete zahlen muss. Es ist zwar unterm Dach und im Sommer unerträglich heiß. Aber ich muss es mit niemandem teilen.

Als ich im Dachgeschoss angekommen bin, lässt mich ein seltsames Geräusch zusammenfahren. Es kommt von unten. Mit wild klopfendem Herzen spähe ich über das hölzerne Geländer. Es ist zu dunkel, als dass ich etwas sehen könnte. Dann ertönt ein Stöhnen, das mir das Blut stocken lässt.

„Halt sie höher!“ Das ist eindeutig die Stimme von Henry Kingsley, dem unsympathischen Vater des kleinen Jackson.

„Ich versuch es ja“, zischt eine weibliche Stimme zurück, die ich nicht erkenne, so gepresst klingt sie. Ich bin hin- und hergerissen zwischen Neugier und der Furcht, entdeckt zu werden. Was tut Henry Kingsley um diese Uhrzeit im Dunkeln im Dienstbotenaufgang? Und von wem kommt das Stöhnen? Es klingt gespenstisch.

„Pass doch auf, sie weckt das ganze Haus auf“, blafft er die Frau an.

„Wir hätten sie knebeln sollen.“ Die Stimme klingt weinerlich.

Knebeln? Was immer sie tun, das hört sich schrecklich an. Eine Tür quietscht und klappert. Im zweiten Stock müssen sie die Dienstbotenstiege verlassen haben. Einen Moment stehe ich wie festgefroren. Dann kommt Leben in mich. Vielleicht braucht jemand meine Hilfe? Das Stöhnen klang nicht gut. Vielleicht aber auch nicht? Ich verharre unschlüssig. Die Neugier siegt. Ich streife die Flipflops ab und schleiche die Treppen hinunter, zurück in den zweiten Stock. So leise wie möglich. Die Tür zum Flur, in dem die Masterschlafzimmer sind, quietscht viel zu laut, als ich sie einen Spalt aufschiebe. Was ich sehe, lässt mich fast aufschreien. Henry Kingsley und seine Frau, die wohlerzogene jüngere Tochter des Hauses, Alicia Kingsley, tragen eine Person, die bewusstlos scheint. Beim näheren Hinsehen erkenne ich Alicias Schwester Elena. Ist sie verletzt? Kurz überlege ich wieder, ob sie meine Hilfe brauchen. Aber dann würde es keinen Sinn *machen, dass sie keinen Krankenwagen rufen, sondern hier im Dunkeln zischeln. Ich gehe kurz die Optionen in meinem Kopf durch und komme nach zwei Herzschlägen zu dem Ergebnis, dass ich mich lieber unerkannt zurückziehen sollte. Es steht mir nicht zu, mich einzumischen. Vielleicht ist Elena nur sturzbetrunken und genau das soll vertuscht werden, um den „Ruf“ zu wahren, auf den reiche Familien so viel Wert legen. Ich mag die freundliche Tante Elena von Jackson. Neben Alicia ist sie die Einzige, die regelmäßig mit Jackson spielt. Henry war noch nie im Spielzimmer. Und die Großeltern befassen sich mit ihm nur, wenn er gebadet und gekämmt ist und zum Gutenachtsagen in den großen Salon geführt wird. Da er das einzige Enkelkind ist, hätte ich mehr Begeisterung erwartet. Meine Eltern sind nach Koorongs Geburt ausflippt vor Seligkeit und haben ihn total verwöhnt. Seltsam, diese Familie Kingsley.*

Mit einem letzten Blick vergewissere ich mich, dass nirgendwo Blut ist. Dann lasse ich die Tür zuschnappen und mache, dass ich ins Dachgeschoss komme.

Ich bin kaum zwei Treppenabsätze weiter, als die Tür wieder aufgerissen wird. Schwere Schritte folgen mir. Obwohl der Drang, mich zu verstecken, groß ist, drehe ich mich um und begegne Henry Kingsleys kaltem Blick, bei dem sich mir trotz der Dunkelheit vor Schreck die Härchen im Nacken aufstellen.

„Sie ist betrunken. Wir helfen ihr.“ Ich nicke nur.

Ob er mich deswegen entlässt? Das Blut in meinen Ohren rauscht. War Henry schon immer so groß?

„Dann haben wir uns ja verstanden." Er sieht mich nur an und ich verstehe es als das, was es sein soll: Eine stumme Warnung, zu niemandem jemals ein Wort über das, was ich gesehen habe, zu sagen. Ich schlucke und nicke wieder. Er hebt noch einmal herrisch das Kinn. Dann dreht er sich um und ist fort. Mir ist, als dröhne mein Herzschlag so laut, dass ich das ganze Haus aufwecke. Wenn Elena nur betrunken war, warum droht er mir? Und das war doch eine Drohung, oder?

„Aber sie war ihre Schwester. Wie konnte sie das zulassen? Warum hat sie Henry geholfen, die Spuren zu verwischen?", frage ich.

Trisha seufzt. „Ich weiß nicht, warum Alicia zu ihm und nicht zu ihrer Schwester gehalten hat. Wenn es mein Ehemann gewesen wäre, hätte ich den Mistkerl angezeigt und hochkant hinausgeworfen. Aber Alicia war blind vor Liebe zu Henry. Und Jackson war noch klein. Ich nehme an, sie hatte Furcht vor dem Skandal für die Familie."

„Aber warum hat Mom ihren Schwager nicht angezeigt?"

„Das hat sie versucht ..."

Fünfundzwanzig Jahre zuvor

… „Jackson frühstückt heute in seinem Zimmer und bleibt den Vormittag oben", Alicias Tonfall ist ungeduldig. Als sie mich in einer Ecke des Kinderzimmers entdeckt, erstarrt sie, fängt sich aber schnell. Sie sieht nicht gut aus. Ich sehe ihr an, dass sie kaum geschlafen hat. Ihre sonst so perfekte Frisur sitzt schief. Nanny Welsh nickt und stellt die Anweisung nicht infrage.

Etwa zwei Stunden später habe ich endlich eine Verschnaufpause und freue mich auf einen Kaffee und ein Schwätzchen mit der Köchin Maari, die aus meinem Stamm ist und die mir den Job verschafft hat.

„Schon was Neues von Koorong?", fragt sie. Sie ist so etwas wie die Patentante meines Sohnes und macht sich genauso Sorgen wie ich. Ich lasse mich seufzend an dem kleinen Klapptisch in der Küche nieder. „Nein, der Anwalt sagt, wir müssen den Haftprüfungstermin am Donnerstag abwarten." Wir beide schlürfen still an unserem Kaffee. Ich liebe diese Pause am Morgen zusammen mit meiner Freundin, bevor die hektische Lunchzeit anfängt. Durch die Stille bricht plötzlich ein Wutschrei, der uns zusammenzucken lässt. Ich blicke stirnrunzelnd zu der Gegensprechanlage neben der Küchentür. Offenbar ist sie eingeschaltet und man hört jedes Wort, das im Salon, in dem die Familie speist, gesprochen wird. Der Raum hat eine direkte Leitung in die Küche, falls spontan die Dienste der Köchin benötigt werden. Maari zuckt mit den Schultern und grinst mich an. „Es lässt sich nicht ausschalten. Ich habe schon vor

zwei Wochen gesagt, das Ding muss repariert werden. Aber auf mich hört ja keiner." Gerade will ich einen spöttischen Spruch machen, als Elenas aufgebrachte Stimme durch die Küche hallt.

„Warum glaubt ihr mir nicht?"

„Liebes, wir machen uns Sorgen um dich." Das ist die Stimme der alten Kingsley, die ich bisher nur einmal gesehen habe. „Henry hat uns eine andere Geschichte erzählt. Dass du ihm ... nennen wir es mal so: schöne Augen gemacht hast und dich ihm in einer Weise genähert hast, die sich nicht für eine Schwägerin gehört."

„Und ihr glaubt ihm mehr als mir, wenn ich sage, er hat mich vergewaltigt?" Maari blickt erschrocken zu mir und will etwas sagen, doch ich gebe ihr mit einer Geste zu verstehen, dass ich weiter zuhören möchte. Vergewaltigt? Das Bild, wie Alicia und Henry die stöhnende Elena durch die Nacht tragen, ergibt plötzlich Sinn. Was hat er ihr angetan? Und welche Rolle spielt Alicia dabei?

„Wir würden dir ja glauben, aber wenn seine eigene Frau das bestätigt, stellt sich uns doch die Frage, ob du nicht übertreibst."

Elena beginnt zu schluchzen. „Ich weiß nicht, was ich Alicia angetan habe, aber sie lügt!"

Es ist eine Weile still.

„Schätzchen. Vielleicht sollten wir Doktor Bennington rufen, der dir etwas zur Beruhigung gibt. Er hat vielleicht noch einen Platz in seinem Institut frei und du kannst dich dort eine Weile ausruhen."

„Ausruhen? Ich muss mich nicht ausruhen. Ich muss zur Polizei!“

„Jetzt mach dich nicht lächerlich!“, dröhnt erstmals die Stimme des Patriarchen, Oliver Kingsley. „Glaubst du, die werden die Aussage von Henry und Alicia einfach so abtun? Du wirst wie eine Lügnerin dastehen und den Ruf unserer Familie beschmutzen. Das wird ein gefundenes Fressen für die Presse. Und das, wo der Premierminister nächste Woche zum Dinner kommt. Ich verbiete dir, dass du auch nur ein Wort darüber in der Öffentlichkeit verlierst. Sonst wirst du dich auf einen langen Aufenthalt bei Dr. Bennington einrichten können, und ich muss mir ernsthaft überlegen, die Erbfolge zu ändern.“ Maari schnappt nach Luft. Elena schluchzt herzerweichend. Ein Brennen macht sich in meinem Magen breit und ich stelle angewidert die Kaffeetasse hin. Ich muss handeln! Ich werde sofort nach oben gehen und berichten, was ich gesehen habe. Vielleicht kann ich ein Unrecht aufhalten. Maari blickt mich fragend an, als ich aufspringe. „Ich muss etwas erledigen.“ Sie wird ohnehin gleich alles mithören, also verliere ich keine Zeit mit weiteren Erklärungen.

Im Marmorfoyer bleibe ich unschlüssig vor den Türen stehen, die zum Salon führen. Elenas Schluchzen ist der einzige Laut, der durch die Tür dringt. Unschlüssig lege ich meine Finger auf die Türklinke. Trotz meiner Entschlossenheit von soeben, denke ich an Henrys Warnung. Ich hole tief Luft. Es muss sein!

Plötzlich zerrt mich jemand grob an den Schultern zurück, sodass ich strauchle. Henry! Er umfasst mein Handgelenk mit eisernem Griff und zieht mich von der Tür fort. Am liebsten würde ich schreien, aber die Angst, was er mit mir anstellt, lähmt mich. Er ist ein groß gewachsener Mann, gegen den ich winzig bin. Ich hätte keine Chance. Er zerrt mich die große Treppe hinauf in Richtung des Apartments, das er und Alicia im ersten Stock bewohnen. Nicht gerade sanft schiebt er mich durch die Tür. Ich war erst einmal hier, als ich Jackson für einen Gutenachtkuss vorbeigebracht habe. Auf dem großen Sofa wartet Alicia. Sie ist noch blasser als heute Morgen und ihre Hände zittern.

„Hör mir gut zu, …"

„Trisha, Sir", flüstere ich und bibbere. Er winkt unwirsch ab. „Das interessiert mich nicht. Was mich interessiert, ist, dass du die Klappe hältst, verstanden? Du hast nichts gesehen." Ich nicke und schließe vor Scham die Augen. Arme Elena!

Alicia erhebt sich vom Sofa. „Trisha, ich weiß, dass du unsere Hilfe brauchst." Ich blinzle sie an. Ihre freundliche Stimme, die so im Gegensatz zu der ihres Mannes steht, irritiert mich. Ist das so eine ‚Good-cop-bad-cop-Taktik', wie in den Polizeiserien? Was meint sie?

Als würde sie mir die Gedanken ansehen, nickt sie. „Dein Sohn. Du hast doch einen Sohn, der dringend einen guten Anwalt braucht, oder?" Ich glaube, mein Mund klappt tatsächlich auf. „Woher wissen Sie davon?"

„Das ist doch egal. Wir wissen es eben", unterbricht Henry mich unwirsch. „Ich sage dir jetzt, wie es läuft: Wir sorgen dafür, dass dein Sohn freikommt. Und nicht nur das. Wir bieten dir eine lebenslange Anstellung im Haushalt der Kingsleys. Such dir eine Position im Haus aus und du sollst sie haben." Mir schwirrt der Kopf. Sie wissen von Koorong? Er wird freikommen? Das kleine Flämmchen Hoffnung, das seit Wochen in mir simmerte, züngelt mit einem Male hell auf. Sofort meldet sich mein Gewissen. Kann ich Elena hängenlassen? Aber Koorong! Er wird frei sein und eine Chance auf ein gutes Leben haben. Dafür könnte ich sorgen. Denn ich werde einen guten Job haben. Ich könnte mir vielleicht leisten, dass er aufs College geht. Bildung ist der Schlüssel zu einem erfolgreichen Leben, oder nicht? Und ich hätte lebenslange soziale Sicherheit? Ich kenne Elena nicht und schulde ihr nichts. Sie ist reich und kann sich therapeutische Hilfe leisten. Was, wenn ich mich gegen das Angebot entscheide? Würde Henry dann wirklich verurteilt werden? Wird es nicht vielmehr so sein, dass die Familie den Skandal vertuschen wird. Vielleicht wird Elena trotzdem in irgendeine Anstalt geschickt, damit sie Ruhe gibt. Und ich werde alles verlieren. Was habe ich schon gesehen? Woher soll ich wissen, ob sie nicht nur betrunken war und es so war, wie Henry und Alicia es erzählen. Und sind nicht auch mir schon die Blicke

aufgefallen, die Elena und Henry miteinander getauscht haben. Die Dienstboten sprechen jedenfalls darüber. Wer sagt denn, dass Elena nicht tatsächlich aus verschmähter Liebe handelt? Dass Henry unsympathisch ist, macht ihn noch lange nicht zum Vergewaltiger.

„Sag nicht, du denkst über das Angebot noch nach? Ich habe dich für schlauer gehalten", blafft Henry mich an. Alicia wirft ihm einen warnenden Blick zu.

Bevor ich es mir anders überlege, antworte ich: „Wir haben einen Deal! Aber ich brauche Beweise, dass Sie sich daran halten."

Henry lächelt spöttisch. „Doch nicht so dumm. Wie wäre es, wenn ich fürs Erste diese hässliche Nanny von Jackson rausschmeiße und du übernimmst ab sofort ihren Job? Reicht dir das als Beweis, dass ich mein Wort halten werde? Dann sehen wir am Donnerstag, wie es mit deinem Sohn weitergeht."

Donnerstag? Er weiß von Donnerstag? Seine Worte jagen einen Schauder über meinen Rücken. Dieser Mann ist der Kulpunya, der teuflische Hund, wie er in den Traumgeschichten meines Volkes heißt.

Und ich habe ihm soeben meine Seele überschrieben.

ERBE

Louisa

Ich kann kaum glauben, was ich von Trisha höre. Wie muss sich Mom damals gefühlt haben? Nicht nur, dass ihr unsagbar Schreckliches von einem Mann im engsten Familienkreis widerfahren war. Sondern ihre eigene Schwester wendete sich gegen sie. Und ihre Eltern, die sie lieben und unterstützen sollten, hielten sie für verwirrt.

„Sie hat sich damals nicht beirren lassen und hat die Sache der Polizei gemeldet. Diese hat das Verfahren bald nach Vernehmung von Henry und Alicia eingestellt. Ich kann mir nicht vorstellen, dass da sorgfältig ermittelt wurde. Keiner der Dienstboten wurde befragt.“ Trishas Stimme ist nur noch ein Flüstern, das kaum über das Brummen des Kühlschranks, das ausgerechnet jetzt eingesetzt hat, hinausgeht. „Jeder wusste, die Kingsleys haben eine Menge Geld in die Hand genommen, um den Familienskandal zu vertuschen. Sicherlich nicht zu knapp, wenn man bedenkt, wie heiß die Story für die Presse gewesen wäre. Man denke nur: Eine Millionenerbin beschuldigt den Mann ihrer Schwester aus verschmähter Liebe zu Unrecht, ihr Gewalt angetan zu haben."

Ich weiß nicht, was ich davon halten soll. Tausend Emotionen streiten in mir. Trisha hätte Mom helfen können. Aber sie hat sich für ihren Sohn entschieden. Instinktiv lege ich die Hand auf meinen Bauch. Kann ich ihr das wirklich vorwerfen? Und hätte ihre Aussage wirklich zu einem anderen Ausgang geführt? Vermutlich hätten die Kingsleys trotzdem verhindert, dass Henry der Prozess gemacht würde.

„Das ist die Entscheidung meines Lebens, die ich am meisten bereue. Glaub mir, Lou. Es vergeht kein Tag, an dem ich deswegen keine Scham empfinde. Ich habe versucht, es an Jackson wiedergutzumachen. Henry hat Wort gehalten und ich wurde von dem Tag an seine Nanny. Ich liebte den kleinen Kerl. Ich wollte ihm so viel Liebe geben, ... ich ..." Tränen laufen über ihre Wangen. Ich bin hin- und hergerissen zwischen Mitleid und unendlicher Wut. Wut auf die Kingsleys. Nicht auf sie, die warmherzigste Person, die ich kenne. Jackson springt auf und umarmt Trisha, die schluchzend ihren Kopf an seiner Brust verbirgt. „*Scht*! Es war gut so. Ich bin dir unendlich dankbar. Ich weiß nicht, wie unerträglich mein Leben ohne deine Liebe gewesen wäre“, murmelt er, während er wieder und wieder über ihr Haar streicht.

„Ich schäme mich so“, sagt sie unter Tränen.

„Ich bin dir nicht böse, Trisha. Du hattest keine andere Wahl“, sage ich und die Erleichterung, die meine Worte bei ihr auslösen, lockert die Spannung im Raum. Sie schnieft und tupft sich die Augenwinkel mit einem Tuch, das Jackson ihr gereicht hat. Langsam beruhigt sich ihre Atmung und sie schickt mir ein zaghaftes Lächeln. Ich erwidere es und hoffentlich erkennt sie es als das Zeichen, als das es gedacht ist: Ich verzeihe ihr von ganzem Herzen. „Wie geht es Koorong heute? Kommt er dich ab und zu besuchen? Ich würde ihn gern kennenlernen.“

Ihr Gesicht leuchtet auf. „Er hat einen Collegeabschluss und eine eigene IT-Fima mit einhundert Mitarbeitern in Sydney. Und er ist das Oberhaupt meines ehemaligen Stammes dort.“ Sie glüht vor Stolz und ich bin erleichtert, dass die Entscheidung für ihren Sohn damals richtig war.

„Er ist wie ein großer Bruder für mich“, sagt Jackson. „Du wirst ihn sicher kennenlernen. Er ist mindestens zweimal im Jahr mit seiner Familie hier auf der Station.“

„Du hast Enkel?“ frage ich Trisha. Warum weiß ich davon nichts? „Warum lebst du nicht in ihrer Nähe?“

Trisha lächelt. Es steht ihr besser als die Tränen.

Sie winkt ab. „Meine Enkel sind mittlerweile Teenager, die Besseres zu tun haben, als sich mit einer alten Frau zu befassen. Und meine Schwiegertochter … na ja, wir gehen uns besser aus dem Weg."

Ich lache. „Du musst mir Fotos zeigen." Trisha nickt. Dann wird sie wieder ernst. „Später, Liebes." Sie holt Luft und ich weiß, dass die Geschichte von damals noch nicht beendet ist. „Wie du weißt, stellte deine Mom also kurz darauf fest, dass sie schwanger war. Sie hat es Henry und Alicia erzählt. Das hätte sie besser nicht getan. Alicia und Henry wollten alles tun, damit sie ihnen das Kind gibt." Sie blickt mich an. „Also in dem Fall: dich!"

„Warum das?"

„Es gab lautstarke Auseinandersetzungen darüber. Die konnte ich als Nanny schlecht überhören. Aber ich weiß nicht, warum sie das wollten."

„Aber *ich* weiß es", sagt Jackson. „Das war Henrys sicheres Ticket für die Erbschaft der Kingleys." Er nimmt wieder neben mir Platz. Sein Knie hüpft unruhig auf und ab.

„Das könnte sein", murmelt Trisha. „Jedenfalls sah Elena in ihrer Verzweiflung keinen anderen Ausweg, als bei Nacht und Nebel das Land zu verlassen. Wir waren alle sehr geschockt, als sie plötzlich fort war. Damit hatte keiner gerechnet."

„Aber niemand kann verschwinden. Hat man sie denn nicht gesucht?"

Trisha zuckt mit den Achseln. „Wenn es so war, waren sie diskret. Das habe ich damals nicht mitbekommen. Vielleicht war ihr Verschwinden die beste Lösung für alle und man war insgeheim froh, dass sie fort war."

Ihre Worte versetzen mir einen weiteren Stich. Arme Mom! Sie war ganz allein. Ich weiß aus Moms Erzählungen, dass sie Dad kurz nach ihrer Ankunft in Chicago kennengelernt hat. Da war sie also schon schwanger. Ein warmes Gefühl durchflutet mich bei dem Gedanken, dass Dad mich nie hat spüren lassen, dass ich nicht sein leibliches Kind bin. Er hat Mom geliebt und sie ihn. Wie schön, dass diese grauenhafte Nacht letztlich zu Glück geführt hat. Mein Hirn arbeitet auf Hochtouren, um Henrys Motive in dieser ganzen Sache zu begreifen.

Allmählich meine ich, klarer zu sehen und stockend fasse ich meine Theorie dazu zusammen: „Henry wollte sich oder vielmehr seiner Familie das Erbe der Kingsleys sichern. Mom war zwar fort, aber er konnte nicht sichergehen, dass sie als testamentarisch vorgesehene Erstgeborene nicht irgendwann aus der Versenkung kommen und Ansprüche stellen würde. Er fühlte sich sicher, als Mom bei einem Unfall ums Leben kam. Vielleicht hat er befürchtet, dass Zoe und ich uns melden. Aber wir Schwestern wussten nichts von dem Erbe. Seine Frau Alicia hatte das Erbe ja bereits angetreten, sodass Elenas Tod eher praktisch als nachteilig war. Doch dann starb auch Alicia bei einem Unfall und Henrys Machtposition bröckelte. Es macht trotzdem keinen Sinn, dass er *schlafende Hunde* geweckt hat und mich kontaktiert hat. Ich hätte doch nie etwas von der Erbschaft gewusst, wenn er stillgehalten hätte. Etwas muss ihn getrieben haben, mich in Chicago zu kontaktieren. Nur was?“ Ich knete meine Unterlippe.

„Vielleicht lag es daran, dass ich, der letzte offizielle leibliche Erbe, mich von ihm abwandte und ins Outback zog. Ich hatte kein Interesse am Geld und gesellschaftlichem Status der Kingsleys. Da wollte er wohl auf Nummer sicher gehen und hat nach Jahren die Person kontaktiert, die laut Tradition der Kingsleys als Elenas Tochter in der Erbfolge dran war: dich“, sagt Jackson.

Trisha greift über den Tisch nach meiner anderen Hand. „Du hast nur in einem Unrecht, Jackson“, sagt sie und ihr Daumen streicht über meinen Handrücken.

„Was meinst du?“, fragt er. Sie greift auch nach seiner Hand und legt sie auf meine. Jacksons Finger umfassen zögerlich die meinen.

„Du bist zwar der Erbe, aber du bist nicht blutsverwandt mit den Kingsleys. Henry ist nicht dein biologischer Vater.“

Jacksons Kopf schnellt zu Trisha. Seine Augen sind weit aufgerissen, während ich noch den Sinn ihrer Worte zusammenbastle. „Was sagst du da? Ich bin *nicht* Henrys Sohn?“

„Nein, bist du nicht. Und auch nicht Alicias. Deine Eltern haben dich adoptiert, als feststand, dass Alicia keine Kinder empfangen konnte.“

Jackson springt auf. „Du wusstest das die ganze Zeit?“

„Nicht von Anfang an. Es war ein Gerücht unter den Dienstboten der Kingsleys. Aber Henry hat es in einem Streit mit Alicia einmal verraten. Das war kurz, bevor sie starb. Ich war schon oft nah dran, es dir zu sagen. Aber du warst in Trauer über den Tod deiner Mutter. Seit du auf der Station bist, war es dann egal. Was hätte es geändert? Ich hoffe, du verzeihst mir. Aber jetzt ist es unausweichlich, weil ihr glaubt, euch nicht lieben zu dürfen.“

Er kneift nachdenklich die Augen zusammen. Dann schüttelt er entschlossen den Kopf. „Irgendwie habe ich immer geahnt, dass etwas Elementares fehlt. Zumindest zwischen Henry und mir. Ehrlich gesagt, fühle ich mich befreit, dass ich nicht blutsverwandt mit ihm bin.“

Meine Augen gehen wie bei einem Tennismatch zwischen Jackson und Trisha hin und her. Ich bin so damit beschäftigt, ihnen zuzuhören, dass ich erst verzögert begreife, was diese Neuigkeit bedeutet. Bevor ich merke, was mit mir los ist, fällt es Trisha auf: „Lou, warum weinst du? Du solltest in Jubelschreie ausbrechen!“ Jackson kniet besorgt vor mir und wischt mit den Daumenkuppen die Tränen fort, die unablässig meine Wangen hinablaufen.

„Hey, das sind doch wunderbare Neuigkeiten“, flüstert er.

„Ich bin ... bin so ... unendlich erleichtert!“, bricht es aus mir heraus. „Wir können zusammen sein! Richtig zusammen sein!“ Ich lege seine Hand auf meinen Unterleib und zum ersten Mal seit Wochen gönne ich mir einen Funken Glück bei dem Gedanken, ein Kind in meinem Leib zu tragen. Unser Kind. Er starrt auf unsere Hände. Ich sehe, wie er schluckt und sein Blick weich wird. Dann legt er plötzlich den Kopf in den Nacken und lässt einen Glücks-, Kampf- oder Was-auch-immer-Schrei los, der die Gläser im Küchenschrank zum Zittern bringt. Trisha legt sich lachend die Hände über die Ohren. Ich falle in ihr Lachen ein.

„O Mann. Wenn das, was in den vergangenen Wochen geschehen ist, in einer Telenovela käme, würde ich mit den Augen rollen und abschalten. Vielleicht sogar einen Beschwerdebrief ans Fernsehen schreiben“, sage ich, während ich mir lautstark die Nase putze. „Scarlett Johansson jedenfalls würde das Drehbuch in die Tonne werfen.“ Ich lache noch lauter, während weiter Tränen meine Wangen hinablaufen. Trisha blickt mich an. Sie macht sich wohl Sorgen um meinen Geisteszustand. Und auch Jackson hebt die Brauen. Ich winke ab. Zu kompliziert, das zu erklären. „Hormone“, sage ich als Begründung, was sie zu beruhigen scheint.

Die Küchentür wird aufgerissen und Zoe und Kiah stürmen herein. „Was ist los? Wer schreit hier so? Ist alles okay?“ Ich kann nicht anders und fange wieder an zu heulen. Auch Hormone.

Jackson steht auf und zieht mich in seine Arme. Über seine Schulter sehe ich, wie Zoe strahlt und mit Trisha einen zufriedenen Blick wechselt. „Es ist alles mehr als okay“, flüstert er und vergräbt seine Nase in meinem Haar.

„Ich habe dich vermisst“, flüstere ich zurück.

„Ich habe uns vermisst“, erwidert er und sein Kuss ist so gierig, als habe er wochenlang hungern müssen. Was ja auch stimmt.

Ich blicke dem Flieger nach und lächle bis über beide Ohren. Arme legen sich von hinten um meinen Bauch.

„Na, was hat Nadia gesagt?“,

Ich schmiege mich an meinen Mann. „Gesagt? Ihr Baby wird in etwa vier Wochen auf die Welt kommen. Sie geht davon aus, dass sie bald darauf wieder als Hebamme arbeiten kann“, stelle ich mich absichtlich dumm. Er beißt mir ins Ohrläppchen und zwickt mir zeitgleich in die Hüfte. Ein recht unschönes Grunzen entfährt mir, das ihn zum Lachen bringt. „Das ist die Strafe, wenn du deinen Mann auf die Folter spannst, du Ferkelchen.“ Ich verziehe den Mund. „Das ist jetzt aber kein neuer Spitzname oder so?!“ Seine Augen blitzen, als hätte ich ihn auf eine Idee gebracht. Mist!

„Dann lieber Göttin oder Venus oder Prinzessin …“

„Lass das mal meine Sorge sein. Du lenkst nur ab, Ferkelchen.“ Ich boxe ihm in die Seite. „Sie hat gesagt, alles ist okay. Ich bin in der dreizehnten Woche und alles ist drehbuchmäßig."

Er brummt zufrieden. Sein Daumen streichelt über meinen Bauch. „Hat sie gesagt, ob es ein Junge oder ein Mädchen wird?" Ich lache. „Nein, dafür ist es zu früh." Gemeinsam spazieren wir von der Landebahn zum Haupthaus und quatschen darüber, welches Geschlecht unser Kind wohl haben wird und ob wir das vorher wissen wollen. Wie normal es sich anfühlt, mit ihm hier herumzuspazieren und über solche Dinge zu sprechen. Der Himmel ist grau und ich ziehe die Kuscheljacke, die Zoe mit Trishas Anleitung für mich gestrickt hat, fester zu. Zum Glück ist endlich eine Regenpause. Ich hätte nicht gedacht, dass es hier im Herbst so nass ist. Früher dachte ich, Australien wäre ein ausschließlich trockenes Land. Trisha sagt, dass es auch ungewöhnlich nass sei dieses Jahr. Klimawandel und so. Aber den Pflanzen tut es gut. Und wenn es nachts kühl ist, macht es noch mehr Spaß, sich an seinen Mann zu kuscheln und ihm die kalten Füße gegen die Waden zu halten.

„Wusstest du übrigens, dass das Erbgut von Schweinen und Menschen zu neunzig Prozent übereinstimmt?", sagt er beiläufig und lächelt dabei vollkommen unschuldig. Ich stöhne und bohre nicht weiter. Dann verliert er vielleicht das Interesse an diesem vollkommen blöden Spitznamen.

Dann überkommt mich das Glücksgefühl, das ich jedes Mal spüre, wenn ich den kleinen Platz der

Station vor dem Haupthaus betrete. Es ist so hübsch hier. Grünes Blattwerk rahmt die schlichten Holzhäuser ein. Die Bepflanzung ist gepflegt. Im Sittichbaum ist die Hölle los, so sehr zwitschert und tschilpt es. Das i-Tüpfelchen im Bild ist Zoe, die mit Stippy, dem Koala, herumalbert. Ich sehe ihr die Neugierde an der Nasenspitze an. Als ich ihr erzählt habe, dass ich schwanger bin, hat sie gleich angefangen zu weinen vor Glück. *Welcome to the club*!

„Und, was hat Nadia gesagt?", fragt sie und tippelt ungeduldig von einem Bein aufs andere. Jackson lacht leise.

„Alles okay. Das Baby kommt Mitte November." Jackson schnaubt ungläubig und ich grinse ihn an. Sein Blick sagt mir, dass ich mich spätestens heute Nacht auf eine Bestrafung ganz eigener Art gefasst machen kann. Die Vorfreude lässt mein Grinsen verschwinden. Ich seufze leise. Seit ich schwanger bin, könnte ich stündlich über ihn herfallen. Seine Augen werden dunkel und er flüstert mir ins Ohr: „Bin ich froh, dass du nicht meine Schwester bist!"

„Ist ja eklig. Sucht euch ein Zimmer!", beschwert sich Zoe, die ich völlig vergessen hatte. Aber sie meint es nicht so. Ihr Grinsen zeigt, wie froh sie ist, dass wir uns wieder zusammengerauft haben. Ich habe ihr selbstverständlich alles erzählt. Von Henrys Machenschaften und meinem Leid. Sie verstand zuerst nicht, weshalb ich sie nicht einweihen konnte und sich nachträglich dafür geschämt, was sie mir in ihrer Verzweiflung, uns wieder zu versöhnen, alles vorgeworfen hat. Dann aber hat sie eingesehen, dass ich in dieser Stresssituation jede Entschuldigung dieser Welt hatte. Wie gut es tat, als wir beide zusammen noch ein Tässchen Tränen vergossen haben und am Ende darüber lachen konnten! Und nun steht fest, dass wir hierbleiben. Nicht nur für ein Jahr. Nicht in einer arrangierten Ehe. Dies wird für immer unsere Heimat sein. Eine Heimat, in der ich gefühlt zum ersten Mal durchatmen kann. Von Menschen umgeben, die mich lieben und die ich liebe. Dazu zählt auch dieses kleine Wesen, das in mir heranwächst.

Ein lautes Motorengeräusch reißt mich aus der Stimmung. Jackson kneift die Augen zusammen und blickt zur Straße, die zu unserer Station führt. Der Jeep, dem man die Spuren meiner Schlammlawine kaum mehr ansieht, nähert sich in halsbrecherischem Tempo, und Mick kommt mit quietschenden Reifen auf dem Platz zum Stehen. Die Hektik bringt Stippy dazu, unruhig zu werden und Zoe setzt ihn behutsam auf *seinem* Eukalyptusbaum ab.

Mick spring mit ernster Miene aus dem Jeep. „Gut, dass du da bist“, richtet er sich an Jackson. „Du musst mir helfen. Es geht um deinen Dad!“ Jackson neben mir erstarrt und sieht Mick zu, wie er die Ladefläche aufklappt. In einem Bündel an Decken erkenne ich einen Männerkörper. Jackson neben mir schnappt nach Luft. „Henry!“, ächzt er.

PILLOW TALK

Jackson

Trisha stürmt aus dem Haus und erfasst sofort die Situation. Sie bellt ein paar Anweisungen an Kylie, die erstarrt hinter ihr steht.

„Ruf die *Flying Doctors*. Richte das große Gästezimmer. Setz Wasser auf."

„Wo hast du ihn gefunden?", frage ich Mick, als ich Henry bei den Füßen fasse. „Es war reiner Zufall, dass der alte George ihn gefunden hat. Offenbar im Gebiet zwischen Timber Creek und Kununurra. Er muss von seiner Route abgekommen sein und wurde offenbar weit nach Westen abgetrieben. Das Unwetter war katastrophal. Dann ist er mit dem Flieger abgestürzt. Das Wrack sah wohl übel aus."

Das Bild des hageren, bärtigen Aborigines, der stets freundlich lächelt, aber nie ein Wort sagt, wenn man ihm bei einem seiner Streifzüge durch das Land begegnet, kommt mir in den Sinn. Niemand weiß, ob er tatsächlich George heißt, aber alle nennen ihn so. „Der Alte hat offenbar keinen schlechten Job gemacht. Zumindest lebt Henry noch."

Mick nickt ernst. „Gerade noch. Es hat eine Weile gedauert, bis sich rumgesprochen hat, wer er ist und zu wem er gehört. Ich bin sofort los, als ich im Dorf darauf angesprochen wurde." Auf mein Zeichen hin hieven wir Henrys Oberkörper gemeinsam von der Ladefläche.

Lou zuckt zusammen, als sie einen besseren Blick auf ihn bekommt. Ich kann es ihr nachfühlen. Die reglose Person, die von Wunden und Insektenstichen übersät ist und deren Kleider in Fetzen herabhängen, hat nichts mehr mit dem selbstsüchtigen Mann im Anzug gemein, der mit unserem Glück jongliert hat.

Obwohl ich dazu keinen Anlass habe, nach allem, was dieser Mann den Frauen in unserer Familie angetan hat, versetzt mir dieser hilflose Henry einen Stich im Herzen. Immerhin war dieser Mann jahrelang „mein Vater", auch wenn er nicht gerade einen Preis für diesen Job gewonnen hätte. Doch im Moment fällt es mir schwer, am Hass festzuhalten, der seit Jahren in mir lodert. Ich wechsle einen Blick mit Lou und sie nimmt mir die Worte aus dem Mund: „Hat er etwa die ganze Zeit in der Wildnis verbracht?" Wir müssen beide dasselbe denken: Henrys Besuch auf der Station ist einige

Wochen her. Es grenzt an ein Wunder, dass er überlebt hat.

Ich konzentriere mich aufs Praktische. Gemeinsam mit Mick trage ich Henry in eines der Gästezimmer. Trisha holt die Tasche, in der sie selbst hergestellte Salben in tönernen Tiegeln aufbewahrt. Dieser stinkende Balsam hat mich schon oft vor schlaflosen Nächten bewahrt, nachdem sie ihn auf einen Stich oder Sonnenbrand gestrichen hat. Kylie folgt ihr mit einem Stapel Laken. Die Frauen entfernen behutsam Henrys Kleider, zumindest das, was davon noch übrig ist.

„Was kann ich tun?", frage ich, nachdem ich eine Weile unschlüssig vom Türrahmen aus zugesehen habe.

„Beten", sagt Trisha und beginnt, Henrys Wunden mit feuchten Tüchern auszuwaschen. Also ziehe ich mich zurück und überlasse es Trisha, für Henry zu sorgen.

Die *Flying Doctors* kommen so schnell wie möglich. Und doch hat es zwei Stunden gedauert. Ich hoffe, Lou wird in der Schwangerschaft und bei der Geburt nicht auf schnelle Hilfe angewiesen sein.

Ihre Untersuchung ist gründlich. Henry ist unterkühlt und ausgezehrt und sein Immunsystem hat gegen einige unangenehme Insektengifte anzukämpfen. Eine Rippe ist geprellt oder angebrochen. Ohne Röntgengerät ist das schwer zu sagen, und nach der langen Zeit ohnehin zu spät. Aber alles in allem hat er extremes Glück gehabt. Nun heißt es abwarten.

Kylie überschlägt sich die kommenden Tage vor aufopfernder Hilfe. Sie ist kaum von seiner Seite fortzubekommen. Mir soll es recht sein. Ich kann mich nicht dazu durchringen, den engagierten Sohn zu spielen. Dazu steht zu viel zwischen uns. Und ich sehe Trisha an der Nasenspitze an, dass sie ebenfalls erleichtert ist, mit Henry nur das Nötigste zu tun zu haben.

Lou und ich reden in dieser Zeit so viel wie die ganzen vergangenen Wochen nicht. Meistens, wenn wir befriedigt und noch leicht verschwitzt zusammen im Bett liegen. Sie liebt es, mit dem Finger kleine Muster auf meinen Bauch zu malen, während sie an meine Brust geschmiegt ist. Ein Bild, das ich bisher für ein Klischee aus Filmen hielt, und jetzt täglich erlebe. Es fühlt sich gut an. Ich kann diese Frau gar nicht nah genug haben. Der Tag auf der Station ist anstrengend und es kommt vor, dass wir uns stundenlang nicht sehen. Umso mehr genieße ich diese kleine Blase, die uns umgibt, sobald wir in unserem Bett liegen. Die Wochen, die wir im Elend verbracht haben, zusammen und doch getrennt, waren die schlimmsten meines Lebens. Schlimmer noch als die Trauer nach Moms Tod und die Genesung nach den Brandwunden. Ich hatte schon Pläne ersonnen, Lous Entschluss, dass wir uns trennen müssen, zu ignorieren und sie in den Busch zu entführen. Dort hätten wir als Einsiedler fernab von jeder Zivilisation gelebt. Das Wort Inzest hätte keine Bedeutung gehabt. Allerdings hatte ich noch keine Idee, was wir mit Zoe und Trisha gemacht hätten. Ich weiß, dass Lou ihre Schwester über alles stellen würde. Auch über mich. Und genau diese Loyalität liebe ich an ihr. Neben allem anderen. Ihrer Art zu streiten, ihrem Humor, ihrer weichen Haut, ihrem Duft, ihrem Busen, ihrem Blick, wenn sie heiß auf mich ist, ihrem phänomenalen Hintern ... Gott, diese Frau hat mich an den Eiern.

„Schon wieder?“, flüstert sie ungläubig und grinst mich an. Ich zucke mit den Schultern. Sie fährt mit ihrem Streicheln fort, ignoriert jedoch völlig die stramme Erektion, die auf meinem Bauch so nah an ihren Fingerspitzen liegt. Meine Muskeln zucken leicht unter ihrer Berührung. *Ein Stückchen weiter rechts, bitte?,* denke ich. Doch als ich die Hüfte hebe, zieht sie die Finger weg. Sie grinst und macht erst weiter, als ich wieder brav neben ihr liege. „Jetzt ist Zeit zu reden“, sagt sie und setzt eine spielerisch strenge Miene auf. Ganz die Lehrerin! Und da sind sie wieder, Fantasien von ihr in einem sexy Lehrerinnen-Dress. Mit Hornbrille und Rohrstock. Ich keuche und sie schnalzt missbilligend mit der Zunge. Doch sie neigt den Kopf und aus dem blitzenden Blick schließe ich, dass sie nicht so ungerührt ist, wie sie vorgibt. Sie ahnt, dass meine Gedanken nicht jugendfrei sind. *Später*!, denke ich. Ich weiß genau, wo ich sie berühren muss, damit sie wie Wachs in meinen Händen wird. Ich fixiere die Stelle unter ihrem Ohrläppchen, wo schon ein Hauch heißer Atem es bisher immer geschafft hat, ihre Standhaftigkeit zum Bröckeln zu bringen. Mein Blick schweift zu ihren Brustwarzen, die nur halb vom Laken verdeckt sind. Wenn ich an ihnen sauge, macht sie diese kleinen maunzenden Laute. Wie eine zufriedene Katze ...

„Mister! Hallo! Hier oben sind meine Augen!"

Ich lache. Mist, ich benehme mich wie ein fünfzehnjähriger Teenager, der das erste Mal mit einer Frau zusammen im Bett liegt. Sie hat recht. Mehr noch als den Sex – oder zumindest genau so viel – schätze ich unsere Gespräche. Wir reden von banalen Sachen wie Lieblingsessen oder Lieblingsfilmen. Aber auch ernstem Weltgeschehen, bei dem wir nur froh sein können, hier auf unserer weit von Infektionsrisiken entfernten Station zu sein. Und von unseren Leben, bevor wir uns kannten. Ich erfahre alles über ihren Alltag in Chicago. Ihre Freundinnen, auf die sie große Stücke hält und mit denen ich auch schon ein paar Worte via Facetime gewechselt habe. Wenn sie mir von der schwierigen Zeit erzählt, als sie das College abbrechen musste und in mehreren Jobs gleichzeitig schuftete, um für Zoe zu sorgen, muss ich mich zurückhalten, nicht zu fluchen. Mein Beschützerinstinkt, was diese Frau angeht, ist nicht mehr von dieser Welt.

„Du könntest deinen Collegeabschluss online

bei einer der *Open Universitys* nachholen", habe ich angeregt, als mir klar wurde, wie sehr sie darunter leidet, keinen Abschluss zu haben. Sie wird darüber nachdenken. Als Erstes plant sie, eine Romanidee an ihren früheren Professor zu schicken. Eine Schriftstellerin zu sein, wäre ein weiterer schöner Traum. Ihr Buchzirkel, dem Nadia, Angela, Trisha und ein paar weitere Frauen der umgebenden Stations angehören, ist schon jetzt ein voller Erfolg.

Und ich erzähle von mir. Von meinem Leben als Erbe der Kingsleys, als Prinz von Sydney.

„Warum hast du mir das verheimlicht?", fragt sie aufgebracht und richtet sich auf.

„Ich habe es nicht verheimlicht. Es gab nie eine Gelegenheit, es zu erwähnen."

Sie stößt spöttisch die Luft aus und macht wilde Gesten. „Mein Mann ist ein berühmter Architekt und das erfahre ich in einem Nebensatz nach dem Sex!" Sie lässt eine Hand fallen und kitzelt mich an einer ganz besonders empfindlichen Stelle. Ich drehe mich zur Seite und fange rasch ihre Hände ein. „Ich bin nicht *berühmt*."

„Du hast den *Kuana*-Tower in Brisbane entworfen und das *Tjunpalpa*-Stadion in Perth. Du bist eindeutig berühmt!", widerspricht sie mir. Ich seufze. „Außerdem bin ich kein Architekt mehr. Ich bin jetzt Farmer."

„Aber warum? Kannst du nicht beides machen? Warum hast du dich ins Outback zurückgezogen? Ich dachte, es wäre wegen Henry. Aber du musstest ja seinetwegen nicht gleich deinen Traumjob an den Nagel hängen. Du hättest ja auch einfach in eine andere Stadt ziehen können."

Ein Schauder läuft bei der Erinnerung an diese Zeit über meinen Rücken. „Es war nicht nur wegen Henry. Australien ist ein Dorf. Wenn man ein Kingsley ist, haben es alle nur auf dein Geld und deine Kontakte abgesehen, egal ob Melbourne oder Darwin. Ich war nie sicher, ob ich die Zuschläge zu den Projekten erhalten habe, weil sich jemand etwas davon versprach, mit einem Kingsley Geschäfte zu machen. Ich weiß, das ist Jammern auf höchstem Niveau. Aber es hat mich über die Jahre zermürbt. Ich musste raus. Ganz raus."

Sie seufzt. „Deine Gebäude haben Preise gewonnen. Preise! Ich habe seit dem Buchstabier-Wettbewerb in der vierten Klasse keinen Preis mehr erhalten. Du kannst stolz auf dich sein. Das hast du allein geschafft."

Ich denke über ihre Worte nach. Sie hat vermutlich recht. Es waren nicht nur Australier, die über den *Kuana*-Tower berichtet haben. Ich versuche, es ihr zu erklären: „Zwei Jahre meines Lebens habe ich allein mit dem Projekt verbracht. Und nach dem Projekt ist vor dem Projekt. Wenn ich gearbeitet habe, den Abgabetermin vor Augen, habe ich vergessen, wie man lebt. Keine Frauen, keine Freunde, keinen Spaß. Ich war einsam, obwohl Menschen um mich herum waren. Ich habe mir eingeredet, meine zunehmende Isolation hinge mit meinen Brandnarben zusammen. Aber jetzt weiß ich, dass ich allein dafür verantwortlich bin. Ich habe dichtgemacht und keinen an mich herangelassen." Sie bleibt still, also fahre ich fort. „Als ich angefangen habe, Architektur zu studieren, habe ich mir vorgestellt, ich würde Häuser zum Leben schaffen. Heime für Familien. Aber Henry hat mich mit irgendwelchen Großinvestoren zusammengebracht, da war ich noch in der Uni. Und beim Diplom hatte ich bereits drei Großprojekte in meinem Portfolio. Es ging mehr und mehr um Politik, statt um Kreativität. Irgendwann, nach Moms Tod, bin ich fast durchgedreht. Also habe ich alles hinter mir gelassen und diese Station hier erworben."

„Wie hat Trisha es geschafft, dass sie mitkommen durfte?"

Ich lache. „Da fragst du? Du weißt doch, wie hartnäckig sie ist. Als klar war, dass sie mich nicht zum Bleiben überreden konnte, hat sie sich wie eine Klette an mich drangehängt." Ich lächle bei der Erinnerung an Trishas entschlossenes Gesicht und auch Lou entfährt ein kurzes Lachen bei meiner Schilderung.

„Warum um alles in der Welt hast du Kylie angestellt? Du weißt, dass sie total auf dich steht, oder?"

Ich sehe sie mit hochgezogenen Brauen an. „Eifersüchtig?" Sie beißt sich auf die Lippe und verdreht die Augen. Ich sollte derjenige sein, der auf diese Lippe beißen darf ... *Später*, ermahne ich mich.

„Sie und Mick gehörten quasi mit zum Zubehör.

Die Station war verfallen. Der Viehbetrieb lag brach. Sie wurde mir von Micks und Kylies Vater unter der Bedingung verkauft, dass die beiden hier wohnen bleiben und arbeiten konnten. Ich hatte Mitleid mit ihnen, also habe ich mich darauf eingelassen. Mick ist ein fleißiger Arbeiter. Und Kylie ist mir egal."

Sie hebt den Kopf. „Wirklich? Als ich hier ankam, hatte ich den Eindruck, ihr hättet was miteinander." Ich küsse ihre Nasenspitze. „Das hätte sie gern gehabt. Ich war nicht im Geringsten interessiert. Sie hat es nie ganz glauben können und einiges versucht, um mich zu verführen. Aber sie löst bei mir genauso wenig Kribbeln aus wie Margaret."

Lou runzelt zweifelnd die Stirn. Ich zwicke ihr in die Seite, dann werde ich ernst. „Glaub mir, Lou, du bist die einzige Frau, die mich je interessiert hat." Sie beißt sich wieder auf die Lippen und ich kann ihr die Erleichterung und Freude ansehen. Diese Lippen! Ein leichtes Stöhnen kann ich mir nicht verkneifen.

„Wie gesagt, waren die Gebäude der Station halb verfallen. Also konnte ich mich hier ausleben und habe das aus ihr gemacht, was du heute siehst."

„Ich liebe die Station. Und der Kreis hat sich doch für dich geschlossen: Du hast uns ein Heim gebaut. Nadia ist übrigens auf der Suche nach jemandem, der ihr ein Heim baut. Sie lebt mit ihrem Mann immer noch im Haus gemeinsam mit den Schwiegereltern. Wenn das Kind kommt, wird es zu eng. Du könntest fragen, ob du etwas für sie entwerfen kannst.“ Ihre Worte rühren etwas in mir, brechen eine Härte in meinem Herz auf, die sich dort seit Jahren unerkannt eingenistet hatte. Die Vorstellung davon, wieder als Architekt zu arbeiten und etwas anderes zu machen als bisher, ist verlockend. Ich küsse ihre Schläfe und ziehe sie noch näher an mich.

„Ich werde darüber nachdenken.“ Eine Weile halten wir uns nur. Ein paar Geräusche dringen von draußen zu uns. Schritte auf dem Weg, ein Tierschrei, Klappern in der Küche. So vertraut. Wieder einmal geht mir auf, wie wohl ich mich hier fühle. Umso mehr, seit sie da ist! Ich vergrabe mein Gesicht in ihrem Haar „Nur wusste ich damals noch nicht, dass dieser Ort hier je ein Heim wird. Das ist es erst geworden, als du zu mir gekommen bist.“ Ich beuge mich über sie und küsse ihren Leib entlang bis zu ihrem Bauch, dem man noch nicht wirklich ansieht, dass sich darin ein Leben befindet. Und dann küsse ich wieder hinauf zu ihrem weichen Mund. Nachgiebig und empfangend. Und, wie bei jedem unserer Küsse, verliere ich mich in ihr, möchte nie mehr von ihr lassen.

„Ich liebe dich so sehr, Lou!“, flüstere ich und lege ihre Hand unter meine auf mein Brustbein, hinter dem mein Herz pocht.

„Ich liebe dich auch, Jackson. Wie verrückt!“ Sie drückt ihre kleine Hand gegen meine Brust. Mein Lächeln sprengt fast mein Gesicht. Wie konnte ich jemals so glücklich werden? Ich knabbere einen Pfad ihre Wange entlang. Die Stelle unter ihrem Ohr ist mein Ziel …

Eine ganze Weile später, angelehnt ans Kopfende des Bettes, nehmen wir das Gespräch wieder auf. „Lass uns an die Küste fahren. Ich zeige dir das *Great Barrier Reef*, *Fraser Island*, Freunde von mir haben eine Lodge beim *Cape Tribulation*, Australiens Strände sind wunderschön. Ich will dir mein Land zeigen." Sie streicht mir eine verschwitzte Strähne aus der Stirn. „Zunächst einmal müssen wir Henry gesundpflegen." Ich stöhne. Selbst todkrank schafft es Henry, sich in mein Leben einzumischen.

„Wie sollen wir mit ihm umgehen, wenn er genesen ist?", fragt sie.

Ich hole tief Luft. „Wir jagen ihn von der Station, was sonst?", sage ich nur halb im Scherz.

Sie boxt mir in die Seite. „Wir sollten uns mit ihm versöhnen", schlägt sie vor. Ich stütze mich auf dem Ellenbogen ab und starre sie an. „Das kann nicht dein Ernst sein? Du redest von dem Mann, der sich an deiner Mutter vergangen hat. Der sie aus ihrer Heimat vertrieben hat. Der dich um dein Erbe bringen wollte und der dir hat weismachen wollen, dass du in einer inzestuösen Beziehung mit deinem Bruder lebst."

Sie dreht sich auf den Rücken und tippt sich mit dem Finger gegen die Lippen. Der Wind aus dem Ventilator spielt mit ihrem Haar. Sie sieht bezaubernd aus. Und ist viel zu weit weg. Gerade, als ich sie wieder in meine Arme ziehen will, hebt sie die Hand.

„Henry wird der Großvater unseres Kindes sein." Ich schnaube. „Oh, was für ein großer Verdienst! Erwarte bloß nicht, dass er einer dieser Grandpas aus den Filmen ist, der Gutenachtgeschichten vorliest."

„Das meine ich nicht. Ich hatte niemals Großeltern und habe mir so sehr welche gewünscht. Mir war klar, dass diese nicht immer dem Klischee von liebenden Opas und Omas entsprechen. Das habe ich bei meinen Freundinnen gesehen. Aber dennoch. Vielleicht besteht ja eine Chance, dass sich eine gute Beziehung zwischen Henry und unserem Kind entwickelt." Ich schüttle den Kopf.

„Und, du darfst nicht vergessen, dass meine Mom mit meinem Dad sehr glücklich war. Wenn sie Australien nicht verlassen hätte, hätte sie Dad niemals kennengelernt und diese Liebe erfahren. Und es würde Zoe nicht geben."

Ich komme ins Grübeln. „Und jetzt sagst du wahrscheinlich, dass wir es Henry zu verdanken haben, dass wir uns gefunden haben." Sie grinst. „Ich wusste, dass du selbst darauf kommst."

WAHRHEIT ODER PFLICHT

Louisa

„Ich habe mich oft gefragt, was man hier den ganzen Tag mit seiner Zeit anstellen soll. Aber ihr schuftet wie die Pferde."

Über meine Schulter sehe ich Henry, der auf Kylie gestützt am Gartenzaun steht. Ich wische mir eine verschwitzte Strähne aus dem Gesicht, die sich aus dem Bandana gelöst hat, um ihn näher anzusehen. Er sieht fremd aus. Aber nicht schlecht. Die Zeit im Busch hat den Wohlstandsspeck um seine Hüften und auf seinen Wangen geschmolzen. Der Sonnenbrand ist einer Bräune gewichen. Trishas Salben haben die schlimmsten Stiche und Infektionen spurlos geheilt. Er trägt eine Jeans und einen Pulli von Jackson und das Sprichwort „Kleider machen Leute" kommt mir in den Sinn. In dieser legeren Kleidung hat er nichts mehr mit dem einschüchternden Mann gemein, der sich in Sydney mit Politikgrößen getroffen hat und für mich nur oberflächliche Komplimente übrig hatte.

„Ja, es gibt Menschen, die schuften für ihr Auskommen. Andere versuchen es mit intriganten Schachzügen“, kann ich mir nicht verkneifen zu sagen. Ich liebe diese Station, die mein Zuhause geworden ist, und wer etwas gegen sie zu sagen hat, bekommt es mit mir zu tun.

Henry zuckt bei meinen Worten leicht zusammen und hebt ergeben die Hände. „Touché. Das habe ich wohl verdient.“ Er wechselt einen Blick mit Kylie, die seinen Unterarm tätschelt, sichergeht, dass er sich am Zaun abstützen kann und sich mit einem scheuen Lächeln zu mir verabschiedet. Die Stimmung zwischen mir und Kylie ist wie eh und je. Ich weiß nicht, welches Spiel sie spielt. Ich bin zwar nicht mehr eifersüchtig auf sie, denn ich habe keinen Anlass, an Jacksons Liebe zu mir zu zweifeln. Aber wir beide werden wohl nie beste Freundinnen werden.

„Hast du einen Moment Zeit, ich möchte gern etwas mit dir besprechen?“, fragt Henry vom Zaun aus, als Kylie außer Hörweite ist. Ich lehne die Gartenhacke gegen den Zaun. Dann greife ich nach meiner Wasserflasche und nehme einen Schluck. Erst als ich damit fertig bin, erlöse ich Henry. „Klar. Aber wenn es wieder um diese Papiere geht, kann ich dir gleich sagen, dass ich sie nicht unterschreibe.

Ich liebe Jackson und ich werde nicht zurück nach Chicago gehen."

Er lächelt leise und schüttelt den Kopf. Dann reibt er sein Kinn und wirkt ... verlegen? „Nein, darum geht es nicht. Ich wollte mit dir über Elena reden." Ich verschlucke mich und huste ein paarmal, bevor ich mich wieder im Griff habe. Das Bild von Henry und Alicia, die meine bewusstlose Mutter durchs Treppenhaus tragen und das Trisha so gut beschrieben hat, kommt mir in den Sinn. Vermutlich ist es keine gute Idee, überhaupt noch ein Wort mit Henry darüber zu wechseln.

„Ich möchte es dir erklären. Wie es für mich war. Du musst mich nicht anhören. Aber es war nicht leicht für mich, als sie ging. Mit unserem Kind im Leib." Wenn nicht echte Reue in seiner Miene zu sehen wäre, hätte ich seine Worte mit einem ungläubigen Schnauben abgetan. Aber so zögere ich. Ich verschraube die Trinkflasche. „Hört sich nach einer längeren Unterhaltung an. Weshalb setzen wir uns nicht?" Ich deute mit dem Kinn auf eine Bank am anderen Ende des Kräutergartens. Jackson hat sie mir dorthin gebaut, weil er darauf besteht, dass ich mich in meinem Zustand ab und zu ausruhe.

Henrys Lächeln gerät schief. „Könntest du mir helfen?", fragt er. Ich stelle die Flasche ab und greife ihm am Ellenbogen, wie Kylie es zuvor getan hat. Er humpelt neben mir zur Bank und lässt sich mit einem erleichterten Ächzen nieder. Er hebt die Hand über die Augen und betrachtet den Himmel. „Kommt Jackson heute noch zurück?“ Ich nicke. „Ja, er hilft auf der White-Station beim Bau eines neuen Schafunterstandes. Aber er bleibt nicht gern über Nacht fort.“

Sein Blick geht zu meinem Bauch. Plötzlich ungeduldig, verschränke ich die Arme vor der Brust und hebe fragend eine Augenbraue.

Er leckt sich kurz die Lippen und reibt sich über die Stirn, sucht wohl nach dem richtigen Anfang. „Deine Mutter war eine sehr schöne Frau.“ An der Art, wie ich meine Lippen zusammenpresse, muss er sehen, wie ungeschickt ich diesen Start finde.

Er fährt hastig fort. „Sie war nicht nur schön, sondern intelligent, charmant und sehr selbstsicher. Als ich sie das erste Mal traf, wusste ich, dass sie eine Nummer zu groß für mich ist. Ich war ein kleiner Angestellter in der Firma ihres Vaters und sie war die Kronprinzessin. Also habe ich sie aus der Ferne angehimmelt.“

„Aber du warst mit Alicia verheiratet?“, frage ich und versuche vergeblich seine Erzählung mit dem zusammenzubringen, was ich bisher weiß.

„Das war Jahre später. Deine Mom war sechzehn, als ich sie das erste Mal gesehen habe. Als sie an der Seite meines Chefs, ihres Vaters, durch die Lobby schwebte. Zehn Jahre vor ...“ Er stockt. „... dem Vorfall.“ Seine Stimme ist leiser geworden. Das Gezeter aus dem Sittichbaum weht zu uns herüber.

„Was hat das mit *dem Vorfall* zu tun?“, frage ich und betone das Wort bewusst sarkastisch.

„Sehr viel. Ich wollte damit nur sagen, dass ich schon immer Gefühle für deine Mutter hatte. Doch sie hat mich gar nicht bemerkt. Jahre später hat sich Alicia auf einem der Sommerfeste in der Kingsley-Villa, zu der auch die höheren Angestellten durften, in mich verliebt. Ich habe Alicia sehr geschätzt. Doch sie hat mich nie so ... wie sagt man heute? ... *geflasht* wie Elena. Und glaube mir, Geld war das Letzte, was ich im Sinn hatte, wenn es um Elena ging." Er verzieht das Gesicht und reibt mit den Händen über seine Oberschenkel. Einen Moment verliert er sich in Erinnerungen. Oder er wundert sich über den ungewohnten Jeansstoff unter seinen Fingern, wer weiß? Ich kann den Blick nicht von seinen langen Fingern wenden, die meinen so gleichen. „Ich habe Alicia geheiratet und wir waren nicht unglücklich. Leider gab es zwei Dinge, die uns von vornherein wenig Chance auf mehr gelassen haben: Alicia konnte wegen einer Erkrankung in der Kindheit keine eigenen Kinder empfangen. Und Elena schien von meiner Gegenwart im Haus der Kingsleys nicht ganz so unberührt, wie es gesund für eine junge Ehe gewesen wäre."

„Was willst du damit andeuten?", frage ich.

„Es war eine Anziehung zwischen uns, der wir uns beide nicht entziehen konnten. Ich schwöre, Louisa, das ging nicht nur von mir aus." Ich hole tief Luft. Verwirrt. Wieder muss ich die Puzzleteile der Geschichte neu arrangieren. Doch welches Bild stimmt letztlich? Kann ich Henry überhaupt trauen?

„Wenn wir gemeinsam in einem Raum waren, war es, als vibriere die Luft zwischen uns. Das passierte ziemlich oft, da wir zusammen in einem Haus lebten. Ich wusste, dass es keine gute Idee war, jemals allein mit ihr zu sein. Und sie wusste es auch. Mir war klar, dass alles rein sexueller Natur war. Wir haben wenig miteinander geredet. Wir waren uns nicht einmal sonderlich sympathisch. Wir waren zu gegensätzlich. Sie war für mich zu freigeistig. Und ich ihr wohl zu konservativ. Ich bevorzugte gepflegte Frauen wie Alicia, die ihren Platz in der Gesellschaft schätzte und sich der Rolle einer Kingsley bewusst war. Elena, die dies alles einmal erben sollte, schien so unbefangen. Ich habe es damals *nachlässig* genannt. Sie hatte schon immer eine wilde Seite. Man hätte sie auch als Hippie bezeichnen können. Der krasse Gegensatz zum Namen der Kingsleys." Ich lächle, als ich an Mom in ihrer Jeanslatzhose denke, die gemeinsam mit Dad das Schlafzimmer selbst streicht und mit der Farbrolle rumalbert. Mom, die selbst Bienen gezüchtet hat und den Honig auf dem Wochenmarkt verkauft hat. Mom, die lieber Pizza aus dem Karton auf einer Bank am Ufer des Lake Michigan gefuttert hat, als in eines der schicken Restaurants an der Marina zu gehen. Sie war tatsächlich ein Hippie.

„Die meiste Zeit konnte ich es unterdrücken", fährt Henry fort. „Wir adoptierten Jackson und Alicia und ich waren zufrieden. Durch meine Heirat bin ich in der Hierarchie der Firma zum CFO aufgestiegen. Und ich brauche dir nicht zu erzählen, wie sehr mich das befriedigt hat. Selbstverständlich habe ich mit Freude den Namen Kingsley angenommen. Kurzum: Ich hatte alles, was ich erreichen wollte, erreicht. Fast alles. Denn wenn Elena mich ansah und eine Strähne ihrer ungebändigten Mähne hinter ihr Ohr schob, war es, als ob ich eine Hormoninjektion bekomme. Ich kann es gar nicht anders erklären. Es war reine Chemie. Nicht Liebe. Und ich hätte mein Leben niemals eingetauscht.“ Ich verziehe den Mund und ertappe Henry dabei, wie er versonnen meine eigenen Locken ansieht.

„Dann, an jenem Abend, ist es geschehen. Die alten Kingleys waren schon im Bett. Alicia zog sich nach einem gemeinsamen Spieleabend im Kaminzimmer mit Kopfschmerzen zurück. Von einer Minute auf die andere waren Elena und ich allein. Und es kam, wie es kommen musste. Wir hatten beide sehr viel getrunken. Das ist keine Entschuldigung, aber wir waren sehr enthemmt. Wir wurden ausgelassen und haben dieses alberne *„Wahrheit oder Pflicht“* gespielt. Ich weiß nicht mehr genau, wer von uns beiden damit angefangen hat.“ Henry knetet seine Unterlippe und ist gedanklich weit fort …

Fünfundzwanzig Jahre zuvor

… „Das nennst du Pflicht?“, frage ich und sehe zufrieden, wie sie das Grübchen in meiner rechten

Wange fixiert, von dem ich weiß, dass es bei dieser Art zu lächeln dort aufpoppt. Ihre kleine rosa Zunge schnellt hervor und ich unterdrücke ein Stöhnen. Beiläufig lasse ich den Blick über diese unsäglichen Leggings streifen, die seit Neuestem in Mode sind. Sie zeigen jeden Zentimeter ihrer wohlgeformten Beine! Der viel zu große Pulli ist zur Seite gerutscht und entblößt eine gebräunte Schulter. Ein deutlicher Farbkontrast zum blonden Haar, das in einem dicken Zopf darauf liegt. Herausfordernd blitzt sie mich an und kaut vor unterdrücktem Vergnügen auf ihrer Unterlippe. Einen Moment sehen wir uns an und kurzzeitig blitzt eine warnende Stimme in meinem Hinterkopf auf. Ich ignoriere sie. Das hier fühlt sich zu gut an.

Verboten gut.

Ich hebe die Hände und beginne, mein Hemd aufzuknöpfen. Elenas Blick wird glasig, je weiter ich meine Brust freilege. Es ist ein berauschendes Gefühl zu wissen, dass ich diese für mich unerreichbare Frau nicht kalt lasse. Endlich wird sich auszahlen, dass ich meinen Körper durch regelmäßiges Workout in Schuss halte. Das hätte sie wohl nicht von dem „Buchhalter", für den sie mich seit Jahren hält, erwartet. Als ich das Hemd von den Schultern streife und über der Stuhllehne drapiere, muss ihr aufgehen, was sie gerade tut. Denn sie räuspert sich und wendet den Blick ab.

„Du bist dran. Wahrheit oder Pflicht?" „Wahrheit", flüstert sie und ich muss mich vorbeugen, um

sie zu verstehen. Ihre Augen huschen über meine nackten Brustmuskeln. Mich kann sie nicht täuschen. Sie will mich. Etwas in mir wird dadurch übermütig. „Was ist deine Lieblingsposition?", frage ich. Sie reißt die Augen auf und ein Prickeln durchläuft meinen Schwanz, als ich die Frage genüsslich klarstelle: „Beim Sex."

Ihr Mund öffnet sich zu einem perfekten „O" und allerlei schmutzige Bilder fluten meine Fantasie, was ich mit diesem Mund alles anstellen könnte.

„Doggy", murmelt sie und spielt mit dem Saum ihres Pullis. Ihre Antwort sendet eine weitere ungebremste Welle an Lust in meinen Unterleib. Wer hätte das gedacht? Elena Kingsley, die Prinzessin von Sydney, mag es schmutzig von hinten. Ob sie noch andere devote Seiten hat? Das Herz dröhnt in meiner Brust.

„Wahrheit oder Pflicht", piepst sie und kann den Blick dabei nicht von meinem lösen. „Wahrheit", antworte ich bestimmt. Ich weiß nicht, wie weit ich mir selbst trauen kann, sollte sie mir erneut eine Pflichtaufgabe stellen, die die Situation hier verschärft.

„Was denkst du gerade?", ihre Worte sind leicht genuschelt. Ich kann kaum verbergen, wie sehr mich ihre Frage aufrührt. Kann ich ihr wirklich von meinen Sexfantasien erzählen. Das wäre die Gelegenheit, das Spiel auf unverbindlichere Themen zu lenken. Ich zögere einen Moment zu lange. Sie nimmt den letzten Schluck von ihrem Gin Tonic – das Glas

war vor zehn Minuten noch voll –, legt den Kopf schief und begeht den Kardinalfehler, mich herauszufordernd anzublitzen.

Mit dem Kinn deute ich in Richtung der großen cremefarbenen Sitzlandschaft und sehe sie über den Rand meines Glases an. „Ich denke daran, wie ich dich über die Sofalehne beuge, deinen Kopf nach unten in die Kissen drücke, diese heißen Leggins samt deinem Slip zerreiße, meine Hände um deinen Zopf schlinge, mit einem Stoß in dich eindringe und dich ficke, bis du Sterne siehst." Sie erstarrt und schluckt sichtbar. Sofort möchte ich meine Worte zurücknehmen. Ich bin eindeutig zu weit gegangen. Was tue ich hier? Das ist die Schwester meiner Frau. Der bezaubernden Alicia, die es nicht verdient hat, dass ich sie derart hintergehe. Elena ist betrunken. Daran besteht bei ihrem gesamten Verhalten kein Zweifel. Ich bin zwar auch nicht nüchtern, aber ich muss mich mehr im Griff haben als sie. Ich habe viel mehr zu verlieren. Ich räuspere mich. „Verzeih mir, vergiss, was ich gerade gesagt habe." Sie hebt eine Hand, die im Schimmer des Feuers leicht zittert. „Frag mich", fordert sie und ich muss mich erst sortieren, bevor ich begreife, dass sie weiterspielen möchte. „Elena", flüstere ich, eine eindeutige Warnung in der Stimme. Sie reckt das Kinn. Wie lang habe ich dieses blöde Partyspiel nicht mehr gespielt. Es sollte verboten werden und führt überall auf der Welt zu dummen Entscheidungen. Wie ist es nur dazu gekommen? Meine Gedanken rasen und suchen fieberhaft nach einem Ausweg. Ich sollte einfach aufstehen und gehen.

Doch ich bleibe sitzen. Ein Magnetfeld, stärker als der Nordpol, hält mich an meinem Platz. Vor dem Kamin mit dieser Venus, die ich seit Jahren von fern anhimmle und deren gerötete Wangen und glasige Augen mir zeigen, wie sie mich begehrt. Mich!

„Frag!", wiederholt sie und ich bin schwach, schwach, schwach.

„Wahrheit oder Pflicht?" Es ist kaum mehr als ein Raunen.

Als sie „Pflicht" murmelt, schließe ich kurz die Augen.

Sie steht auf und wankt leicht. Ohne, dass ich ihr eine Anweisung gebe, begibt sie sich zum Sofa und legt sich über die Lehne. Ihr wohlgeformtes Hinterteil reckt sich mir entgegen. Durch die enganliegenden Leggings kann ich jedes Detail zwischen ihren Beinen ausmachen. Ich schlucke trocken.

„Das sollten wir nicht tun, Elena", versuche ich ein letztes Mal vergeblich. Sie kichert in das Sofakissen und wackelt mit ihrem Hintern, der plötzlich alles ist, was ich noch wahrnehme. Mein Schwanz sprengt fast den Reißverschluss. Damit hat sie unser Schicksal besiegelt. Verflucht, ich bin nur ein Mann. Ein Mann, den die eigene Frau sexuell auf Sparflamme hält. Vor allem, seit Jackson bei uns ist. Ich bin kein starker Mann.

Danach ist alles verschwommen. Ein Wirbel aus Begehren, zerreißendem Stoff, so weicher Haut,

Küssen, ungestüm mit viel Zunge und noch mehr Zähnen, das Klappern eines Gürtels. Ich höre ein leises „Nein, bitte nicht, Henry." Doch es erreicht mich nicht. Feuer rast durch mein Blut.

„Hör auf. Bitte nicht!"

Sie liebt es wohl, sich zu zieren. Diese Lust ist wie ein mächtiger Strudel. Das habe ich noch niemals gefühlt. Ich will sie. Und sie ist so feucht. Ihr Körper sagt mir alles. Sie ist bereit für mich. Ein einziger, fast brutaler Stoß in diese Wärme, nachgebender Widerstand, unendliche Geilheit, Schweißperlen auf der Stirn, ein durch Kissen gedämpfter Schrei, zuckende Enge, ein animalischer Laut, ein Schluchzen, heißes Prickeln mit jedem Stoß, himmlische Seligkeit und das brennende Feuer, das in mir tobt und sich schließlich von der Basis meiner Wirbelsäule, durch meinen Schwanz in ihren Leib entleert.

Als es vorbei ist, dringt mein heftiges Keuchen unwirklich durch den bis auf das Knistern im Kamin stillen Raum. Erst da nehme ich Elenas Schluchzen wahr. Es dauert keine zwei Sekunden, bis die Scham mich überrollt. Fluchend windet sie sich unter mir fort. Die gekappte Verbindung unserer Körper lässt meinen Körper in plötzlicher Kälte erschaudern. Sie blickt mich anklagend an. Tränen laufen über ihre Wangen. Warum weint sie? Sie wollte das doch auch? Sie hat mich doch aufgefordert? Sie hat gekichert und mit ihrem Hintern gewackelt. Ansonsten hätte ich doch nie ... Ich versuche zu begreifen, wann wir verschiedene Abzweigungen genommen haben.

Alicias Schwester versucht vergeblich, die zerfetzten Leggings hochzuziehen und schluchzt auf, als es nicht gelingt. Mit fahrigen Bewegungen, zieht sie den Pulli über den entblößten Hintern. Ein Fleck bildet sich zwischen ihren Beinen. Shit! Ich habe nicht an ein Kondom gedacht. Sie meidet meinen Blick. Vor dem Feuer gießt sie sich puren Gin ins Glas und leert es in gierigen Schlucken, als wäre es Wasser. So, als könnte sie das Geschehene ins Vergessen trinken. Ich schließe meine Hose und setzte mich neben sie.

„Es tut mir leid. Ich dachte, du wolltest es auch." Meine Stimme erstirbt, als sie sich bei meinen Worten mehr und mehr zurückzuziehen scheint. Frustriert fahre ich mit den Fingern durch mein Haar. Wieder und wieder, bis ich mein Gesicht in meinen Händen vergrabe. Sie trinkt schweigend und ich murmle fluchend vor mich hin. Der Geruch nach Sex in der Luft bringt mich fast um. Ich springe auf und reiße das Fenster auf. Die kalte Luft ist wohltuend auf meinem erhitzten Gesicht. In der Spiegelung der Scheibe sehe ich, wie Elena sich erhebt. Sie wankt stark und schafft es kaum, sich am Kamin abzustützen. Ich drehe mich zu ihr um. „Hey, ist alles in Ordnung? Hast du Schmerzen?" Panik überkommt mich. Ich war zu wild. Aber das wollte sie doch, oder?

„Nichts ist in Ordnung!", schreit sie und mir bleibt kurz das Herz stehen. „Psst, du bist zu laut", ermahne ich sie. „Du willst doch nicht, dass Alicia davon erfährt." Der Name ihrer Schwester lässt den

Damm endgültig brechen. Sie lehnt die Stirn gegen den Kaminsims. „Alicia, es tut mir so leid! Was habe ich getan? Ich wollte das nicht!“, murmelt sie zwischen Schluchzern. Ich verstehe sie kaum, so sehr lallt sie. Ich versuche, sie in meine Arme zu ziehen, doch sie wehrt sich. Wie eine Besessene hämmert sie gegen meine Brust. „Das ist alles deine Schuld. Warum hast du mir das angetan?“ Ich lasse sie gewähren. Sie hat recht. Es ist alles meine Schuld. Soll sie mich schlagen. Sie gibt mir damit Absolution. Ich weiß nicht, wie lange wir so dastehen. Elena zwischen Schluchzen, Anklage und Schlägen. Ich mit vergeblichen Versuchen, sie zu beruhigen, zerfressen von Schuld. Immer wieder mahnend, sie möge leiser sein. Doch es bringt nichts. Die Tür zum Marmorfoyer öffnet sich und eine verschlafene Alicia steht im Türrahmen. Elena erschaudert und ich trete instinktiv einen Schritt zurück. Sie schwankt bedenklich. Verwirrt blickt Alicia von mir zu ihrer Schwester. Sie runzelt die Stirn, als sie meine nackte Brust mustert. Ihr Blick findet das Hemd, das noch über der Stuhllehne hängt. „Was ist hier geschehen? Habt ihr euch gestritten?“

Elena öffnet den Mund, um ihrer Schwester zu antworten. Bevor sie einen Ton sagen kann, sackt sie zu Boden.

CHANCE

Louisa

„Sie hat Nein gesagt. Ich habe es ignoriert. Ich habe deine Mutter vergewaltigt. Die einzige Entschuldigung, die ich habe, ist, dass ich betrunken war. Aber ich bin mir meiner Schuld bewusst. Sie war nicht bei Sinnen und ich hätte es verhindern müssen.“ Henry ist nach seinem Bericht sichtlich bewegt. Mir schwirrt der Kopf. Mom klingt in dieser Version nicht mehr ganz so unbeteiligt. Auch wenn ein Nein immer ein Nein bleibt, egal, wann es ausgesprochen wird. Doch offenbar ist nicht alles so schwarz und weiß, wie ich es gern gehabt hätte. Er sieht mich flehend an. Mir wird unbehaglich.

„Erwartest du Absolution?“, frage ich ihn. „Ich war damals nicht dabei. Und Mom und Alicia kann ich nicht fragen. Das musst du mit dir selbst ausmachen.“ Seine Schultern senken sich und er nickt.

„Frag, was du noch wissen willst“, murmelt er und ich merke ihm an, wie viel Kraft es ihn kostet.

„Warum wolltest du verhindern, dass Mom dich anzeigt?“

Er zuckt zusammen. „Das war die einzige Chance, dass Alicia bei mir blieb. Das war ihre Bedingung, mich nicht vor die Tür zu setzen. Dass wir den Schwiegereltern erzählen, die Initiative wäre von Elena ausgegangen. Damals habe ich das selbst so empfunden. Sie hat das Spiel auf die Spitze getrieben. Ich war jung und selbstgerecht. Nicht bereit, die Schuld allein bei mir zu sehen. Alicia hat mir ein Ultimatum gestellt. Ich wollte meine Familie nicht zerstören. Und wenn Alicia das ihrer Schwester antun wollte, war ich der Letzte, der dagegen etwas gesagt hätte. Ich habe mir damals eingebildet, es komme auf meine Stimme nicht an. Das sollten die Kingsley-Schwestern unter sich ausmachen.“ Ich nicke. Das klingt plausibel, nach allem, was ich von Alicia weiß.

„Und als du wusstest, Elena ist schwanger? Trisha hat mir erzählt, ihr wolltet ihr das Kind wegnehmen?“

Er hebt die Brauen. „Wegnehmen? Das klingt so harsch. Alicia hat versucht, ihre Schwester davon zu überzeugen, dass wir das Kind gemeinsam mit Jackson großziehen. Als ein echter Kingsley-Spross.

Aber Elena wollte das nicht. Und dann war sie plötzlich fort."

„Und wie war das für dich?", frage ich. Er seufzt und grübelt nach. So, als hätte er niemals über diese Frage nachgedacht. Ich lege eine Hand auf seine auf das Bein trommelnden Fingerspitzen. Er hebt erstaunt den Kopf. Seine Finger zucken in meinen. Als müsse er sich zurückhalten, sie nicht mit meinen zu verweben. Der Gedanke lässt mir den Schweiß ausbrechen. *Das ist mein Vater,* wispert eine Stimme in mir. Ich erschrecke über mich selbst und ziehe die Hand zurück. Es fühlt sich nicht nach meinem Vater an. Niemand kann Dad ersetzen.

Er zuckt mit den Schultern. „Ich war erleichtert, denke ich. Alicia und ich haben uns danach zusammengerauft und waren auf unsere Art glücklich. Dachte ich jedenfalls." Er seufzt und ich denke an den Streit in der Unfallnacht, von dem Jackson mir erzählt hat. Die Auslegung von Glück scheint zwischen den Eheleuten nicht einheitlich gewesen zu sein.

„Der Gedanke, dass irgendwo auf der Welt ein Kind von mir ist, hat mich noch Jahre später verfolgt", fährt er fort. „Und als ich von Elenas Tod erfahren habe, war ich sehr betroffen."

„Betroffen? Oder eher panisch, dass sich ein Erbe meldet?" Er verzieht das Gesicht. „Beides, selbst wenn du das nicht glaubst. Ich hatte mich in den Jahren danach stark verändert. War nicht mehr der unsichere Buchhalter, der eine der Töchter der Kingsleys abbekommen hat. Sondern nach dem Tod der Eltern war ich das Oberhaupt der Familie Kingsley. Ich hatte es gesellschaftlich an die Spitze gebracht. Natürlich macht man sich Sorgen, wenn es ein Risiko geben könnte, dass einem alles genommen wird."

„Und dennoch hast du mich kontaktiert. Du hättest mich einfach im Ungewissen lassen können. Schließlich war ich für dich nur jemand Unbekanntes aus einer Begebenheit in der Vergangenheit, die du besser vergessen wolltest. Warum also hast du mich aufgestöbert?" Er stößt die Luft aus. „Ich habe dich nicht plötzlich *aufgestöbert,* sondern immer gewusst, wie es dir geht. Schon lange bevor ich Kontakt zu dir aufgenommen hatte. Unmittelbar nach dem Tod eurer Eltern habe ich begonnen, dich beobachten zu lassen." Ich starre ihn ungläubig an. Er lächelt und es kommt mir zum ersten Mal vor, als läge Wärme in seinem Blick. „Ich war unendlich stolz darauf, was für eine kluge, schöne, fürsorgliche Frau du geworden bist. Du hast dich vorbildlich um deine Schwester gekümmert. Es ist mir sehr schwer gefallen, dir nicht finanziell unter die Arme zu greifen, als ich gesehen habe, wie ihr von der Hand in den Mund lebtet. Und dass du deswegen deine Collegeausbildung abbrechen musstest Aber es war besser, Abstand zu halten."

„War es das?", frage ich und sein Blick flackert. Ich will ihn nicht in die Ecke drängen. Dieses Gespräch ist ein Meilenstein. Aber es ist erst der

Anfang der Aufarbeitung. Das ist mir klar. Und es ist ein Wunder, dass Henry überhaupt zum Reden bereit ist. Wenn ich mehr erfahren möchte, sollte ich behutsam vorgehen. „Was hat sich geändert, dass du eines Tages mit deinem Vorsatz gebrochen hast?“

„Zum einen dieser neue Vermieter. Mein Kontakt hatte die Befürchtung, er werde dir früher oder später etwas antun.“ Henry wusste von Trey? Dann musste er mich in der Tat sehr genau beobachtet haben.

„Du hättest mir doch einfach Geld schicken können“, weise ich auf das Offensichtliche hin, das mich seit Langem umtreibt. „Wieso musstest du mich gleich verheiraten?“

Er grinst. „Du wirkst nicht gerade, als würdest du es bereuen. Aber um deine Frage zu beantworten: Ich habe mir Sorgen um Jackson gemacht.“ Verblüfft schaue ich ihn an. „Sorgen? Um Jackson?“ Das kommt mir absurd vor. Er hatte sich im Outback eingerichtet und war damit zufrieden, Henry aus dem Weg zu gehen.

„Ja, er hat sich mehr und mehr von mir abgewandt.“

Ah! „Du meinst, du hast dir Sorgen um deinen Zugriff auf den vermeintlich einzigen Erben der Kingsleys gemacht.“

Er schüttelt heftig den Kopf. „Nein. Es mag zwar nicht so ausgesehen haben, aber Jackson bedeutet mir viel. Ich habe nicht gewusst, wie man sich als Vater verhält. Und vielleicht wächst so etwas natürlich, wenn es sich um ein leibliches Kind handelt. Aber Jackson kam zu uns, als er ein Jahr alt war. Es ist mir schwergefallen, mich auf ihn einzulassen. Alicia hatte da keine Probleme. Außerdem war ich damals mit ganz anderen Dingen beschäftigt."

„Und so hat der Ehrgeiz dein Leben in eine Sackgasse manövriert, in der du allein warst", ergänze ich, mehr als Feststellung denn als Frage.

Er weitet die Augen. „Ja, so war es wohl. Als ich bei unseren seltenen Telefonaten bemerkt habe, wie einsam Jackson hier auf der Station ist und ich ihn vielleicht für immer verloren habe, musste ich handeln."

Ich sehe ihn ungläubig an. „So viel Feingefühl für Jacksons Zustand hätte ich dir gar nicht zugetraut."

Stoisch erträgt er meine Stichelei. „Trisha hat meinen Eindruck bestätigt."

„Trisha?" Ich kann kaum glauben, was er sagt.

Er hebt abwehrend die Hände. „Ich habe sie nicht als Spitzel benutzt. Das hätte ich nie gewagt. Dafür weiß ich, dass sie Jackson zu sehr liebt. Nein. Trisha hat mich eines Tages selbst angerufen und mich dazu bewegen wollen, über meinen Schatten zu springen und mich mit meinem Sohn zu versöhnen. Sie wusste, dass er zu stolz und zornig war, um den ersten Schritt zu tun. Als sich die Dinge in Chicago zuspitzten, sah ich eine Chance, zwei Fliegen mit einer Klappe zu schlagen."

„Oder drei oder vier Fliegen?", ergänze ich und

kann den Spott in meiner Stimme nicht lassen. Er nickt. „Ja, die Sache war sehr komplex. Sozusagen eine *Win-win-win-Situation*. Du und Zoe konntet ein versorgtes Leben führen, Jackson war nicht mehr allein, die Kingsley-Erben waren wieder in Australien und ich gebe zu, ich hatte gehofft, dich mehr manipulieren zu können." Er verzieht das Gesicht.

Ich lache bitter auf. „Das habe ich gemerkt. Was hast du dir nur dabei gedacht, als du mich in dem Glauben gelassen hast, Jackson wäre mein leiblicher Bruder!" Plötzlich hält es mich nicht mehr auf der Bank. Ich springe auf, zu aufgebracht bei der Erinnerung daran, wie ich panisch im strömenden Regen hier aufgebrochen bin und wie unerträglich die Zeit der Trennung war.

Henry sackt förmlich in sich zusammen. Zittrig atmet er ein. „Es tut mir so leid. Ich weiß nicht, was in mich gefahren war. Ich verabscheue mich selbst. Aber nun ist alles anders. Als ich Tag und Nacht im Busch lag, ist mir erst klargeworden, was für ein mieser Kerl ich bin. Ich habe dort gelegen, durstig und zerstochen und hatte Todesangst. Gleichzeitig waren die Nächte im Outback, so furchteinflößend die Geräusche auch waren, so majestätisch. Dieser Sternenhimmel hatte etwas Überirdisches. So, als wollte mir eine höhere Macht vor Augen führen, wie unbedeutend ich bin. Als ich es begriffen habe, war ich bereit, zu sterben. Ich konnte mich selbst nicht mehr ertragen und jeder Lebenswille war erstickt. Als ich im Delirium lag, habe ich an meine beiden

Kinder gedacht und mich nur noch geschämt. Und mich nach euch gesehnt. In Gedanken habe ich euch all die Dinge gesagt, die ich euch besser vorher gesagt hätte. Doch dazu war es zu spät. Ich war sicher, ich würde sterben. Doch ich bin verdammt noch mal nicht gestorben." Henrys Blick ist weit und seine Stimme klingt entschlossen. Er sieht mich flehend an. Ich setze mich wieder.

„Was hättest du mir und Jackson gesagt, Henry?"

„Dass ihr alles für mich seid. Dass ich euch um Vergebung bitte und alles tun werde, um sie zu erreichen. Ich will, dass ihr glücklich seid. Ihr dürft mich gern zum Teufel jagen. Ich gebe euch alles. Das Haus, die Erbschaft, die Firma."

Erstaunt drehe ich den Kopf. Wow. Der Mann ist wirklich nicht mehr der Henry, den ich kannte. Ob er das nur vorspielt? Ob er einen finsteren Plan ausheckt? Um dann, wenn ich ihm vertraue und vergebe, mit der großen Keule mein Glück erneut zu zerstören. „Was hast du davon?", frage ich und versuche meine Stimme fest klingen zu lassen.

Er räuspert sich und beginnt wieder, mit den Fingern zu trommeln. „Etwas das mehr wert ist als Geld. Wenn ich darf, möchte ich ein Teil eures Lebens, eurer Familie sein." Seine Stimme klingt aufrichtig. Soweit ich das beurteilen kann. Es ist sehr heiß und ich bin durstig und etwas überwältigt von diesem Gespräch. Vielleicht träume ich das Ganze auch nur? Er blickt auf meinen Bauch, vor dem ich instinktiv die Hände verschränkt habe. „Ich möchte ein besserer Großvater sein, als ich je Vater war.“ Ich schlucke. Ist es nicht genau das, wovon ich Jackson zu überzeugen versucht habe? Mein Herz schlägt schneller, als ich wie aufs Stichwort ein Brummen höre.

„Es liegt nicht nur an mir“, sage ich. „Sprich mit Jackson. Er muss dir ebenso vergeben wie ich.“ Hoffnung keimt in seinen Augen auf. Er folgt meinem Blick und wir beide sehen der kleinen Maschine mit dem blauen Stern unter den Tragflächen zu, die nicht weit entfernt im Himmel blinkt und sich auf die Landung zu Hause vorbereitet.

SECHS JAHRE SPÄTER

Louisa

Das blitzende Wasser des Masangi Creek vor mir ist mein Signal, den Sinkflug einzuleiten. Ich betätige ein paar Schalter. Automatisch ziehen sich meine Mundwinkel nach oben, als ich in der Ferne die Häuserdächer der Kingsley-Station in der Sonne blinken sehe. Ich kann kaum erwarten, nach Hause zurückzukehren, obwohl wir nur kurz fort waren. Es war das erste Mal seit der Geburt von Fiona, dass ich sie und den fünfjährigen Grant bei Trisha und Zoe gelassen habe, um mich mit Jackson ein Wochenende vom Alltag fortzustehlen. Ich seufze glücklich bei der Erinnerung daran, wie wir jede Sekunde ausgenutzt haben, übereinander herzufallen und nicht damit rechnen zu müssen, dass sich ein Kinderkörper in der Nacht zwischen uns schiebt. Aber die Natur hat es gut eingerichtet, dass ich mich jetzt wieder danach sehne, meine Nase im duftenden Hals meiner Babys zu vergraben. Selbst danach, dass sie mir im Schlaf mit ihren süßen Erbsenzehen am Bauch kitzeln.

Ich drücke leicht das Steuer nach vorn und die Flugzeugnase senkt sich. Ein Blick zur Seite zeigt mir, dass Jackson noch schläft. Er ist geschafft von unserer Stippvisite bei Nadia und William auf dem Rückweg. Seit Jackson die Station dort komplett umgestaltet hat und meine Freundin nicht mehr mit dem Schwiegermonster unter einem Dach leben muss, werden wir wie Ehrengäste empfangen. Was so viel heißt, wie: Nadias Mann stürzte sich auf Jackson und drückte ihm ein Bier in die Hand, kaum hatte er den Flieger verlassen. Mir war es recht. So konnte ich mit Nadia, eine Limonade in der Hand und ab und an der Hollywoodschaukel auf der Veranda einen gemütlichen Schubs gebend, genüsslich den neuesten Klatsch des Outbacks durchkauen. Sie konnte mir berichten, dass Margaret endlich einen Ehemann gefunden hat und nach Queensland ziehen wird. Wir haben Ideen für die Abschiedsfeier gesammelt. Ich konnte an Neuigkeit beisteuern, dass Roger seinem Freund endlich einen Antrag gemacht hat. Nadia und ich haben gerätselt, wer die beiden Männer trauen soll und gekichert, als wir uns beide fragten, welches seiner Bier-T-Shirts er bei seiner Hochzeit wohl tragen wird.

Kaum waren wir in der Luft, ist Jackson weggenickt. Ich gönne es ihm. Er hat mich dieses

Wochenende unendlich verwöhnt. Nicht nur mit Sex. Er hat mir einen Lieblingsort in seinem Land zeigen wollen und es geschafft, mich jeden Moment davon mit Romantik zu überschütten. Das muss er nicht. Ich liebe ihn auch so. Jeden Tag ein wenig mehr. Doch es tat gut, sich wie eine Königin zu fühlen. Aber das Schönste war, dass wir Zeit füreinander hatten. Er bekommt derzeit mehr Anfragen, Häuser zu entwerfen, als er allein bewältigen kann. Zum Glück konnte ich ihn davon überzeugen, neben Mick noch zwei weitere Kräfte für die Arbeiten auf der Station einzustellen. Seit mein Ehemann sein neues und altes Leben in Einklang bringen konnte, ist er trotz der Schufterei entspannt und glücklich. Kein Vergleich mit dem launischen Mann, den ich geheiratet habe. Der Mann, bei dem ich dachte, er habe einen Zwillingsbruder, mit dem er zum Spaß die Rollen tauscht, wenn ich blinzle. Wer hätte gedacht, dass dieser grantige Mann lammfromm wird, wenn er seiner Tochter in die Augen schaut. Dass er mir mit einer Geste zu verstehen gibt, liegenzubleiben, wenn Fiona keine Ruhe findet, weil ein neuer Zahn kommt. Morgens treffe ich beide friedlich schlummernd im Schaukelstuhl auf der Veranda an. Er hat Grant einen kleinen Spielplatz errichtet, mit Klettergerüst und Schaukel. Und ist die Geduld in Person, wenn es darum geht, seinem Sohn das Leben zu erklären. Grant vergöttert seinen Dad. Jede Befürchtung Jacksons, er könne wegen seiner eigenen schlechten

Erfahrungen auf diesem Gebiet versagen, war umsonst.

Ja, diese blinkenden Häuser in der Sonne, denen ich mich in der Luft nähere, enthalten das ganze Glück dieser Erde für Jackson und mich. Ein tiefes Gefühl der Zufriedenheit simmert stetig in mir. Die Nacht, in der ich das erste Mal die staubige Zufahrtsstraße entlanggekommen bin, mein Herz vor Aufregung im Hals schlug und ich zwischen Enttäuschung und Erschöpfung hin- und hergerissen war, als mein Bräutigam mich nicht empfangen wollte, liegt in einer anderen Wirklichkeit.

Ein leichtes Stöhnen lässt mich zu Jackson schauen. Seine Kusslippen sind geschürzt und es prickelt in meinen Brustwarzen, als ich mir vorstelle, wie er sie vergangene Nacht verschlungen hat. Vielleicht träumt er davon? Mit einem abschließenden Schmatzen dreht er den Kopf weg von mir und sein Gesicht entspannt sich. Dass er so friedlich neben mir schläft, ist ein großer Vertrauensbeweis. Wenn ich mich an die erste Flugstunde erinnere, in der Jackson so cool getan hat, schmunzle ich. Erst ein Jahr später hat er mir gestanden, dass er nachträglich ganz schön geschwitzt hat, als er erfahren hat, dass ich noch nicht einmal routiniert Auto fahre. Ich konzentriere mich wieder auf die Landung. Die Maschine kommt auf der staubigen Piste zum Stehen und erst da schlägt Jackson die Augen auf und blinzelt. Langsam fokussiert sich sein Blick auf mich. Immer noch pocht mir bei seinen unwirklich blauen Augen das Herz schneller. Er ist so schön, mein Mann. Trotz der markanten Nase und der Brandnarben auf der rechten Gesichtshälfte.

Weil er mein ist.

Sein Lächeln, als er bemerkt, wie ich ihn ansehe, wird breiter. Er nimmt den Kopfhörer ab und lockt mich mit seinem Zeigefinger zu sich. Ich blicke über meine Schulter. Es ist keiner zu sehen. Ich krabble auf seinen Schoß. Der Rock, den ich trage, rutscht hoch und bauscht sich über meinen Hüften. Jackson leckt sich die Lippen. Er hebt die Hände und streicht meine Locken aus der Stirn. Seine Finger fühlen sich warm an meinen Wangen an. Ich liebe das, wenn er mir dieses Gefühl der Geborgenheit gibt.

„Danke für das wunderbare Wochenende“, flüstere ich und beginne, seinen Hals zu küssen. Er hebt das Kinn und stöhnt leise. Zwischen meinen Beinen fühle ich, dass ihn das Ganze genauso anturnt wie mich.

„Ich habe zu danken“, brummt er. „Das sollten wir öfter machen. Ist es wirklich schon zu Ende?“ Er bockt einmal die Hüfte hoch und ich ziehe scharf die Luft ein. Er knabbert meinen Kiefer entlang. Als seine Zunge über diesen besonderen Punkt unter meinem Ohr fährt, seufze ich zufrieden auf. „Lass uns noch ein wenig in unserer Blase bleiben“, murmle ich. Er küsst mich und wie immer lösen sich dabei die Grenzen zwischen unseren Körpern auf.

Ich reduziere mich ganz aufs Fühlen. Meine Finger fahren durch sein Haar, das er kürzer trägt als damals. Es gibt keinen Grund mehr, die Narben zu verstecken, über die meine Fingerspitzen nun tanzen. Seine Hand hat den Spaghettiträger meines Tops abgestreift und spielt mit meiner Brust. Wie die Teenager reiben wir uns aneinander und kichern und stöhnen abwechselnd.

„Irgendwie habe ich gerade ein Déjà-vu. Kann das sein?“, versuche ich mich am letzten Faden Verstand festzuhalten.

Er hält inne und hinter seiner Stirn arbeitet es offensichtlich. Ich sehe den Moment, in dem er sich erinnert, in seinen Augen.

„Du meinst, nach deiner ersten Flugstunde? Das war heiß.“ Ich zeichne mit dem Zeigefinger sein Lächeln nach. Es ist vertraut. Er lächelt viel.

„Du warst damals erst seit Kurzem hier und Trishas verfluchter Zauber hatte mich fest im Griff.“ Wir grinsen beide bei der Erinnerung an unseren Honeymoon, in dem wir wie besessen voneinander waren. Er umfasst meinen Nacken und zieht meinen Mund zu sich. Der Kuss ist genauso heiß wie der damals. Seine Finger umgreifen meine Hüften und kneten meinen Hintern.

„Es war die beste Entscheidung meines Lebens, deine australische Braut zu werden“, flüstere ich in einer Atempause.

„Du meinst: amerikanische Braut?“

Ich schüttle den Kopf. „Nein, es ist, als wusste

ich damals bereits, dass hier meine Wurzeln sind und ich hier mein Zuhause finden würde. Durch und durch australisch."

Er knurrt zustimmend. „Auf jeden Fall eine *heiße* Braut." Ich lächle gegen seine Lippen und unser Kuss wird intensiver. Die Fenster des kleinen Cockpits beginnen zu beschlagen.

„Mommy!" Eine helle Kinderstimme reißt mich aus der Lust. „Fuck!", flucht Jackson und atmet tief ein und aus.

Als ich den Kopf drehe, sehe ich Grant am Eingang zur Piste. Mit ausgestreckten Armen, so als wäre er selbst ein Flugzeug, rennt er auf uns zu. Meine Brust wird warm vor Liebe. Hinter ihm folgt das komplette Begrüßungskomitee. Auf Zoes Arm zappelt Fiona. Ich weiß, sie möchte es ihrem Bruder am liebsten nachtun und mag es in diesem Moment gar nicht, festgehalten und getragen zu werden. Trisha lacht laut auf. Wie habe ich meine Kinder vermisst. Die Station und ihre Bewohner vermisst. Obwohl es nur zwei Nächte waren.

Ich kichere. „Willkommen zu Hause. Das Fluchen ab jetzt runterfahren, Mister. Übrigens ist das Déjà-vu erst jetzt perfekt." Ich krabble brav auf meinen Sitz zurück, streiche mein Kleid glatt und öffne die Tür. Ein Blick über meine Schulter offenbart Jacksons gequälten Gesichtsausdruck. Er zeigt auf seinen Schoß. „Lenk sie ab. Ich brauch noch einen Moment." Lachend steige ich aus.

Jackson

Ich sehe meiner wunderschönen Frau zu, wie sie sich lachend mit ausgestreckten Armen hinhockt und unseren Wirbelwind an Sohn auffängt. Er lacht sein glucksendes Lachen, als sie sich ein paarmal mit ihm um die eigene Achse dreht. Wieder ein Bild, von dem meine Erinnerung einen Schnappschuss macht und sorgfältig archiviert. Neben all den anderen Bildern der vergangenen Jahre, seit mein Leben so reich ist. Meine Brust wird weit vor Glück. Ich könnte ihnen ewig zuschauen. Aber noch besser ist es, mittendrin zu sein. Plötzlich hält mich nichts mehr auf dem Sitz und ich springe aus dem Flieger. Fiona, deren Augen auf das Karussell aus Lou und ihrem Bruder gerichtet waren, entdeckt mich und strahlt mich an. Sie wirft mir ihre speckigen Arme entgegen und Zoe hat Mühe, sie weiter zu bändigen. „Dada, Dada", kräht sie vergnügt. Schon bin ich bei ihr und wechsle einen kurzen Blick mit der belustigt lächelnden Zoe, die mir meine Tochter überreicht.

„Danke, Chicago!", flüstere ich ihr zu. Zoe verdreht die Augen, wie jedes Mal bei dem Spitznamen, der an ihr hängengeblieben ist. Bei ihrer Schwester habe ich mich bis heute nicht entscheiden können, welchen ich nehme. Aber „Ehefrau" oder „Liebe meines Lebens", die einzig passenden Worte, klingen etwas zu sperrig. Alles andere probiere ich nur aus, um sie zu ärgern. Ich habe ihr nicht verraten, dass das warme Prickeln, das ich jedes Mal empfinde, wenn ich „*Lou*" sage, der Hauptgrund ist, sie weiter bei ihrem Namen zu nennen. Wer braucht schon Spitznamen?

Meine brabbelnde Tochter auf der Hüfte, wuschle ich dem atemlosen Grant, der mit dem Drehwurm leicht wankt und sich an mein Bein klammert, über den Kopf. Ich nicke Trisha zu, die den Kopf schieflegt und weiß, dass jede Frage, ob unser intimes Wochenende schön war, überflüssig ist. Mit einem Zwinkern danke ich ihr erneut, dass sie mir bei der Planung geholfen hat. Lou war im siebten Himmel nach ihrer Thai-Massage und dem Kerzenlicht-Dinner am Strand von *Tiwi Island*. Aber auch der Trip zu den Wasserfällen im *Kakadu Nationalpark* war genau ins Schwarze getroffen. Ich weiß, dass Lous und meine Liebe keine großen Gesten braucht. Jeder Blick von ihr zeigt mir, wie sehr sie mich liebt und ich hüte jeden davon, als wären es ein kostbarer Edelstein. Jeden Tag arbeite ich daran, ihr zu zeigen, dass ich sie nicht für selbstverständlich nehme. Und ihrem Lächeln nach mache ich einen guten Job. Aber diesmal hatte ich das Bedürfnis, meine Frau nach Strich und Faden zu verwöhnen. Sie hat es verdient. Für das Lachen, das sie seit Jahren in mein Leben gebracht hat. Sie hat damals den Knoten an Verletztheit und Misstrauen in mir gelöst, der mich jahrelang davon abgehalten hat, Nähe zuzulassen und das Leben zu leben. Ihr habe ich es zu verdanken, dass ich aufgewacht bin und begriffen habe, dass ich einen Großteil meines

Lebens damit verschwendet habe, die ungesunden Schwingungen aus dem Leben anderer, vor allem meiner Eltern, zu verarbeiten. Das große Fest, mit dem wir unsere Hochzeitsfeier nachgeholt haben ist schon zu lange her. Obwohl Roger heute noch davon schwärmt, wie romantisch die Station im Lichtermeer aussah, das Trisha und Zoe als Dekoration ersonnen hatten.

Und ich gebe offen zu: Ich wollte sie ein paar Nächte ganz für mich allein haben. Ohne dass irgendwer „Mommy" oder „Dada" kräht, wenn wir gerade so richtig in Fahrt kommen.

Ich pflanze Fiona einen dicken Kuss auf ihre Patschehändchen, die im Takt meiner Schritte gegen meinen Mund schlagen, und das Gefühl, das jedes ihrer begeisterten Gluckser auslöst, macht süchtig. Zoe hält mit uns Schritt. „Ich glaube, Fiona macht erste Schritte", berichtet sie. Alarmiert sehe ich zu Lou. Sie hätte es furchtbar gefunden, wenn sie diesen Augenblick im Leben ihrer Tochter verpasst hätte. „Also sie läuft noch nicht richtig aber man merkt ihr an, dass sie kurz davor ist", korrigiert sich Lous Schwester umgehend. Sie ist eine hübsche, selbstbewusste Frau geworden. Die beiden Halbschwestern ähneln sich körperlich nur in wenigen Dingen. Doch ihr Lächeln ist dasselbe. Dieses Lächeln, das die Männer in die Knie zwingt und Zoe bekommt es noch nicht einmal mit.

„Und, was von Kiah gehört?", kann ich es nicht lassen, sie zu reizen. Sofort kommt der beabsichtigte

Effekt und ihre Wangen überziehen sich mit flammender Röte. Erst seit Kiah zum Studium nach Brisbane gezogen ist, hat Zoe begriffen, was ihr der Junge bedeutet, der ihr seit Jahren wie ein leidender Hund folgt. Schon mehrfach wollte ich mich einmischen und Zoe die Augen öffnen, was sie mit ihren unbedarften Berührungen auslöst. Doch Lou hat mich gebeten, den Dingen ihren natürlichen Lauf zu lassen. „Sie wird es schon irgendwann begreifen, Jackson. Und wenn nicht, dann soll es halt nicht sein", hat meine weise Frau geantwortet. Wenn ich Kiah die Erlösung nicht so gewünscht hätte, hätte ich die unzähligen Übernachtungspartys vermutlich nicht so gelassen betrachtet. Doch Kiah ist ein anständiger Kerl. Zu anständig, wie sich herausstellte. Niemals hätte er Zoe bedrängt. Und sie war lange zu kindlich verspielt, als dass sie seinen schmachtenden Blick für etwas anderes als Freundschaft gehalten hat. Erst als er sie zum Abschied lange hielt und er ihr seine Gefühle für sie ins Haar gemurmelt hat, hat sie das Ausmaß seiner Liebe und der verpassten Gelegenheiten verstanden. Seitdem ist sie ein verliebtes Nervenbündel, das täglich mit ihm videochattet und die Tage zählt, bis sie endlich auch ihren Abschluss machen kann und ihm nach Brisbane folgt. Sie hat sich für Tiermedizin entschieden. Es passt, da sie sich liebevoll um die gestrandeten Tiere hier auf der Station gekümmert hat, die jedes Jahr, mit jedem Buschbrand, mehr wurden. Zur Freude von Grant ist seit drei Jahren ein

Känguru dabei. Aus dem süßen Tierbaby ist mittlerweile ein über zwei Meter hohes Tier geworden. Lou, die ihm den Namen *Boxer* gegeben hat, gestand mir, dass sie seit Jahren Respekt vor den Tieren hat. Und das ist auch gut so.

Ich freue mich für Zoe. Aber Lou wird melancholisch, wenn sie daran denkt, dass in einem Vierteljahr ein Lebensabschnitt vorbei sein wird und sie ihre Schwester in die Realität entlässt. Sie hat mir erklärt, dass die Station wie eine Art Wunderland ist, in dem die Zeit stillsteht. Es gibt keine Rechnungen, hektischen Straßenlärm und aufdringliche Vermieter. Nur Natur und viel Lachen. Ich weiß genau, wie sie darauf kommt. Genau das war das Gefühl, das ich hatte, als ich zum ersten Mal den Entschluss gefasst habe, alles hinter mir zu lassen und mich der Station über die staubige Zufahrtsstraße genähert habe. Ich wusste damals instinktiv, dass ich mich hier wohlfühlen würde. Selbst wenn ich da noch nicht ahnen konnte, dass die Sonne am Himmel nicht die einzige sein würde, die mein Glück perfekt macht. Aber sie hat recht: Ohne Zoe wird hier etwas fehlen. Lou und Zoe waren zu lange ein Powerteam gegen den Rest der Welt. Und, auch wenn sie schon lange mich und Trisha als Verstärkung an ihrer Seite haben, wird es eine enorme Veränderung für Lou sein.

Ich werde da sein und sie auffangen. Und ich habe auch schon eine Idee, wie ich sie am besten ablenke. Mein Blick huscht automatisch zu Lous zartem Hals, an dem ich soeben noch geknabbert habe, und der mich jedes Mal zu einem hechelnden Lustbesessenen werden lässt. Mit Grant an ihrer Hand, unterhält sie sich angeregt mit Trisha, die ihr haarklein von Grants Streichen erzählt. Die Art, wie ihre Augen blitzen, sie eine ihrer verirrten Locken hinters Ohr streift, macht mich noch schwächer. Ich weiß noch genau, wie ich meine Frau das erste Mal sah. Auf einem Foto auf dem Display meines Handys. Es war eine eher unscharfe Aufnahme, die sie lachend in einem Coffee-Shop zeigte. Ein Muffin, der seltsamerweise grün war, auf halbem Weg zu ihrem Mund. Wer die Aufnahme gemacht hat, wollte wohl nicht entdeckt werden, denn die rechte obere Ecke des Fotos zeigte die Blätter einer Pflanze. Doch ich sah genug. Lou strahlte eine solche Lebensfreude aus und schon war ich verloren. Und da wusste ich noch nicht, wie sie duftet, wie ihr Lachen klingt, wie ihre Augen blitzen können …

„Schön, dass ihr wieder da seid!“, reißt mich eine Stimme aus der Schwärmerei, als wir den Platz vor dem Haupthaus betreten. Ich schirme die Augen gegen die Sonne ab und entdecke Kylie. Ihre Hand liegt auf dem gewölbten Bauch. Die Schwangerschaft steht ihr gut und hat den etwas zickigen Ausdruck, der in ihrem Blick lag, abgemildert. „Ich wusste gar nicht, dass du da bist“, antworte ich ihr. Ich nutze Fiona auf meiner Hüfte als Ausrede, sie nicht zur Begrüßung zu umarmen. Ich habe nichts gegen Kylie. Sie ist mir eher gleichgültig. Seit sie sich so aufopfernd um meinen Vater gekümmert hat, meine ich, sie erwartet eine besondere Aufmerksamkeit von mir. Doch ich kann nicht über meinen Schatten springen. Und ich weiß, dass Kylie für Lou nach all den Jahren immer noch ein empfindliches Thema ist und vermeide den Körperkontakt so weit wie möglich.

„Ja, wir wollten die Zeit vor der Geburt noch nutzen und vorbeischauen“, antwortet Kylie.

„Hi, Jackson!“ Ihr Mann Thomas tritt hinter sie und legt ihr besitzergreifend eine Hand auf die Schulter. Als ob er etwas von mir zu befürchten hätte! „Thomas“, begrüße ich ihn ebenso knapp. Die beiden haben vor zwei Jahren geheiratet und wohnen seitdem ein paar hundert Kilometer weiter östlich auf der Station von Thomas‘ Familie. Dass Mick noch hier wohnt, nimmt Kylie öfter, als mir recht ist, zum Anlass, ihren Bruder zu besuchen. Ich mag ihren Ehemann ebenso wenig wie er mich. Thomas sieht mich als Bedrohung, doch da hat er nichts zu befürchten. Ich bin einfach nur erleichtert, dass die Heirat mit ihm sicherstellt, sie so wenig wie möglich zu sehen. Zum Glück ist meine schlimmste Befürchtung, Henry werde sie heiraten, nicht wahr geworden. Ich weiß, dass Kylie sich damals erhofft hat, Henry werde seine Dankbarkeit für ihren Krankenschwester-Einsatz zeigen, indem er sie aus dem Outback rettet und sie zur Königin von Sydney macht. Doch da kannte sie Henry schlecht. Er hat die Aufmerksamkeit der jüngeren Frau sichtlich genossen. Nicht nur sichtlich, auch hörbar. Die Schreie der beiden, wenn sie zu jeder Tages- und Nachtzeit lautstark übereinander herfielen, sobald es Henry besser ging, waren kaum zu ertragen. Selbst im Sittichbaum war es still vor Irritation. Es war allen außer Kylie von vornherein klar, dass Henry nicht weitergehen würde. Nach einigen Wochen ist er nach Sydney zurückgekehrt.

Wir hatten zuvor die längst fällige Aussprache. Ich habe mir Mühe gegeben, ihm zu verzeihen. Weil Lou mich darum gebeten hatte und mich überzeugen konnte, dass es meinem eigenen Seelenfrieden helfen würde. Ich habe mir Henrys Erklärung und seine Entschuldigung angehört. Ich habe ihm offiziell mit Worten verziehen. Doch mein Herz ist noch nicht ganz nachgekommen und wird es vermutlich nie. Ein Rest Misstrauen wird bleiben.

Er kommt regelmäßig vorbei. Ich sehe, dass er sich Mühe gibt. Doch er ist nicht dazu gemacht, ein liebevoller Vater oder Großvater zu sein. Die Beziehung zu ihm bleibt zerbrechlich. Und ich bin nicht der Einzige von uns beiden, der erleichtert ist, wenn er wieder in seinen Flieger steigt und in die große Stadt zurückkehrt.

Trisha, die bei Lou eingehakt ist, legt ihre Hand auf meinen Arm. Und wie immer, wenn sie mich und Lou gleichzeitig berührt, scheint ein elektrischer Impuls von Lous Körper zu meinem zu springen. Sicherlich ihr *Arungquiltha*-Zauber. Fiona auf meinem Arm scheint es auch zu spüren und wird plötzlich friedlich. Grant, der Lous Hand hält, hebt den Kopf und mustert mich und seine Mom aufmerksam. Es ist, als würde eine starke Macht mich und meine Familie umhüllen und weiter zusammenschweißen.

Trisha in unserer Mitte grinst zufrieden. Mein Blick trifft auf den meiner Frau und ein belustigtes Blitzen liegt darin. Sie erinnert sich vermutlich genau wie ich an den Moment, in dem wir dem sinnlichen Drang des Zaubers auf dem Küchentisch nachgegeben haben.

„Meine australische Braut", formen meine Lippen wortlos. Sie versteht es sofort, und ihre Augen sagen alles.

ENDE

DANKSAGUNG

G'Day, Ihr schönen Leserinnen,

ein großes Dankeschön für eure Geduld. Unser „Australien"- Buch hat etwas länger gedauert, als geplant. Aus mehreren Gründen, die uns emotional ganz schon hin- und hergerissen haben: Zuerst hat um den Jahreswechsel der ferne Kontinent gebrannt. Mit Entsetzen haben wir über die Medien mitverfolgt, wie über eine Milliarde Tiere in den Flammen umkamen. Das hat uns ehrlich gesagt gelähmt, Koalas, Kängurus, Wombats und Co. als Statisten einer schmachtenden Lovestory herzunehmen.

Dann kam dieses Virus und hat uns noch einmal getackelt. Aber irgendwann dachten wir uns: jetzt erst recht! Wie gut es tat, sich in die Weite des Outbacks davonzuträumen und Lou und Jacksons gemeinsamen Tanz zu verfolgen. Herausgekommen ist eine wunderbare Geschichte, finden wir. Wir sind so gespannt, wie sie euch gefällt.

Mit positiven Reaktionen und konstruktiver Kritik schürt ihr unsere Schreiblust stetig. Macht bitte weiter so! Wenn euch die kleine Reise nach Down Under bewegt hat, freuen wir uns über euren Leseeindruck bei Amazon, Lovelybooks oder irgendeiner anderen Rezi-Seite. Ein paar Worte genügen. Wir versprechen, wir lesen sie alle.

Die nächste Geschichte wird schon in die Welt entlassen und freut sich auf euch. Bis dann!

Gruß

Eure Ava

ÜBER DIE AUTORIN

Wir sind beste Freundinnen seit wir denken können. Neben dem Alltag als Working-Moms leben wir endlich unseren Traum: Liebesromane nicht nur zu verschlingen, sondern selbst zu schreiben. Und das, obwohl wir nicht einmal im selben Land wohnen. Ein Hoch auf die EU-Flatrate und auf Facetime! Das zum Genre passende Pseudonym ist übrigens eine Kombination der Vornamen unserer erstgeborenen Kinder.

Das gemeinsame Schreiben hat unsere Freundschaft auf eine ganz neue Ebene gehoben und noch inniger gemacht. Wir glauben an die Macht der wahren Liebe und daran, dass eine Prise Kitsch das Leben bereichert.

Ihr ahnt kaum, wie motivierend es ist, Feedback zu unseren Geschichten zu erhalten. Scheut euch also nicht, Rückmeldung zu geben, sei es als Rezension, Post oder Email.

Ava Lennart ist voller Ideen und wir freuen uns, wenn ihr auch weiterhin an unseren Geschichten teilhabt.

Wer mehr erfahren möchte:
www.avalennart.com
ava.lennart@gmail.com

DER ERSTE TEIL VON CATCH ME, COWBOY!

LASSO UMS HERZ

Romance und Thriller passen nicht zusammen? Denkste!

Jessica Morgans Vater wird heimtückisch ermordet. Wird sie die Nächste sein?

Sie muss aus San Francisco fliehen und schneidet schweren Herzens ihre blonde Mähne kurz. Als Cowboy verkleidet, taucht sie auf der Ranch ihrer Tante in Wyoming unter.

Die tägliche Arbeit mit den Viehtreibern hilft Jessica, vor der Kulisse der Bighorn Mountains zur Ruhe zu kommen. Wenn da nicht Cowboy Shane wäre. Seine grünen Augen und das freche Grinsen machen es ihr zunehmend schwerer, sich nicht als Frau zu verraten. Doch es ist nicht die Zeit für Sternchen in den Augen.

Der Feind ist näher als erwartet!

Der Liebesroman mit einem Schuss Thrill und sexy Cowboys von AVA LENNART

DER ZWEITE TEIL VON CATCH ME, COWBOY!

BRAUT IN TEXAS

Für eine Handvoll … Liebe

Valentina Monteros Cousin sitzt seit Jahren im Gefängnis. Ist er wirklich schuldig, damals den brutalen Mord auf der texanischen Barkerranch begangen zu haben? Sie gibt sich als Hausmädchen aus und sucht auf der Ranch heimlich nach Beweisen für seine Unschuld. Die Gemeinschaft der Cowboys schafft es, den verlorenen Sehnsuchtsort ihrer Jugend wieder aufleben zu lassen. Auch Clint Barkers Augen sind noch genau so grün wie damals, als sie sich in ihn verliebt hat.

Ihr ehrgeiziger Plan droht zu scheitern, als sie von der Ranch gejagt wird. Die Zeit läuft, und Verzweiflung stellt sie bald vor die Entscheidung, weiter zu gehen, als sie je gedacht hätte.

*Träumt euch fort auf die Barkerranch, wo kernige Jungs Sterne in Mädchenaugen zaubern!*Yihaaaaa!

DER DRITTE TEIL VON CATCH ME, COWBOY!

HERZ AUS GLAS

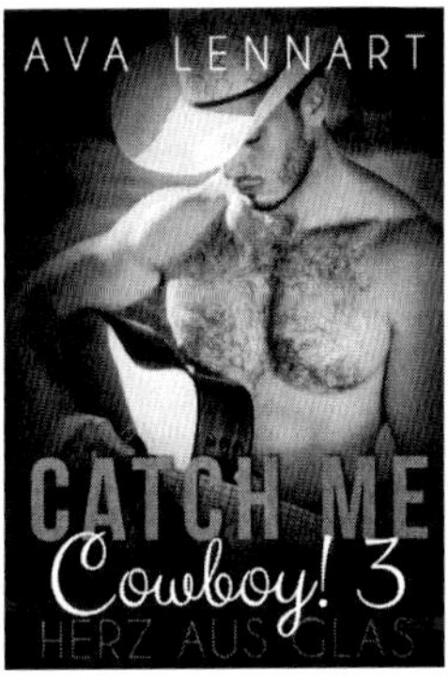

Wenn dein Herz in tausend Teile splittert, brauchst du einen guten Song

Nashville, Tennessee. Grace Boman träumt davon, Countrystar zu werden. Die Chancen stehen nicht schlecht: Sie arbeitet in der Bar, in der schon viele Talente entdeckt wurden, und ihre Familie ist groß im Musik-Business. Wäre da nicht ihr Lampenfieber! Auch besteht ihr Dad darauf, dass sie das Geschäft erst inkognito von der Pike auf in seinem Musiklabel lernt. Als Cowboy Tate dort wie ein düsterer Rächer reinstürmt, wird der Job plötzlich spannend und die Knie weich. Gibt es etwas Heißeres als einen Cowboy mit Gitarre? Grace' persönlicher Lovesong kann beginnen.

Doch dann geschieht ein Verbrechen.

KISS AND COOK

HOCHZEIT NACH PLAN

Kennst du das Gefühl, wenn ein Plan nach hinten losgeht?

Heiraten auf Hawaii, barfuß im Sand, Blumenketten und Muschelbläser. Bei Nalani Grayson bist du dafür genau richtig. Die Hochzeitsplanerin bekommt den Auftrag ihres Lebens. Der Haken: das Menü stellt Carter Akerman. Begnadeter Koch, Single Dad und sexy as hell. Die Braut zu vernaschen ist seine Vorspeise.

Zeit für einen ungewöhnlichen Nachtisch!

Exklusiv auf Amazon

LONDON HEART

Warum stiehlt ausgerechnet ein Milliardär ein Gemälde von unschätzbarem Wert?

Mein Name ist Heart. Olivia Heart.

Ihr denkt, ich bin Agentin? Nicht ganz.

Gemeinsam mit meinem Partner Nick Montgomery betreibe ich eine Ermittlungsagentur in London. Aktuelle Zielperson: Lord Jacob Ashton. Der begehrteste Junggeselle Englands soll einen bisher unbekannten Renoir entwendet haben. Das Honorar, wenn wir das Gemälde aufspüren, ist mehr als großzügig. Diskretion ist oberstes Gebot. Nick, selbst aus Adelskreisen, verschafft mir Zugang zur Londoner High Society. Meine Leidenschaft für Kunst erregt das Interesse Ashtons. Er lädt mich auf ein Date ein. Alles läuft wie geschmiert.

Abgesehen davon, dass der charmante Verdächtige Herzklopfen in mir auslöst. Ich bin auch nur eine Frau.

Und ich suche Antworten. Wer ist die geheimnisvolle asiatische Schönheit in Ashtons Umfeld? Was ist in der Jugend zwischen

Nick und der Zielperson vorgefallen? Warum weiß Ashton so viel über mich?

Als ich alle Mauern – zeitgleich mit den Hüllen – fallen lasse, erkenne ich viel zu spät:

Der Milliardär ist nicht nur sexy, sondern auch gefährlich!

Exklusiv auf Amazon

ISLAND SOMMER LIEBE

Lust auf das Land der Explosionen und Eruptionen?

Die erfrischende Isländerin Fanney betreibt mit ihrem Freund Jon ein Bed & Breakfast und züchtet Pferde im magischen Land der Feen und Trolle. Als sich der Schriftsteller Christian auf der Suche nach Inspiration auf dem Pferdehof einmietet, realisiert Fanney bald, dass er sie zu seiner Muse erkoren hat. Seine Texte rühren ihr Innerstes an und wecken geheime Sehnsüchte. Ein Spiel zwischen Verlangen und Hingabe vor der Kulisse der Naturgewalten Islands beginnt. Bis dramatische Ereignisse auf dem Hof offenbaren, dass Christian ein falsches Spiel spielt.

Exklusiv auf Amazon

LUCY IN LOVE

SUCHE WOHNUNG ♡ BIETE HERZ

Hättest du den Mut, dein altes Leben hinter dir zu lassen?

Lucy wagt das Abenteuer: Sie verlässt Wuppertal und den Job als Friseurin und mietet für einige Monate eine möblierte Wohnung samt Katze in Barcelona. Den spanischen Vermieter Daniel kennt sie nur von knappen Emails. Schon bald verliebt sie sich in die pulsierende Stadt. Auch das Foto von Daniel, das sie in der Wohnung entdeckt hat, lässt sie nicht kalt. Kompliziert wird es, als Daniels Ex-Freundin und seine Mutter Lucy für seine Verlobte halten.

Denn das geht nur so lange gut, bis Daniel plötzlich vor ihr steht.

Exklusiv auf Amazon

DAS MODEL UND DER WALFLÜSTERER

Sie hält ihn für einen Hinterwäldler, er sie für arrogant.

Wie war das mit *Was sich neckt, das liebt sich?* Erst beim zweiten Blick stellt das ehemalige Model Elle fest, wie viel mehr hinter dem spröden Walforscher Alexander steckt. Gefühlvoll wie ein Walgesang nimmt er vor der romantischen Kulisse Vancouvers ihr Herz ein.

Bis er eines Tages eine erschreckend dunkle Seite von sich offenbart.

Der Auftakt der Fernweh-Bücher, deren Geschichten an interessanten Hotspots dieser Welt spielen und von Liebe, Freundschaft und Dramen mit dem ersehnten Happy End erzählen.

Exklusiv auf Amazon

DIE ENDLICH-REIHE

Band 1: Narrenschicksal - Küsse im Karneval (Stella)

Band 2: Mädchenname - Küsse auf Mirabel (Julia)

Band 3: Stargeflüster – Küsse am Filmset (Salomé)

oder gleich als Gesamtausgabe

Die drei Geschichten sind locker miteinander verbunden. Jeder Band kann unabhängig von den anderen gelesen werden. Oder als ebook in einer Gesamtausgabe erworben werden.

NARRENSCHICKSAL - Küsse im Karneval

"Ein Narr, der das Schicksal für Zufall hält" ?!

oder

„Wie bastle ich mir aus einem One-Night-Stand im Karneval meinen Mr. Right?

Eine verzauberte Nacht im Kölner Karneval. Die als Stern verkleidete Stella findet ihre große Liebe in dem geheimnisvollen Zorro. Schon am nächsten Morgen platzt ihr Traum. Der Held entpuppt sich als Womanizer. Tief verletzt reißt sie sich ihn aus dem Herzen. Stellas Welt gerät aus den Fugen, als sich ausgerechnet ihre Schwester in ihn verliebt. Sie schafft es kaum, die Intensität ihrer noch vorhandenen Gefühle zu verbergen.

Umso lästiger, dass sich Zorro ausgerechnet jetzt beharrlich an ihre Fersen heftet ...

Lies die 1a-schnulzige Herzschmerzgeschichte aus der sexy Weltstadt Köln mit einer Prise Kitsch, etwas Erotik und unterhaltsamen Schicksalswendungen!

MÄDCHENNAME - Küsse auf Mirabel

Nur eine Sommerliebe?

Die Juristin Julia steigt aus. Sie verlässt ihren spröden Freund und bewirbt sich spontan auf eine Stellenanzeige als Assistentin in einem Millionärshaushalt an der Côte d'Azur. Mit allen Sinnen genießt sie den Luxus und findet langsam wieder zu sich selbst. Der charmante Sohn des Hauses umgarnt sie, doch der Gärtner des Anwesens Mirabel weckt Gefühle, deren Intensität sich Julia nicht entziehen kann. Eine Saison, die mit Prickeln beginnt, wird bald zu einer emotionalen Achterbahnfahrt. Spätestens als sie ein wohl gehütetes Familiengeheimnis aufdeckt, muss Julia sich eingestehen, dass es in der Liebe keine Garantien gibt.

Diese Sommerliebe hat ihr Leben verändert. Aber kann sie auch über Julias Zukunft entscheiden?

Chick-Lit meets Love and Landscape! Diese Geschichte ist so mitreißend wie eine Sommerliebe und hat alles, was ich selbst von einem Liebesroman in Südfrankreich erwarte: das Reiseabenteuer einer Aussteigerin, die das mondäne Leben auf dem Anwesen Mirabel in Südfrankreich genießt; herzschlagerhöhende Vespafahrten mit dem geheimnisvollen Traummann; Romantik beim Picknick am Meer, Strandpartys in lauen Sommernächten; wahre Liebe; geschmeidige Erotik; beste Freundinnen, die einander blind vertrauen und einen phänomenalen Showdown am Pool.

STARGEFLÜSTER - Küsse am Filmset

Stell dir vor, du liebst ein Hollywood-Sexsymbol und weißt gar nicht, dass er eins ist.

Herzklopfen ist angesagt: Salomés Sommerflirt, der heiße Schotte Nate, meldet sich bei der erfolgreichen Bankierstochter in New York. Als sie sich in ihn verliebt, ahnt sie nicht, dass sie mit ihren Gefühlen nicht allein ist, denn Nate wird von unzähligen Frauen begehrt. Sie verbietet sich ihre Gefühle, denn eine Beziehung mit einem Filmstar ist in ihrem Leben undenkbar.

Aber sie hat nicht mit der Hartnäckigkeit eines Highlanders gerechnet.

Eine herrliche Schnulze mit Schuss, der dritte und letzte Band der Endlich-Reihe.

Für Leserinnen, die Lust auf prickelnde Gefühle im Kontrast zwischen dem vibrierenden New York und den verwunschenen Highlands haben. Enthält geschmeidige erotische Szenen!